苓菁作品

苓菁作品

苓菁作品

苓菁作品

妖異魔學園

DEVIL ACADEMY : BLOODY CRUCIFIX

猩紅色月亮

笭菁 著

CONTENTS

妖異魔學園

DEVIL ACADEMY : THE SCHOOLHOUSES

楔子

五百年前，血月。

紅色的月亮高掛在夜空，黑空中的血月並不若平時皎潔明亮，晦暗陰紅的色調讓人不安。

地面上沒有多少燈火，四處都是頹傾的大樓與報廢的車子，屍橫遍野的土地上散發出陣陣令人作嘔的腐臭味，裹著骯髒大衣的人們在廢墟間移動，小心翼翼的跳過地上破裂的招牌或屍體，很難想像這裡曾是繁榮的城市。

人們以為把天譴送回天上就能安居樂業了，結果得到的卻是無止盡的浩劫。

各種詭異的生物，傳說中的魍魎魑魅、惡靈妖魔全都從扭曲的空間中進入人界，地獄裡湧上的惡鬼不計其數，各種魔物殘害著生靈，區區人類根本無力抵抗，而唯一能抵禦這些非人的靈能者，卻早在之前被人類自己追殺殆盡。

倖存的人，隱藏起具有驅魔伏妖的能力，保全自身即可，沒有人願意出來拯救這個人界。

幾年前人們為了找出「天譴」開始濫殺具有靈力的人，世界各國都一樣，因此當不同文化傳說中的惡靈邪魔出現時，已沒有任何靈能者會出面，誰會冒著生命危險，救助一般人類？

而在這血月下的廢棄大樓裡，少女倒臥在十七樓的某個角落，透過早已破敗的窗框看著夜空下的紅色月亮，雙眼漸漸失去靈魂，最後的淚水從眼角滑落。

站在她附近的男子正仰望著血月，他的嘴角還沾著些許鮮血，神情陶醉的笑著，血液的甜美在嘴裡迴盪，令他感到滿足。

「別急，下一個就輪妳了。」男子回首，看向破碎地磚上的另一個女人。

血月光華黯淡，照不清男子的臉，但其聲輕揚好聽，是那種光是柔聲說話就能迷死人的嗓音……或許就是這個聲音，讓女孩們為他融化，甚至獻上自己的性命吧。

女人無力的靠在倒下的櫃子邊，她蜷著的身子外罩了件風衣，是個一頭亂髮滿臉髒汙的逃難份子。這個時代，每個人都在逃，逃離可怕的惡鬼們，卻沒人知道哪裡是真正安全的地方。

「妳知道今晚是血月嗎？血月是詛咒，也是災厄的開始……天譴加上血月，你們人類還真是夠惹人怨的了，這麼慘了還能遇上這罕見的詛咒。」男子朝她走來，「未來的日子只會更難過，不過妳別擔心，等會兒妳就不再需要擔心了。」

女人深吸了一口氣，「你是……什麼？」

「這世界的一份子。」男子終於走到她面前，蹲下身來，輕柔的為她撥開頭髮。

她恐懼的伸手反抗，卻一把被抓住，男子冰冷的手叫她顫了一下身子，因為那彷彿是寒冰一般。

「別怕，痛楚只有一下下。」他說著，瞬而將她拉起。

力量之大，她根本措手不及，整個人不僅被拉站而起，甚至連雙腳都離開了地面！男子摟著她的腰際，讓她浮在空中般的與他跳起了舞曲，喉間輕逸著樂曲，曼妙的在屋裡旋轉著、跳著，藉著窗外照進來的微弱月光，她可以瞧見男子白金色的頭髮。

「我想看……最後一眼月亮！」女人哽咽的請求。

男子笑了，他依然與女子舞著，但也將她帶到早就沒有玻璃的窗戶邊，此時，樓下傳來嘶吼與咆哮聲，幾個惡鬼正在搶奪兩個躲藏的人類，大家都想吃頭，聽說腦子最美味。

啊……女人仰望夜空，真的是紅色的月亮，不均勻的色澤，看上去像是被一灘血潑灑後的痕跡。

「我聽說……血月是詛咒，也是許願的時機，願望是會實現的！」她虛弱的說著，「任何力量都會倍增……」

「詛咒別人也是一種力量，你們人類很愛把他人的不幸當成自己的願望。」男子笑著，他輕鬆的倚在窗邊，女人從亂髮絲間，看見那完美的側臉及倨傲的氣質。

美麗的男人，蒼白的肌膚與綠色的雙眸，美得不像這世界的生物。

「我、我也可以許願嗎？」她啜泣著。

「親愛的，如果妳希望我不要殺了妳，就別多費功夫了。」男子轉過來望著她，她才發現那是張亦少年亦男人的臉孔，說不上成熟或是稚氣，但那雙眼睛……卻深不可測！「今晚吃人類是有點浪費，我有更多低等惡魔可以享用，但是……妳知道的，誰讓你們看到了我。」

「我們、我們是來這裡找人的，並不是……」女人嗚咽一聲，顫抖著身體。

「噓噓……我知道，你們是不小心闖進了我的用餐場所。」男子趕緊溫柔的寬慰著她，沒有人會故意找死的啊！「但這是命，我保證真的不會痛的！」

角落有一張乾癟的皮，看上去既噁心又醜陋，那是惡鬼的皮囊，它的精氣靈力已經全數被他吸光了，沒有一絲剩下……只是他正在飽餐之際，這兩個女人闖了進來。

遺憾，他今晚原本不打算把力氣花在人類身上的。

「我們只是想要……安穩的過日子，想要活下去而已！」女人低垂著頭，嗚咽的哭喊著，「為什麼就是不能放過我們呢？」

「現在對你們來說，活下去就是一種奢侈了！看看這世界，是你們一手造成的！」男子遙望著遠處的一片黑暗與死寂，搖了搖頭，「好了，許最後一個願望吧，難得遇上血月呢！」

女人仰起頭，再度凝視著血月，男子撥開了她的頭髮，看見的卻是她剛毅的側臉，以及那根本沒有流過淚水的臉龐。

女人的眼珠子，正炯炯有神的瞪著他。

「總算找到你了，該死的吸血鬼！」女人倏地雙手大開，自風衣裡抽出了一把刀子，由上而下的劃開男子的腹部！

喝！男子向後飛躍，肚子被利刃劃開，鮮血瞬間染紅了他白色的衣衫，俊美的臉龐轉為嚴肅，他不可思議的看向女人。

「妳是誰？」他對傷口並不在意，它們已在癒合。

「你管不著，最近就是你在這裡獵食對吧？可以去別的地方嗎？你這樣讓我們很難做事！」女人把刀子扛在肩上，「我們只是要搜集食物跟物品，很快就會離開此地，不要找我們夥伴的麻煩。」

呵……男子輕笑，優雅的邁開步伐。

「真有趣的人類，明知我是什麼，還敢來找我挑戰？」只見他才走兩步，下一秒竟倏地來到女人面前。

喝！女人即時以刀擋下，男子錯愕數秒，他沒料到這女人居然來得及擋住他？望著橫亙在他們中間的那把刀子，刀上不但刻滿咒文，甚至還貼滿了符紙！

「靈能者？」他蹙眉，「這裡居然還有靈能者？」

「談個條件，你一個月不獵食，讓我們平安離開如何？」女人有雙銳利的雙眸。

「妳該知道符咒對我輩是無用的。」男子微微一笑，「你們沒有資格跟我談條件。」

「是嗎？」女人冷哼一聲，「我當然知道一個拿著符文刀的人類，對你根本無可奈何，但是——你不要忘了今天是什麼日子！」

今天？祖母綠的眸子狐疑，瞬而往外望去——血月！

說時遲那時快，眼前的刀子倏地綻放出刺眼光芒，他並不怕光，只是這光竟然帶有令人生畏的力量，剛剛癒合中的傷口竟然又開始綻裂了——這女人是什麼人！

他連忙向後跳離，怎料女人竟窮追不捨的朝他追來，更令人驚訝的是，她不是以人類的速度朝他奔來，那速度雖比他慢上許多，但不像一般人類！

疾速、靈巧，風衣颯颯，她足不點地，騰空擎著刀就朝他殺來——那光芒不是人類的東西，不是惡魔、更不是高階妖魔，像是——像是自古以來，他們陰暗世界的敵對者——

啪！女子的風衣突然罩住他的臉，男子才想伸手摘除，胸前一陣壓迫，直接壓上了地！

女人單膝壓在他胸前，拉開他臉上的風衣，男子緊閉著雙眼不敢睜開，只是籠罩在那光之下，他感覺全身都快被撕成碎片了！

「你有你的求生方式，我沒打算殺你，但也不容許你繼續獵食我們！」女人的聲音就在上方，他竟無能為力，「就趁今夜，讓我利用血月的力量吧！」

「住手……我答應妳一個月內不獵食人類！」男子高聲喊著，「我可以吸取惡鬼之輩維生，不需要獵食人類！」

女子沉默著，搖了搖頭，「那就更該罰了，幹嘛找我們人類？我們還不夠慘嗎？」

「妳——」這女人怎麼出爾反爾啊！

還沒來得及繼續討價還價，尖刀倏地伸進他嘴裡，劇痛霎時傳來，啪嚓一聲，鮮血如注，男子驚恐發出慘叫——「哇啊——哇——」

胸前的壓力瞬間消失，他滿嘴鮮血的起身，痛苦的伏趴在地，掙扎張開雙眼看著女人走向窗邊，她刀上的光漸小，已經可以看清她的身影。

她的右手滿是血……他的血，緊緊包握著屬於他的東西，男子不可思議的往自己嘴裡探去，怎麼可能有這樣的事！他的——他的——

「血月為證，讓我為你下詛咒吧！」她張開手掌，帶著紅血的尖牙就在她掌心上，「我將奪去你的尖牙，讓你無法再恣意吸血，我會把它藏在地球上的某個角落，你慢慢去尋找吧！」

「不——」男子面露猙獰，倏地跳起身子，朝女人飛去！

紅色的月光照在染血的尖牙上，尖牙逐漸變得模糊，化作點點光影，朝著血月的方向飛去，男子衝到窗戶邊意圖奪下，卻什麼都沒有抓到。

女人睨了他一眼，曲起右腳，對著他的身子冷不防地一踹，他已然恍神，狼狽的被狠踹於地，滿腦子都是震驚與不可思議

「就這樣了，你慢慢找吧！」女人擎著刀尖指向他，「不要想用別的方式報復，否則我就徹底毀掉你的牙，讓你連找都找不到！」

躺在地上的男子圓睜綠眸，腦子裡還迴盪著：這不可能這不可能……

哼！女人從容的彎身拾起風衣，抖抖上面的灰塵，走到倒臥的少女邊，蹲下身子為她覆蓋雙眸，這是死亡率極高的任務，少女早有覺悟，她也是。

這個時代，或許早點離世才是種幸福。

女人起身，朝門外走去。

「為什麼……」男子倏地坐起，滿口是血的咆哮，「區區一個人類，能做到這種地步……就算是血月，怎麼可能詛咒得了我！」

走到門邊的女人幽幽回首，長刀扛上肩頭，勾起一抹笑容。

「誰說我是區區人類了？」她聳了聳肩，「我可是他媽的木花開耶姬。」

第一章

猜忌可以引發朋友吵架、兄弟鬩牆、夫妻失和，乃至於分崩離析、戰火連天，但是……種子卻非常的細微到難以發現。

可以是一個動作、一句話、一個笑容，甚至僅僅只是一個眼神。

魑魅，喜歡附身於人類身上，進行挑撥離間的妖怪，在把安林鎮攪得天翻地覆後，再一次、再一次被高中生悉數消滅，雖有自治隊協助，但是區區高中生一再的解決惡鬼、妖怪，已經引起了鎮民的懷疑。

因為就算是自治隊，訓練有素的人，也不一定能應付非人。

現在時間為A.C. 503，After Curse，意謂天譴後，這裡是充滿猜疑的安林鎮。

「天譴」發生在科技發達、生活逸樂的五百年前，有充足的電、方便的交通、飛天渡海的工具均有，電子化的生活，如此舒適如此令人嚮往，遺憾的是那時的人們並不珍惜，大肆破壞地球生態，導致天災不斷，加以道德淪喪，於是末日說興起，上天將降下「天譴」以懲罰人類，希望讓生命與地球都能休養生息，重新開始。

但是人類的求生意志強烈，為了生存不惜代價要將天譴送返天上，從認定天譴是靈能者開始，世界各國便開始濫殺所有具有靈力的人們——連占卜算命者都無法倖免，包括偽裝者也沒有放過。

寧可錯殺一百，不可放過一人是當時的觀念，到末期連直覺稍準的人也慘遭殺害，人們相互殘殺的浩劫，導致靈能者逃逸躲藏，消失得無影無蹤；而最後人們終於找到「天譴」並將其綁在刑柱上受死，遺憾的是浩劫已經開始。

當時的人們並沒有意識到屠殺靈能者，其實正是天譴的開端，進而造就現在這種堪稱報應的生活方式。

世界宇宙本包羅萬象，不只有人類一種生物，各界各個文化都具有不同生物，神界有神、魔界有魔、地獄有惡鬼，其餘另有妖魔、魍魎、魑魅、妖獸與鬼獸之屬，只是因為「法則秩序」，所以不能相互侵擾。

天譴的存在扭曲了法則，相互殘殺讓一切益加嚴重，靈能者隱藏身分不再出面驅魔伏鬼；而在處死天譴那瞬間法則扭斷，各界生物得以跨界進入人間界，對人類造成極大威脅，不是被殺、被吃，就是被玩弄……這就是史稱的「天譴浩劫」。

許多史學家質疑，若是五百年前人類不如此濫殺無辜的靈能者，將天譴殺死的話，或許……一切都不會發生，但歷史無法重來。

此後，人類數量大量減少，在夾縫中求生，力抗著各種妖魔鬼怪，最終還是依靠躲藏已久的靈能者出面，建立結界與屏障，將人類與魍魎魑魅的生活地劃分開來。

世界過去的七大洲僅剩五洲，南極洲跟大洋洲不復存在，全世界規劃成四大區域：歐洲、亞洲、美洲、非洲；國界徹底消失，世界各地種族融合，英語成了共同語言，各國原本的語言成為各地方言，由各民族自行保全延續。

每一個人類居住的地方，外圍都有結界、封印，各式各樣的防護阻止異類入侵，諷刺的是，人們最後還是只能依賴當年被趕盡殺絕的靈能者，現今稱為「闇行使」。

所有的法器與屏障都是闇行使提供販售，普通人只能依賴他們的靈力存活，但同時卻又依然視他們為洪水猛獸；闇行使們已經自成一族，他們深知自己的能力與過去曾被屠殺的歷史，大部分也不屑與人類親近，人們若是想要他們幫忙，就必須付出大量金錢。

這是買命錢，闇行使要保命很簡單，但普通人就沒這麼容易了。

安林鎮接二連三出了許多事，各種妖魔鬼怪趁機滲入，上一次魑魅來一趟，就讓人心險惡全數曝露，人們為了求生，就算幾十年交情的鄰居也一樣能拖到廣場指稱為魑魅附體。

即便魑魅消滅了，感情的裂縫卻也已然誕生，人類之間的情感是很脆弱的，如同破損的瓷器，一旦有了裂痕便將永遠存在，無法抹滅。

曾被誣指為魑魅附體的人們無論如何都不會忘記出面檢舉他的人，即使是親人亦然，學校裡更是嚴重，當初真的有學長是被附身所以四處亂檢舉，意圖造成人心不安，但是……跟著學長使壞的人也不少，在事件平息後，同學間的關係自然也不會跟著修復。

鎮上陷入一股沉默與死寂，校園內也不再充滿活力，人們都用仇視的眼神望著彼此……

但再糟，也不會有她糟。

芙拉蜜絲嘆了口氣，托著腮趴在窗框上往下望，學生們陸續到操場上去了，鍛鍊課即將開始，近日大雪不停，天色暗得更快，學校兩點就結束室內課程，趕著大家趕快去鍛鍊身體與武藝，並得在天黑前結束返家。

畢竟夜晚是惡鬼妖魔猖狂之際，沒有人敢在夜晚時於外頭徘徊，從出生的那一刻起就要面臨隨時會死亡的威脅，被地獄惡鬼吃掉、被妖魔玩弄虐殺，各式各樣的魔物層出不窮，這就是人類的報應。

「怎麼一個人在那裡唉聲嘆氣？妳不是最愛鍛鍊課了嗎？快點去揮妳的鞭子吧！」身後傳來涼涼的聲音，芙拉蜜絲噘著嘴回頭。

她隔壁座位的美男子雙腳擱在桌上，把椅子當搖椅般在地上晃呀晃的，手裡拿著書閱讀，白金色的頭髮，白皙到接近蒼白的膚色，還有那張俊美到天怒人怨的臉龐。

「這種氣氛有夠難捱的！」她坐正身子，慢條斯理的收著桌上的課本，「老師還特地為我開一個空地練習！有夠明顯的！」

「哦？」美少年視線終於離開課本，瞥了她一眼，「火之芙拉向來不是校內的風雲人物嗎？怎麼突然變成過街老鼠了？」

「你——真的很煩！」她氣呼呼的抱怨著，把東西往書包裡掃去，「走啦，陪我去練習！」

「外面這麼冷，我才不要！」他驕傲的別過頭。

「聽你在放屁！」芙拉蜜絲抓起包包站起來，二話不說一掌往他的書上壓去，「你會怕冷就要世界末日了吧！」

法海蹙著眉看向書上的手，無奈的蓋上書本，從容的站起身，教室現在就剩他們兩個，平常這時候會有一堆人圍在芙拉蜜絲身邊，要跟她一起去操場練習，坐在她前面的江雨晨鐵定是要跟她手拉著手一道離開的。

這會兒，呵……「江雨晨還是一樣？」

芙拉蜜絲聞言，反射性的往前面的位子看去，她跟江雨晨之間……遭外力介入的漸行漸遠。

「雨晨的爸媽嚴禁她再跟我一起了，連朋友都不能當，不能一起上下學！」芙拉蜜絲口吻裡倒是沒太多傷心，「鐘朝暐也差不多，反正上次的事情後我多少有心理準備了！」

「這麼泰然？」法海輕笑著，她看起來的確沒有失落，情緒處理得很好。

「當然是表面啊，這樣做對他們比較好啦！」芙拉蜜絲無奈的看著他，「畢竟我真的是……闇行使。」

身體在變化，力量在甦醒，她原本也以為自己是普通高中生，只是比一般人更敏捷而已，但是隨著遇到的惡鬼越多，就越發現不是那麼回事……她是具有靈力的人，正是大家視為洪水猛獸的闇行使！

她再怎麼低調，大家也多少有感覺，高中生遇到惡鬼、鬼獸、妖獸、魑魅能逃過一死，甚至還能將其殲滅，這種一般只有闇行使才做得到的事，高中生怎麼做得到？就算有法器，也不該如此順利。

只是她不承認，大家就只能猜……整個鎮上大家都認識她，看著她長大，這點包容還是有的——直到魑魅闖進鎮上。

可惡的魑魅利用人性，在大家心中種下了猜疑的種子，然後一切就不一樣了。

「妳不覺得難過嗎？就算家人禁止，他們在學校還是可以偷偷跟妳說話的。」法海淡淡的說著，「我看他們也是避著妳啊！」

「你幹嘛？也要學魑魅挑撥離間嗎？現在連老師都避著我了，大家對闇行使多半都有根深柢固的成見！這我才不在乎。」芙拉蜜絲哼了一聲，「我，現在對別的事情更感興趣！」

「哦？」法海斜眼睨著她，勾起笑容。

法海現在是全校唯一願意與她靠近的人，所以也被其他同學排擠，不過他樂在其中，因為他根本討厭人多、也不喜歡被女生追逐，能有安靜的地方最好。

他根本不在乎，因為他壓根就不是人類。

「法海，你那票朋友，會不會在鎮上亂獵食啊？」她挑了挑眉，「突然這麼多吸血鬼跑到我們鎮上定居，還跟大家打成一片，我看了就……」

「Forêt，這麼簡單的發音為什麼到現在還學不會？」法海冷冷一句，「我跟我朋友的事妳管不著，別動不動就把吸血鬼三個字掛在嘴邊，我們是不死族。」

「有差嗎？」她沒好氣的應著。「我前幾天還夢到他們一夕之間把全鎮人的血都吸光！」前不久鎮上突然來了幾個顯眼的俊男美女，都是引人側目的容貌姿態，就住在法海家附近的萬人林裡，外型亮眼的他們很快地受到矚目，當中居然還有人是神父，因此一下子就跟鎮上的人打成一片，明明現在大家都在彼此猜忌，怎麼對外地人、對神父就這麼熱情？

法海疾速的瞥了她一眼，很快地又正首，惡夢嗎？呵，真有趣。

「如果我們真的要這樣做，妳也無能為力。」法海幽幽說著，口吻裡藏著嘲笑。

這讓芙拉蜜絲聽了不是很高興，她停下腳步，伸手拽住他，硬把他掰向自己，「我知道靈能者拿你們沒轍，但我不相信不死族沒有弱點！」

法海勾起了意味深長的笑容，「我很期待妳的發現！」

「喂！」她直接拉住他的手，「跟我說真的，你們是不是在盤算什麼？我不會讓整個鎮上的人成為你們的餐點！」

「小聲點，妳是想讓全世界都知道嗎？」法海搖了搖頭。「話說在前頭，誰聽見了我就先殺誰。」

芙拉蜜絲瞪圓雙眼倒抽一口氣，居然用這種方式威脅她？

「卑鄙！」她咕噥著。

「我聽得見。」再微小的聲音他都聽得到。

哼！芙拉蜜絲在心裡咕噥抱怨，其實她對不死族是好奇得不得了！為此查過一堆典籍，很久很久以前流傳的故事根本一堆錯誤，不死族畏懼陽光？法海每天都按時上學，盛夏依然！

十字架？他進出教堂從容自然，還有同族現在正在教堂裡當神父咧！

銀釘她是沒試過，但這問題又問不得，不過闇行使真的對不死族沒轍，五百年前人界浩劫之際，也有許多人死於吸血鬼之手，從後人找到的前人日記中顯示，吸血鬼們像是飢餓已久般，瘋狂的撲殺人類。

但是在某個時期，他們卻又忽然消聲匿跡。

不死族最麻煩的就是外表與人類無異，而且多半具有迷人的外表，多數生活在歐洲，能融進一般人類社會裡；人們已經歷過對靈能者的屠殺，總不能再把所有俊男美女都殺掉，人口已經夠少了，所以大家只能採取消極的對抗態度。

只是不死族並不如其他惡鬼們張狂，一直以來都難以掌握其行跡，若不是法海以學生姿態進入這個學校，若不是他幾次出手在緊要關頭救了她，若不是她是闇行使無法被他洗去記憶，他或許永遠不會曝光。

「妳，最近常做惡夢嗎？」走出校舍時，法海突然問了。

「咦……」芙拉蜜絲肯定的點點頭，「每天半夜都會驚醒，有時記得是什麼夢，有時不記得……我自己覺得不正常，但是跟爸媽說他們卻說只是壓力太大。」

「壓力？」法海蹙眉，「哦，被敵視的壓力。」

「你知道不是，我不在意鎮上大家對我的目光。」她深吸了一口氣，「你之前跟我說過，我的生活是由謊言構築而成的——」

法海回首，突地伸手竟撫上她的臉頰，這動作嚇得芙拉蜜絲立刻石化，呆站在原地連腳步都停下！

「仔細觀察慢慢思考，不急，千萬不要急。」他用悅耳的聲音對她說著，「別忘了任何事都是雙面的。」

基本上他在說什麼芙拉蜜絲沒有聽得很仔細，她只看見那雙漂亮的祖母綠雙眸凝視著她，冰涼的手正撫在她臉頰上，天哪！法海他、法海他正捧著她的臉耶！

她的心都要尖叫了啦——咻！

箭矢劃破空氣，直接從他們中間射過，芙拉蜜絲嚇得立刻退後，法海的手瞬間自她的臉下移，抓住了她的手避免她重心不穩向後倒去。

然後，緩緩的往右方看去。

十公尺外，鐘朝暐正擎著弓箭，對著根本不是靶的方向放箭……噢，這麼說不中肯，法海衝著他泛出微笑，對鐘朝暐而言，他就是靶，那小子巴不得一箭穿心，誰讓他剛剛撫著芙拉的臉對吧？

真是小朋友，幼稚。

這麼想著，法海看向左手邊的芙拉蜜絲，更加緊緊牽握她的手，「還好吧？」

「朝暐？他在幹嘛？」芙拉蜜絲循著軌跡看向插進樹幹裡的箭，「哇，這麼遠，他的技術越來越好了！」

「現在是稱讚別人的時候嗎？」法海沒好氣的唸著，「差一點點就劃傷我了！」

「你又死不了擔心什麼？」芙拉蜜絲認真回應著，遠望著鐘朝暐，他幹嘛一臉怒容還在瞪人，「喂，有人亂放箭還這麼囂張的嗎？他在瞪我耶！」

「好了，別跟他計較。」法海忙不迭把她拉走，他們得去老師專為她開闢的廣場練習，「妳最近荒廢得很嚴重，快點去練習了！」

哼！芙拉蜜絲邊走邊與鐘朝暐對瞪，他到底在幹嘛？他是故意朝他們射箭的啊，有必要弄到這麼嚴重嗎？

大家不是說好……就演戲而已嗎！演得也太認真了吧！

來到廣場，果然只有他們兩人，人人對芙拉蜜絲已是避之唯恐不及，她現在才不在意別人的眼神，既然知道自己具有靈力，所要做的就是低調，而且……她一直深愛信賴的家，才是需要她費神的！

他們家每一根柱子每一塊地板，都刻有她不認得的咒文，她的父親還能抵抗梵音！

強大的梵音是種武器，可以讓魔族以下的非人無法動彈，此音能讓魔物們恐懼逃離，但是人類則會暫時麻痺而倒地不起，連闇行使都無法抵抗，唯有少數靈力強大的闇行使者能夠避免，行動自如。

所以普通的靈力者根本不敢使用，可是爸爸之前為了救她不但用了，還行動自如。再繼續推想，她為什麼具有靈力？她為什麼是闇行使？難道不會是因為血脈嗎？既然如此，爸媽已經知道她是闇行使的前提下，為什麼不肯對她開誠佈公？

長長的鞭子尾端繫著把金刀，芙拉蜜絲揚手揮鞭，唰唰輕扭手腕，就能一一刺穿遠方十個標的物，毫無遺漏！她現在已經相當得心應手了，對於己身的武器熟練度大增，但是她更需要練習的，是靈力……

說時遲那時快，轟然一聲，她的鞭子瞬間就冒出了火！

「咦咦？」芙拉蜜絲驚恐的望著手上的鞭子，火勢一發不可收拾的延燒，轉眼成了火鞭，火還一路燒上她的手……或說她的手也冒出火更為恰當。

冰涼的手突然由後環來，法海站在她身後環住了她的身體，握住她的雙手，火轉眼退去，從手心一路到整條鞭子，眨眼間什麼火苗都消失，剛剛的一切彷彿只是幻覺。

「怎麼……不是我不是我！」她慌張不已，焦急的左顧右盼。

「沒有人看見，放心好了。」法海依然握著她的雙手，「平靜下來……妳剛剛在想靈力的事對吧？」

「咦？」她心虛的口吻他一聽就知道。

「妳必須更內斂，不能隨便想靈力的事。」法海輕嘆口氣，這才鬆開她的手，「要是在外面讓人看見了，猜疑得到證實，妳立刻就會被趕出去。」

唔……芙拉蜜絲緊皺起眉，這的確是鎮上對闇行使的做法，以往只要發現疑似有靈力的人都是如此，不管年紀多小，都會即刻被趕出鎮上，父母全家因此獲罪，因為他們藏匿闇行使！

「為什麼會這樣！我平常不會的！」她覺得有點不可思議。

法海幽幽的抬首，神情帶著愉悅，「因為月亮吧！」

芙拉蜜絲怔住，跟著抬起頭，厚重的雲層讓她什麼都瞧不見，哪來的什麼月亮？

「你知道我們已經連下好幾日的大雪了吧？」

「雪今天不是停了，過沒多久雲層會散開的！」他指指天空的燦亮，「沒感覺到陽光透過來了嗎？」

「嗯……的確是。」她不解的看著他，「我做夢跟月亮又有什麼關係？」

法海笑了起來，「芙拉，從今天開始，妳只怕沒有多少好日子過了！」

「什麼意思？」她皺起眉，轉著眼珠。

「因為月亮啊。」他深吸了一口氣，口吻裡卻盈滿喜悅，「血月要開始了。」

血月。

原本皎潔明亮的月亮將變成紅色，在許久以前有科學能夠解釋，主要是因為月球進入沒有太陽光直射的地球陰影中時，大氣層將紫、藍、綠、黃光都吸收掉，只剩下紅色光可以穿透過來。

但是身在各種惡鬼環伺的世界中，人們都會比較信任另一種傳說：血月許願。

傳說中，紅色的月亮雖代表不幸，恐有黑暗力量覺醒與倍增，會有重大事件發生，但正因為血月具有特殊力量，願望也更容易實現。

「月亮是紅色的耶！」放學時分，空中已出現了圓月，月亮泛著淡紅色，異常明顯。

「是傳說中的血月嗎？天哪，我從沒看過耶！」

「聽說至少要一百五十年或更久才有一次啊！好幸運喔！」

「要許願嗎？我好想許願喔！」

學生們一邊熱烈的討論著，一邊朝著校外走去，芙拉蜜絲站在校舍門口仰望著月亮，許願？血月之下許的願真的會成真嗎？如果希望魍魎鬼魅都可以回到所屬之地，讓法則秩序恢復，這樣的願望會成真嗎？

月亮真的會一一應和大家的願望嗎？

「別擋路！」身邊有人掠過她，故意撞了她的臂膀，害得芙拉蜜絲踉蹌往臺階下去才穩住重心。

她不悅的回頭，幾個學生用充滿敵意的眼光看著她，是一年級的。

「盈君，妳碰到她要是沾染不祥怎麼辦？」有人真的用恐懼的聲音說著。

不祥？芙拉蜜絲真想翻白眼。

「我有護符在身上不怕啦！」賴盈君斜眼瞪著她，「喂，芙拉蜜絲，妳到底是不是闇行使啊！」

芙拉蜜絲懶得回她，撇過頭不想理。

「我媽說她搞不好是被別的妖魔附身了，不然哪有人有辦法對付惡鬼？連魑魅都有辦法解決？」旁邊的男生說得煞有其事。

「不管哪個都好恐怖，不能趕她走嗎？」膽子小的小蘋怯懦的問著，「為什麼自治隊或鎮長不再檢驗一次？」

「上次開過公聽會了啊，有闇行使證明她沒有被附身了……就不太可能再開一次。」

「那就是闇行使了吧！」這三個字讓他們起了雞皮疙瘩，「闇行使不是更可怕嗎？我們現在過得這麼慘，都是靈能者害的！」

「這麼討厭闇行使，那把護符法器還有你家的保護結界都撤掉啊！」芙拉蜜絲倏地回頭，「沒有闇行使，我看妳連今晚都活不過！」

「那是我們花錢買下的東西耶，他們、他們販賣物品我們買，幹嘛要撤？」小蘋有點惱羞成怒，「我要是他們根本不敢收錢，世界變成這樣他們要負最大的責任好嗎？」

「就是！法則扭曲不就是因為靈能者嗎？他們照理說應該要贖罪的，卻自成一族……設個結界買個法器都要錢！惡質噁心！」賴盈君也跟著起鬨，「所有的不幸都是闇行使帶來的，芙拉蜜絲，妳究竟是不是啊！」

「覺得我是那就提出證據吧！」芙拉蜜絲聳了聳肩，「我只不過是運氣好了點，功夫比你們厲害很多而已。」

「連自治隊員都不一定能活著從鬼獸爪下逃生，妳再厲害也不可能吧！」賴盈君堅定的望著芙拉蜜絲，她家是非常激烈的反闇行使家族，「我爸說，一定會掀開妳的真面目，鎮上不容許有闇行使的存在！」

「等相互監督時妳就知道了！」有人還在放話。

所謂相互監督是最近鎮長發起的活動，要讓每個人都有機會去別人家過夜，藉此觀察那戶人家是否有異狀，或是某個人是不是有問題。

芙拉蜜絲根本不在乎，到他們家住過的人已經好幾個了，還不是什麼都抓不到？

「對，闇行使是不幸的代表，說不定這些日子以來的慘案，都是因為妳存在的關係！」自然也是理念相合的，才會是朋友。

「隨便你們。」芙拉蜜絲勾起笑容，「你們也不要忘了，這幾次也是我救了你們，要不然說不定你們都出事了！」

「少來！」他們沒有被拯救到，自然不以為然，「不幸是妳帶來的，原本妳就要收拾！

上次魑魅的主附體，不也是妳們家的親戚嗎！」

唉，芙拉蜜絲實在懶得再跟這些人吵，如果心裡已經有了定見，辯解再多也沒用。是，被魑魅附身的人是她的堂姐，當人類同意與魑魅融為一體時，堂姐就失去了靈魂，終其一生被控制……但，她不也親手殺了堂姐嗎？她到現在都還記得殺掉堂姐的感覺、殺掉她的孩子們的觸感。

身為闇行使，就不能被情感影響，因為永遠都會有認識的親朋好友被各種妖類附身，所以不允許有一絲動搖。

生死往往就在一瞬間，只要被附體，就不能當作人看待了。

「在這邊三八什麼啊！」裡頭傳來男生宏亮的聲音，「都擋住出入口了！」

「什麼……」賴盈君咬著唇回頭，是誰罵她三八啊！

鐘朝暐走了出來，不耐煩的望著他們，「跟八婆一樣，就喜歡亂傳亂講！有證據就拿出來，淨說些廢話！」

「……鐘、朝暐學長！你也知道的啊，芙拉蜜絲明明就很怪！」賴盈君的臉微微泛紅，看來是鐘朝暐派的人。

弓箭社社長，體格強壯，做人寬宏正義，加上這幾次鎮上被非人攻擊時，他也是協助殲滅者，完全被視為新世代的英雄，聽說自治隊已經正式召募他了！

「不關妳的事，快點回去，再囉唆下去天就要黑了！」他驅趕著，女孩們超級給他面子，只回頭再瞪了芙拉蜜絲幾眼，就快步的離開。

他揹著弓箭，謹慎的觀察四周，現在除了他們之外，就是校門口的老師們，沒什麼其他人在附近了。

「受委屈了？」他刻意直視著前方說話，校門口那兒還有老師在看著。

「我不在意那些啦！」芙拉蜜絲卻面露慍色，「我聽說自治隊召募你了？」

鐘朝暐暗暗倒抽一口氣，消息傳得這麼快？他難為情的瞄向芙拉蜜絲，這幾秒的沉默間接給了她答案。

「吼，有夠不公平！」她緊咬著唇，「每次冒險犯難都是我們三個人，並肩作戰，為什麼你跟雨晨就是英雄，我就是、我就是被附身、不然就是闇行使？」

「芙拉……」鐘朝暐試圖安慰她，但是又不能太明顯。

「而且他們居然找你進自治隊！」芙拉蜜絲根本沒在聽他說話，「我、我應該不比你差對吧！鐘朝暐！」

不比他差？不，鐘朝暐搖了搖頭，芙拉蜜絲根本就是神乎奇技！

遠程甩鞭、近身搏擊，動作之靈巧俐落，就連自治隊也沒有幾個比得上她，加上她……是闇行使，要鎮壓惡鬼、消滅鬼獸，連除去魑魅這種魔族的東西，都只有她才有辦法！

大家從小一起長大，他不是不知道芙拉蜜絲唯一的願望，就是成為自治隊的一員，甚至能成為國家自治隊。

自治隊簡單來說就是過去的警察與法治執行組織，在禁止外出、惡鬼環伺的夜晚，唯有自治隊員可在外面巡邏，遇到駭人的鬼獸或是惡鬼時，也必須靠自治隊對抗；自治隊多半依賴法器與護身符，但是每個人也必須有靈敏的行動力與反應，才能斬殺那些非人。

在這人口稀少的時代，自治隊清一色為男人，能繁衍後代的女性是極其珍貴的，只需要負責綿延子嗣，其餘都有男人會處理……正因為如此，芙拉蜜絲的心願永遠都無法實現！

因為她是女性，根本不可能成為自治隊員！

「妳就算比自治隊長強，也、也不可能進入自治隊啊！」鐘朝暐說著實話，「芙拉，妳早該知道……」

「算了！」芙拉蜜絲深吸了口氣，心裡明白但不代表可以接受。

尤其、尤其這幾次面對鬼獸時，她展現出來的勇氣跟技巧都比任何人都強大！這種只限男人的規矩根本不應該存在！

鐘朝暐緊蹙著眉，他當然知道芙拉有多難過有多嘔，但自從上次魑魅大鬧，被附身的神父聲稱芙拉有問題之後，鎮上對她的猜疑心便越來越重，加上芙拉的爸爸跟闇行使過從甚密，現在已經變成人人敵視的對象了。

「芙拉，我得先走了，老師一直在看。」鐘朝暐壓低聲音說著。

「嗯，好。」芙拉蜜絲邊說話，刻意別過頭，「朝暐，我不是生你的氣喔！我只是覺得不平。」

鐘朝暐微微頷首，因為導師已經朝他走來了！所以他趕緊三步併作兩步朝樓階梯下走去。

「恭喜你。」芙拉蜜絲雖然臉上掛著難受的笑容，但還是由衷恭喜他。

鐘朝暐停下腳步，卻無法回頭，只能繼續往下走，導師趨前問他芙拉蜜絲剛剛說了什麼，他搖搖頭，說只是恭喜他被自治隊召募罷了，他的導師質疑著，他也是懼於闇行使的一份子。

校門外，江雨晨在那兒等鐘朝暐，她憂心忡忡的望著站在樓梯高處的芙拉蜜絲，在校內大家都避免說話，朝暐怎麼跟芙拉講了這麼久啊！

芙拉蜜絲探頭朝校舍的左方看去，她當然在等人。不久，就遠遠看見一個優雅的身影跟一堆女生聚集尾隨，看來法海應該已經接到許仙了！

她跳下階梯，幾個老師用恐懼或敵視的眼神瞄著她，她依然禮貌的語氣向老師道再見，奔出校門口後往左拐去。

「芙拉姐姐！」如洋娃娃般可愛的小男孩一見著她，立刻飛也似的往前奔。「呃——」

但僅一秒，他的衣領就被人逮住，跑也跑不動。

「你是她的誰啊，姐姐叫得這麼親密？現在是又想撲過去抱住她嗎？」法海只用食指跟拇指捏他的衣服，「跟她套關係是為了什麼啊！」

「哎……哎沒有啦！」許仙無辜的嚷著，「我只是覺得她人很好啊，而且她不是都知道我們是——」

「兩碼子事。」法海睨著小個兒的他，「果然是孩子殼裡裝了老成的靈魂，想想你也六百歲了，喜歡女人也是正常的……」

「主人……」童稚的笑顏裡藏著不懷好意。

「色鬼，找別人去，少招惹芙拉蜜絲。」法海邊說，看著芙拉蜜絲奔近，「妳跑過來做什麼？多此一舉，我們還不是得走過去？」

「多運動嘛！」她壓低聲音，「況且老師他們盯得我渾身不舒服！」

「妳就說要詛咒他們，保證他們跑得很快。」法海非常認真的幫她出餿主意。

「謝謝你喔，然後我天黑前就被趕出去了，得到結界外去面對一堆妖魔鬼怪！」她咕了一聲，繞到許仙身邊伸出手，「來，許仙，姐姐牽你！」

「我是 Du Xuan 啦！不是許……」餘音未落，許仙瞬間從法海的右手邊，被甩換到了左手邊。

芙拉蜜絲一陣錯愕，睜大雙眼望著法海。

「我有跟妳說過他幾歲嗎？我跟他是在做樣子，畢竟他外表只有七、八歲。」他挑了挑眉，「妳還真把他當作小孩子嗎？」

「……對厚！」芙拉蜜絲越過法海瞄了許仙一眼，他還一臉委屈呢，「為什麼這麼小就變成你們一族的，誰搞得好缺德！」

「我。」法海回答得直接，「我們的事妳別過問。」

「是是是！」芙拉蜜絲沒好氣的扯著嘴角，附近的人都望著她在竊竊私語，就算有一堆女生想來找法海，也因為她而不敢靠近。

這就是法海樂得跟她走在一起的原因。

走沒多久就看見自治隊員在街上忙碌，今天跟平常有些不同，他們似乎在催促大家回家，還幫許多攤子收攤。

遠遠的，就看見迎面走來的自治隊隊長——堺真里，他跟芙拉蜜絲的父親私交甚篤，芙拉蜜絲都叫他真里大哥，是看著她長大，鎮上最威風凜凜，戰功彪炳的自治隊長。

可偏偏也是闇行使。

之前還有個精通塔羅牌的學姐，也是闇行使，鎮上說不定還有很多隱而不宣的靈能者潛伏，就不知道大家是在介意什麼。

「芙拉！怎麼還不回家？」堺真里小跑步奔至，嚴肅的看著法海。

「真里哥，最少還有一小時才天黑耶！」她不解的看著天色，「怎麼……又有哪裡結界破了，被惡鬼闖入了嗎？」

「不，沒有……」堺真里邊說，一邊緊握著手上的刀，「我覺得不對勁，心神不寧，妳還是早點回家好！」

芙拉蜜絲轉了轉眼珠子，趕緊跟法海換了位子，「大哥也做惡夢了？」

堺真里立刻抬首，驚訝的望向她，「妳也——」

她點點頭，大拇指指向身邊俊美的少年，「法海說是月亮的緣故。」

「不要又扯我。」法海沒好氣的抱怨著，她是都沒看到堺真里一副想把他抓起來的樣子嗎？「有眼睛的都看得見。」

堺真里果然再度銳利的看向法海，才又仰首，神色凝重，「血月，傳說每到血月就會發生不好的事。」

「可是我看大家都興高采烈的想許願，像是會發生好事似的？」芙拉蜜絲壓低了聲音，「鎮外所有的結界都檢查過了嗎？有沒有什麼裂縫會讓無界森林那邊的非人闖入。」

無界森林相當寬廣，據說過去曾是海，裡面棲息了各種邪怪，就算是闇行使要通過也得防衛重重，所以尋常人根本不敢通過無界森林，那簡直是禁區中的禁區，所以佈置了無數封印與結界。

「正在加緊檢查，但我擔心的不是鎮外的東西。」堺真里忽然再度看向法海，「你知道什麼嗎？」

「不知道。」法海根本秒答，「我不干涉你們鎮上的事。」

「厚，真里大哥你不要理他，他是不想跟你說話啦。」芙拉蜜絲知道法海很想立刻走人，「他說血月時邪惡之力會增強，還要我們小心一點。」

「呼，那妳就乾脆認真聽他的。」堺真里突然應和起來，「立刻回去，大哥不是說妳要禁足到學期末嗎？還這麼拖拖拉拉！」

「真里哥！你不要跟我爸沆瀣一氣啦！」芙拉蜜絲忙不迭拉過法海，火速離開堺真里面前，省得大哥又囉哩叭唆的。

越想越不爽，她打贏了惡鬼、鬼獸，戰勝那麼多威脅，鎮上不把她當英雄就算了，還開始敵視她？爸爸也沒鼓勵她救更多人，反而長期禁足，連真里大哥都聯合起來限制她。

「妳剛說學校的人都興高采烈的要許願？」法海忽然問了。

「嗯，在等你的時候大家都在討論，血月似乎是個可以許願的時機，傳說能讓願望實現……」她認真的想著，「血月能有多大的力量啊？什麼願望都會實現嗎？」

「許願，呵……」法海沒有正面回答她的問題，只是笑笑。

「那許仙要許願長大嗎？這種許願能成功嗎？」她探出頭看著被法海緊緊牽著的洋娃娃。

「那是不可能的。」許仙倏地露出大人的表情，「我永遠就是這個樣子，這不是靠許願就能改變的。」

哇，芙拉蜜絲看見那成熟的眼神，許仙果然不是孩子，只是那圓圓的臉頰跟可愛的臉蛋，怎麼樣都讓人覺得太萌了，很難想像軀體裡是個幾百歲的人。

芙拉蜜絲對這世界的一切還不瞭解，事實上就算是闇行使也不一定知道他們一族的習性，光是他們短時間聚集到一處，就通常都不會有好事。

丹妮絲跟她的隨從們一出現他就知道了，是他太融入人類的生活，忘了血月即將降臨。

「妳呢？也想許願嗎？」法海笑看著她。

「會成真嗎？我不太信這個。」她雙手高舉，做著拉筋伸展，「要真能成真，早有人許讓法則恢復的願望了。」

「呵……」法海笑了起來，真不知道是誰想出來的妙招，讓人類以為對著血月許願就能成真？不，也不能這樣說，願望的確會成真的。

這讓芙拉蜜絲有些呆愣，因為他笑起來真的超好看的！望著他的唇，她突然又想到上一次在水裡，他吻……不，是嘴對嘴灌空氣給她的景象，冰冷但柔軟的唇，嗚，她一直忘不了啊！

「芙拉姐姐為什麼臉變紅了？」許仙朝上看著，芙拉從脖子一路往上紅，活像紅酒倒入空杯的模樣。

「咦？」芙拉蜜絲立即掩臉，「有嗎？沒、沒事啦！」

討厭，只是想想就會臉紅，這麼明顯幹嘛！她在心裡咕噥著……哎，那許小小的願望可以嗎？

想知道，法海會喜歡她嗎？

「沒事別許願，最好什麼都不要許。」法海突然認真的開口，「連想都不要想。」

「為什麼？」她困惑的眨眨眼，「真的……會實現嗎？」

眼看著已經快到芙拉蜜絲家了，門口站著班奈狄克，她的父親，自從他們一起上下學後，那男人總是擰著眉在門口等待女兒。

「有些人的願望，會是他人的詛咒。」法海停下腳步，朝著十步之遙的班奈頷首，「這世界還有很多你們沒接觸過的可怕事物，妳，千萬不要對月亮許願就是了。」

有些人的願望，會是他人的詛咒。這句話讓芙拉蜜絲好震驚，她從未想過這樣的可能。

「我不懂……」她蹙眉，「血月到底是什麼東西？」

「問他吧。」法海指向班奈，「他能回答妳人類該知道的部分。」

芙拉蜜絲轉向了父親，班奈察覺有異即刻邁開步伐趨前，法海搖搖手上的許仙，他即刻綻開天真的笑顏，朝著班奈揮揮手。

「芙拉爸爸好！」他笑瞇了眼，全條街的人都會笑著說許仙好可愛，唯有芙拉蜜絲一家，只會淡淡的瞥他一眼。

「謝謝你送她回來。」他虛應一應的點點頭。

「是謝謝她陪我。」法海頭向後撇，後面有一堆女孩子，「省得那票拚命的想找我談結婚生子的事。」

為了繁衍後代，一般說來十六歲就可以開始選夫了，女子為貴的時代裡，女人向來有權決定孩子的父親，即使婚後也能再選擇別的男人生子，一來是為了防止基因缺陷，二來只要能增產，無論怎樣都行。

而法海的基因在這些女人眼裡，簡直是上上等。

班奈不再言語，只是輕搭著芙拉蜜絲的肩要她進屋，法海跟許仙也勾起從容笑意後疾步離去，待芙拉蜜絲一進家門，女人大軍就要攻上來了。

站在窗邊的母親露娜緊張的放下簾子，連忙迎上前，看著芙拉蜜絲進門，這才能鬆一口氣。

「回來就好。」她笑著。

「媽，我只是從學校回來而已好嗎？」最近他們真的越來越誇張了，搞不清楚在緊張什麼，卻又隻字不提。「妳怎麼老是一副擔心的樣子，我跟法海在一起沒問題的！」

就是跟法海在一起，他們才提心吊膽啊！

「剛剛你們在說什麼？為什麼法海指向我？」班奈一關上門就問了。

「哦……我們在談血月的事。」芙拉蜜絲故意裝傻，「今天聽見大家都說要許願，對血月許下的願望一定會實現，我在想啊，我──」

「不能許願！」班奈低吼一聲，連坐在沙發上年幼的弟妹們都嚇了一跳。

「爸？」

「對著血月許願……會出事的。」班奈緊皺著眉心，「妳說大家都要許願……這、這是怎麼回事！」

「不知道從什麼時候開始，就這樣流傳，說對血月許願，能願望成真！」露娜也憂心如焚，「為什麼會讓我們遇上血月，這、這根本……」

「血月，會怎麼樣嗎？」芙拉蜜絲試探性的問著，光是從爸媽這種緊張的神態就可以看出來，他們真的知道！

「那是黑暗力量增強的時候，從今晚開始再強的結界只怕都會變得薄弱，更可怕的不止於此……」露娜回首望著她，「可怕的是，有人會回應許願。」

「咦？」芙拉蜜絲雙眼一亮，「真的會成真！」

「對。」班奈接了口，「會以妳最想像不到的方式，為妳完成願望。」

第二章

夜晚是非人的世界，家家戶戶除了牆與門上刻有的咒語及鋪設結界外，每一扇窗內還會再有對開的木條窗，上頭刻有咒文，夜晚時必須將玻璃窗關好，內部再加上木條窗扣緊，只是這血月的夜晚，再多窗戶也止不住芙拉蜜絲的好奇心。

血紅的月亮高掛在天上，芙拉蜜絲大膽的打開木條窗，不可思議的看著那紅色的月，真的……好詭異啊，在夜色中特別的亮，月亮像是滲出血般，染紅了原本的光潔，說鮮紅倒也不是，但真的很像是受傷時血液滲到衣服，大概一天後氧化的顏色。

暗紅且不均勻，可是這般紅月就讓人看了覺得心驚膽顫。

隔著一扇玻璃，她可以看見樓下佛號之徑的燈光，平時自治隊夜巡都會走在佛號之徑裡，那是特殊的設置，整條路的路燈都繪有佛號、並經過誦經加持，每盞燈之間以神社繩繫住，全部施以驅魔咒、護身咒，才能讓自治隊員安心巡邏。

佛號之徑設置在鎮上主要道路的正中央，面對各方均在射程之內，亮起的佛燈築成一片結界，妖鬼不侵，連低等妖類都能驅趕。

但今夜連自治隊都取消夜巡，可見真里大哥有多忌諱這一輪紅月。

「姐姐？」身後驀地傳來聲音，嚇得她慌亂的想把木條窗關上卻來不及。

艾莎站在一旁，揉著眼用困惑的眼神望著她。

「怎麼起來了？想上廁所嗎？」她趕緊問道。

「妳怎麼把木條窗打開了？媽媽說這樣很危險的！」艾莎皺起眉，相當嚴肅，「快點關起來啦！」

「我只是想看一眼月亮，妳要幫我保密喔！」芙拉蜜絲趕緊回身，想將木條窗掩起，但夜空卻出現異象，讓她愣住了。

紅色的月亮發出紅色的光芒，那些光芒竟然點點飛降，在夜空中飄散著，芙拉蜜絲不可思議的看著那點點紅色光暈，它們飄動著、又似舞動著，成了漂亮的螺旋狀，翩然起舞。

連艾莎都湊近到窗邊，暗暗的哇了一聲，因為那飛舞的光暈真的太美了。

從月亮灑下的光越來越多，越來越密集，它們漸漸匯集成形，芙拉蜜絲讚嘆著，就看見光點一分為二、二分為四，它們越來越小，越來越密，然後漸漸的像是在塑成什麼東西。

光點變得密實，開始繞出了……指頭？芙拉蜜絲皺起眉，看著一隻紅色的手在月光下漸漸成形，雖然是光點組成的、有些半透明，但那紮實的就是手肘、手腕、手掌乃至於……有蹼的手指！

細長的手指，指頭與指頭間狀似有蹼，而且那手指是一般人的兩倍長，指頭還在延長，而頸子與肩膀也開始成形，一點一滴，紅色的光點匯聚而成的——什麼？

她不知道那是什麼啊！

攀著窗櫺的小手開始顫抖，艾莎臉色鐵青的看著半空中的景象，連呼吸都顯得急促起來！

「走！回去床上！」芙拉蜜絲立刻扳開她的手，艾莎倒抽一口氣，不假思索的立刻衝回床上，她的床帳上頭繡有滿滿的咒文，也是強大的防護罩。

芙拉蜜絲應該要把木條窗關上，而且要緊緊扣死門閂的，好讓第二層咒語防護能完整，否則強大的惡魔有可能破窗而入……但是，她卻無法移開眼神，想看那月光能組成什麼東西！

巨大的手臂、凸出的肚子、青蛙的雙腿、人類的頸子，和鳥類的頭，詭異的生物誕生在血月之下，芙拉蜜絲在腦海裡翻過最近所有看過的妖魔圖鑑，就是沒有這一號生物！

『這世界還有很多你們沒接觸過的可怕事物……』法海的聲音在記憶裡響起。

這個就是她沒接觸過的東西嗎？妖類？魔類？難道會是惡魔？芙拉蜜絲緊皺著眉，看著那已然成形的怪物張開雙臂，仰著頭張大鳥喙，月光傾洩而下，將它身上的空隙補滿。

它在狂笑，神情是陶醉的，身上依然有許多空隙，即使被月光補足了，卻依然只是光組成的東西，所以看起來是半透明的！

然後……有什麼東西從地面上升起了！芙拉蜜絲忍不住貼上玻璃窗，意圖看得更仔細！

地面上升起的竟也是紅色光點，比月光更實心更鮮紅，它們升空到一半後，如箭矢般咻的飛進怪物體內，然後補足那本是虛空的身體——地面上的紅點正從四面八方朝著怪物湧去，而他的身體便逐漸成為實體！

不行！芙拉蜜絲不顧一切的回身從桌上拿過她的長鞭及金刀，下一秒竟推開玻璃窗，這樣的距離，說不定她有機會毀掉那個正在成形的不知名怪物！

「我希望爸爸媽媽不要再管我。」

「我希望可以不要這麼早睡覺！」

「我希望以後都可以不必寫作業！」

「我希望所有的學生都能乖乖聽話！」

「我希望可以休假個幾天！」

「我真希望不要生下這個愛哭的孩子！」

咦？聲音嗡嗡的響著，芙拉蜜絲瞪圓眼聽著自各方湧來的聲音，那是……許願？各式各樣的聲音飄在空中，就在那些鮮紅的光點裡，然後往怪物身體裡湧去！

大家在許願嗎？她倒抽一口氣掩住雙耳，為什麼她聽得這麼清楚？那些聲音就像飄在空中一般迴盪著，若是她能仔細聽，說不定還可以聽出是誰在許願！

「我希望芙拉蜜絲可以離開！」

喝！猛然聽見自己的名字，讓她顫了一下身子！

「我希望鐘朝暐可以喜歡我。」

「我希望芙拉蜜絲可以離法海遠一點，最好讓法海討厭她！」

「我希望法海可以多看我一眼，不……我希望他可以凝視著我。」

「我希望法海能夠對我說喜歡我，把我抱在他懷裡，嘻！」

「如果芙拉蜜絲是闇行使，我希望她趕快離開鎮上！」

「希望鎮上再也沒有那些披斗篷的闇行使出現！」

聲音如數灌入芙拉蜜絲的耳裡，她只覺得頭腦發脹，處理不了這麼龐大又間斷的聲音，雖然不知道為什麼她聽得見，但是她現在簡直頭痛欲裂啊——喝！

視線襲來，芙拉蜜絲倏地抬首，與那浮在半空中的詭異生物四目相交！它正在看她！

正面的怪物依然醜陋噁心，它幾乎已經化為實體了，歪著鳥頭望著她，鎮上的願望還沒有結束，更多的鮮紅光點持續往它身體裡去。

比人類兩倍長的手指上，還有著尖銳的指甲，它緩緩舉起手，指向了她。

『妳……怎麼不許願呢？』

許、許願？芙拉蜜絲嚥了口口水，看著那令人不快的臉龐，血紅的生物，無論怎麼看都叫人不舒服啊！

問問它是什麼嗎？芙拉蜜絲在心裡想著，但是不知道是不是錯覺，那個形體好像飄近了些？

關、關窗！她的手小心翼翼的收回，因為正被盯著，她的動作不敢太明顯，只能慢慢的、緩緩的將玻璃窗往內掩……不要再看她了，她不會許願的！法海交代過，不能許願！

『妳為什麼不許願呢──』下一秒，鳥嘴張大，裡頭如鱷魚般的尖牙朝她撲了過來！

唰──更加疾速的幾抹身影倏地落在她的窗前，砰磅的由外側關上了窗戶，芙拉蜜絲什麼都瞧不清，只看見玻璃窗被掩上，她趕緊扣上鐵鉤，然後將木條門關上，扣上木閂！

呼……呼呼……她雙手貼在木條門上，看著上頭刻著的咒語泛出金光，緊接著二樓所有木條窗的咒語總算相連，均綻出金色光芒，代表咒語生效了。

「芙拉！」房門倏地被推開，衝進來的是一臉驚恐的露娜，「妳……怎麼回事！」

「咦？」她倉皇回身，還有些反應不及。

露娜飛奔到她面前，望著眼前的窗子，再看向她，緊皺的眉心似乎代表她發現了什麼，芙拉蜜絲擰著眉抿緊唇不說話，只是看著母親。

下一秒，一巴掌揮上了她的臉！

「啊！」巴掌聲響亮，右手邊床罩裡的艾莎躲在被子裡不敢動。

「妳……妳剛做了什麼！」露娜氣得連聲音都在顫抖，「妳剛剛才把木條窗門上對不對！妳把木條窗打開了！」

芙拉蜜絲沒有撫上臉頰，而是低垂著頭，媽媽聽見了。

「對、對不起……」她囁嚅的說，「我看見有奇怪的東西……所以我、我原本想解決掉它的！」

「什麼奇怪的東西？」班奈的聲音隨即響起，他也進入了房間，口吻異常嚴肅，「芙拉，妳看見什麼了？」

芙拉蜜絲抬起頭，有些激動的說：「月光，月光變成光點，光點組成了一隻大怪物！我還聽見大家在許願，那些願望藏在更鮮紅的光點裡，跑進怪物的身體裡，然後……然後它竟然變成實體了！」

「天哪！」露娜忽地上前箝住她雙臂，「妳剛連玻璃窗都開了對不對！對不對啊芙拉！」

芙拉蜜絲顫巍巍的點頭，母親這般盛怒她根本始料未及！

「躺下！不許離開床一步！」班奈立刻指向角落的孩子們，並動手把房裡的燈關上，「芙拉蜜絲，把燈關掉！」

「關……」她趕緊探身向左手邊的書桌，將燈關上。

父親把房門掩上，母親將地面的小夜燈也拔掉，少了窗外佛號之徑的照耀，二樓只有徹頭徹尾的黑暗，她站在原地不敢動彈，眼睛尚未能適應房間的黑暗，但是可以看見父母親正在移動。

「如果有任何一個……光點飄進來的話。」班奈的聲音突地在她面前出現，「我們家所有的咒文，都不一定能擋下它。」

「咦？」芙拉蜜絲瞪圓了雙眼，它？「是指外面那個怪物嗎？」

「找光點吧，紅色的光點。」班奈大手往她肩上一拍，然後開始在屋內尋找移動。

芙拉蜜絲蹙著眉搖頭，「不，我沒看到任何光跑進來啊，它們都往怪物的方向去……」

「芙拉，光的速度哪是妳肉眼跟得上的？」班奈低沉的說著，「去找妳的床底下。」

光的速度……她不懂，為什麼大家許的願會變成紅色的光點？為什麼能幫助那個怪物變成實體？這一切太匪夷所思了，而且外面那隻究竟是什麼東西！

還有，剛剛落到她窗前將窗戶關上、擋下怪物的又是什麼？天哪！她腦子裡一團亂，一堆頭緒都釐不清！

芙拉蜜絲跳上床掀開被褥、枕頭，雙眼雖已適應，但根本沒看到什麼紅色的光點啊！她爬下床在四周探查，她的床下是個大櫃子，裡面放的多半是雜物跟武器，不過……她咬了咬唇，如果是光，什麼隙縫都能鑽進去對吧？

這麼想著，她把床整個掀起，下方的櫃子裡倏地出現了紅點。

「啊……」她驚嘆的看著落在她東西上的紅色光點，大約一顆乒乓球的大小，如此的鮮紅，散發著淡淡的光暈，再一次見到，只有更加的驚訝。

光，竟然可以以實體存在著。

她伸手向光點，輕而易舉的「撈」起了光，好奇又驚喜的望著手裡的鮮紅光球，這是光？還是球？她近看著掌心上的紅點，光點裡有光線在流動，她的左手緩緩靠近，想戳戳看究竟是不是實體。

不行，如果是光的話，說不定散了更麻煩，她找一整夜也找不到啊！

這個願望……是什麼呢?她緩緩的湊近光球，剛剛明明聽得見的，這裡面藏著什麼願望……

『芙拉蜜絲為什麼不去死——』

尖吼聲倏地從耳邊傳來，芙拉蜜絲嚇得看向光球，光球曾幾何時已經變成了一張大嘴，差一點就要咬下她的耳朵!

「哇!」她因驚嚇而向後滑倒，掌心上的大嘴瞬勢飄浮，然後下一秒朝她俯衝而來!在這同時，光倏地化成一根細長的箭，朝著她的心口射至!

啪嚓一塊布突然裹住了紅光，瞬而蓋住了芙拉蜜絲的頭，她驚恐的掙扎，將布胡亂取下，聽著足音奔至耳邊。

「不要動!」爸爸的聲音警告著，然後她聽見低語的咒文聲，不敢輕易動彈。

直到布從臉上拿起為止。

露娜將書桌燈點亮，嚴肅的走近了站在她身邊的父親，班奈手裡抓著一塊黑布，謹慎的像裡頭包裹著什麼。

「抓到了嗎?」她低語。

「抓到了，等等必須處理掉。」班奈看向她，朝她伸出了手，「起來。」

芙拉蜜絲戰戰兢兢的抓著父親起身，完全不明所以。

「那是……怎麼回事?」

「這是人們對血月所許的願望，不能讓食願魔發現，我得把這個願望摧毀。」班奈望著手上的黑布，「希望只是個微不足道的小願望。」

嗯？芙拉蜜絲瞬圓雙眼，爸媽沒聽見剛剛的聲音？

「本就不該向血月許願的，再微小都不宜。」露娜的手輕擱在丈夫的臂膀上，「只是對許願的人有些抱歉而已。」

「摧毀這個願望會怎麼樣嗎？」芙拉蜜絲狐疑的問。

「他的精神會受損，希望不要是太重大的願望，願望越大，受的傷越嚴重。」班奈嘆了口氣，眼神落在她身上，「芙拉蜜絲！妳太大意了，怎麼能開窗呢！」

「我……」芙拉蜜絲心虛的抿著唇，「我只是想看一眼紅色的月亮，沒想到就……」

「太危險了！」班奈嚴厲的斥責著，「從現在起，整個血月期間都不許妳再開窗，連木條窗都不允許！」

「為什麼？血月到底是怎麼回事？」芙拉蜜絲一股腦兒的全問了，「那個怪物是什麼？月光為什麼能組成那個？食願魔是什麼？還有大家許的願為什麼會變成這樣——還可以攻擊我！」

露娜眼神閃爍，避開了她的眼睛，「先睡吧！時候不早了！」

她推著班奈往房門外走去，再一次無視於芙拉蜜絲的問題，自從芙拉蜜絲發現家裡每樣東西都刻有唯有闇行使才會的高級咒語後、在她想起父母能在梵音的敲響下不麻痺後，她已經問過不下十次：到底有什麼瞞著她？

她認為，她會具有靈力不是偶然，應該是遺傳！因為能聞梵音不麻痺，唯有最高級的闇行使者才做得到！

靈力有分高低，闇行使以斗篷的顏色區分靈力高強，灰色斗篷的闇行使是游離份子，簡單來說就是只能對付小妖小怪，連妖獸都不一定能解決；接下來是深藍斗篷，這類闇行使具有一定的力量，對付妖力不高的妖獸、魑魅或逝者靈魂都沒有問題；再上一級是紅色斗篷，已經逼近最高階的使者，連低等魔物都能壓制。

最高階的「闇行使者」，傳說他們的斗篷代表色是黑色，但是真正的「闇行使者」根本不會穿斗篷曝露行蹤，也鮮少人能知道他們存在，而且除了富者或是政府單位，也沒人請得起。

每一次，父母都敷衍著她！

「到底打算瞞我到什麼時候？我什麼都知道！」芙拉蜜絲忍無可忍的低吼著，「你們不要以為我看不出我們家的咒文，每一個角落、牆上甚至是地板上都是！」

班奈嚴肅的回首，唇緊緊抿著，最終還是撇頭走出房門，露娜帶著點哀怨的望著她，他們何嘗不知道，自己女兒的靈力正在疾速覺醒中呢？她當然會察覺有異啊！

「芙拉，有些事不知道對妳是好的！」她深吸了一口氣，「時候到了，我們自然會說……時候未到，妳就什麼都不要問！」

「不要問？我受不了啊！」芙拉蜜絲緊握雙拳，「我們家到底隱藏著什麼秘密！」她不顧一切的追上去拉住母親，「我寧願危險！」

露娜眼神裡盈滿憂慮，搖了搖頭，「芙拉，我們就是擔心妳的寧願危險啊！」

這不該是闇行使的特質，芙拉蜜絲的個性會把自己往危險與死亡裡逼去，知道太多太深，無法想像她會有什麼樣的反應，會發生什麼事！

露娜為她掩上了房門，芙拉蜜絲沒有再追出去，她已經感受到父母的堅定！她可以感受到他們都是闇行使……或者爸爸一定是，而且還是罕見的高等闇行使，靈力強大，媽媽或許只是擅用法器跟咒文而已，不一定具有靈力。

當然他們想隱瞞的絕對不止於此，這才是她所介意的事，只是光是父親不願承認自己是闇行使這件事就已經讓她很不滿了，她是他們的女兒啊，居然不肯對她坦白？尤其在她經歷這麼多事，展現出靈能之後！

「姐姐……」細微帶著恐懼的聲音來自於角落的床榻，艾莎依然醒著，抱著她的娃娃咬著被子。

芙拉蜜絲趕緊回身走到她身邊，掀開床帳安撫著她，「對不起，我太大聲了。」

「不要生氣好嗎？」艾莎可憐的望著她，「不要吵架了。」

芙拉蜜絲淺淺笑著，撫著她柔軟的細髮跟臉頰，「不吵架了，乖，快點睡。」

艾莎點點頭，臉頰搓著被子，依賴眷戀的抱著小熊娃娃，「我最喜歡姐姐了！」

芙拉蜜絲笑了起來，她有四個弟妹，原本有兩個弟弟，但大弟史貝斯在五年前被妖獸害死，所以就剩下他們五個，每一個都是她的寶貝，艾莎與她甚為親近，也是個懂事的孩子。

「我也喜歡艾莎喔！」她俯身在她臉頰親了一下。

「為什麼有人討厭姐姐呢？」她用睡眼惺忪的雙眼疑惑的問，「還希望姐姐死掉！」

「嗯？」芙拉蜜絲蹙起眉頭，「誰跟妳說的？」

怎麼跟孩子說這些呢？小學的孩子就知道這個了？

「剛剛那個紅色的球球說的！」艾莎噘起了嘴，「它不是喊著要姐姐去死嗎？」

芙拉蜜絲瞪圓了雙眼，腦袋一片空白，她僵硬的抽著嘴角，只能趕快安撫妹妹入睡，蓋妥被子，離開了床帳。

回身將媽媽剛剛拔下的夜燈重新插上，這才好不容易吐出一口氣……艾莎聽得見？她聽見了那個紅光喊出的聲音？

天哪！她不由得回首看向床裡睡得香甜的妹妹——她該不會也是闇行使吧！

早餐桌上，芙拉蜜絲正失神的咬著麵包，小蘿蔔頭們連抹個果醬都能抹得到處都是，被媽媽罵著，她倒沒心思管這麼多，昨晚的事就夠讓她頭大了。

「媽咪，我想吃蛋糕！」艾莎突然開口。

「蛋糕嗎？」露娜輕笑著，「好哇，星期天我們來做香草奶油蛋糕，爸爸帶了上好的香草莢回來！說好一起做喔！」

「好！」艾莎用力點頭。

「喔耶蛋糕蛋糕！」小弟妹們一起吵著，開心得很，「可是我也要吃巧克力派！派派派派派派！」

「還要巧克力派啊？」露娜轉了轉眼珠子，「那給大姐做好了，芙拉沒問題吧？」

「嗯？」芙拉蜜絲趕緊回神，「什麼派……厚好啦，做做做！」

「巧克力派！巧克力派！巧克力派！」小朋友們繞著桌子開心的手舞足蹈。

「艾莎最近不是在練陶笛，那天下午順便吹給大家聽吧！」班奈溫和的笑著，「我們吃蛋糕、喝蜂蜜茶，聽陶笛？」

「好！」艾莎雙眼熠熠有光，開心的舔著嘴角的草莓醬。

芙拉蜜絲輕笑著，昨晚的一切好像都沒發生過，不過……我可以問嗎？「昨天那、個，白天會有威脅性嗎？」

班奈瞥了她一眼，微微的搖了搖頭。

「那就好。」她鬆了口氣，「我可不想連白天都戰戰兢兢……啊，要不要告訴真里大哥這件事？」

「他已經知道了。」露娜好不容易才把一桌的果醬擦乾淨，「妳就乖乖去上學，什麼事都不要干涉就好。」

芙拉蜜絲沒好氣的嘟起嘴，「現在已經沒人會讓我干涉了，我現在活像瘟神哩！」

「芙拉……不要管別人了。」露娜語重心長，「現在的狀況很不好，我們大家都要有心理準備。」

「什麼心理準備？」她看著對面的父母。

「接下來會發生很多事，大家的不信任、排擠……我現在連去買大餅都會被推出來。」班奈無奈的說著，「他們說妳殺了大餅嬸！」

「她被附身了！被魑魅附身能不除掉嗎？」噢！天哪，這太無理了！一旦被附身就等於死了，意識不但會被控制，還會加害其他人，哪有不除掉的道理！

「這已經不能用常理去說了，妳自己要小心，鎮上有許多反闇行使的人士，他們一旦懷疑妳，就會想盡方法逼迫妳。」班奈仔細的交代著，「要忍住，脾氣不要說風就是雨的，盡可能對一切視而不見。」

「最後一件事好難。」她無奈極了，「但我會盡量做到的。」

露娜伸長手緊握住她的手，滿是擔憂之情，她知道爸媽都是關心她、愛她，瞞著她事情或許也是這樣，只是她心裡上總過不去。

幾個小蘿蔔頭跪在沙發上往窗外看，嘻嘻哈哈的。

「芙拉姐姐～姐姐，法海來了！」弟妹們從沙發上跳下來，「法海來了～許仙也來了！」

唔！芙拉蜜絲立即把麵包全塞進嘴裡，接著拿起桌上的牛奶咕嚕咕嚕灌下，無獨有偶，隔壁的艾莎也依樣畫葫蘆，狼吞虎嚥。

「吃慢一點……欸，芙拉！妳不要帶壞艾莎！」露娜勸阻著，「妳們兩個別噎著了。」

「不會啦！」芙拉蜜絲跳了起來，抓過書包就往外衝，「我去上學了！」

「姐等我！」艾莎嚷著，手忙腳亂的跳下椅子，也拉過書包。

露娜暗暗瞥向丈夫，班奈頷首起身，要送孩子出門，芙拉蜜絲一骨碌拉開木門再朝外推開紗門，法海跟許仙就站在她們家外的路上，一臉不耐的望著懷錶。

「看什麼啦，又沒遲幾秒！」她嘴裡都是麵包，語焉不詳。

「在說什麼沒一個字聽得懂！」法海看著她衝到他面前，正胡亂的把書包往身上揹，滿嘴還在嚼麵包，嘴角都是牛奶跟麵包屑，「幾歲的人也能吃成這樣？」

「怎樣？」她圓著眼沒聽懂。

法海忽然抬高雙手，捧住了她的臉，左右手的拇指輕柔的為她拭去嘴角及唇上的麵包屑與牛奶——咦？

芙拉蜜絲又僵住了，血液迅速逆流，她瞪直雙眼看著眼前過分好看的美男子，他、他、他無緣無故這樣碰她做什麼啊！她遲早會因為他得到心臟病的！

一直以來，她就對故事書裡的王子特別著迷，當現實生活中真有這種人出現時，她根本是一見傾心啊……喜歡到就算知道他不是人，她也——

「呀——」後面一陣不悅的叫聲，芙拉蜜絲眼珠子朝後瞟去，看見好幾個女生又羞又氣的瞪著她。

啊咧，一大清早就不得閒？

「今天跟著你上學了？」她暗暗說著。

「是啊，今天情況特別嚴重，可能昨晚許願許得很開心吧！」他有點無奈，拇指抹上她的唇，將最後的牛奶抹掉。

法海的手比冰塊還寒冷，但是她的唇被觸及時卻比火炭還要炙熱。

脈搏加快，體溫升高，連帶著連血液都變得更加芳香，法海的鼻間能嗅到人的血液，聽得見她加速的心跳聲，還有……噢，帶著警告意味的敵視眼神，來自於左手邊。

他轉向左邊，揚起禮貌的笑顏，「艾爾頓先生，早。」

班奈狄克．艾爾頓才是他的全名，法海非常有禮貌的喚著他的姓氏。

「早……」他站在門前的階梯上，雙眼盯著的是他們過度親暱的接觸。

法海不疾不徐的放下手，這時艾沙從班奈腳邊鑽出，開心的跑向許仙，許仙瞇起眼大聲的道早，朝艾莎伸出手，「兩小無猜」的孩子們手牽著手，率先往前跑去……芙拉蜜絲不得不佩服，許仙偽裝成孩子的演技一流啊！

「艾莎，不要用跑的！」班奈不忘交代。

「那……爸，我去上學囉！」芙拉蜜絲根本不知道自己面紅耳赤，只是有些尷尬的向班奈道別。

「嗯，別忘了我交代的！」他又說了一次。

「知道啦！」她揚起手揮揮，逕自往前。

法海再次朝著班奈頷首，只是那嘴角的微笑極富深意。

「謝謝你保護她。」班奈忽然開口，讓已經正首的法海愣了一下。

他果然知道！法海眸子裡藏著班奈摸不到的情緒，他甚至不明白為什麼這個詭異的人要護著他的芙拉？喜歡？他不認為，他不瞭解法海、不確定他們是不是他想的那種族類，但是法海代表的絕對不是安全。

法海笑而不答，從容的跟上芙拉蜜絲，希望班奈不要有所誤會，絕對不是為了他。

「昨晚有什麼新鮮事嗎？」法海走到她身邊，挑著眉問。

「呃……」芙拉蜜絲一陣心虛，「沒、沒有啊！」

「紅色的月亮很美吧？」他的臉突地湊近了她，「灑下的光暈也迷人吧？」

「欸……」芙拉蜜絲喉頭緊窒，不知道該怎麼回。

「迷人到打開玻璃窗，跟食願魔面對面？」綠色的眸子眯了起來，帶著的絕對是責備！

「啊！」她縮起了頸子，「是你！」

「連窗子都打開，你們家等於失去了防護，妳是哪根筋有問題？」法海擰眉，「若不是我在附近，妳根本來不及應付那傢伙！」

「我是想要打散它，誰知道地面上的光點……我是說願望們居然讓它變成實體，好像……」她根本不確定，「你剛說那是食願魔，食願魔究竟是什麼？」

「人們對血月的祈願使它誕生，它當然會變成實體，它已經是個切實存在的魔物。」法海悠哉的說著，明明是在說駭人的魔鬼啊！「昨晚許願的人不少，它確定成形了。」

「食願魔，我沒聽過這個魔物啊！」芙拉蜜絲蹙起眉，「它是因為許願而生的嗎？吃掉大家的願望後會怎麼樣？」

法海劃滿了笑容，轉向芙拉蜜絲，「實現它。」

他的笑容卻讓芙拉蜜絲不寒而慄，忍不住打了個寒顫！「為什麼、我覺得你笑得很奇怪，實現願望是……什麼意思？」

「就是實現大家的願望啊！」他這會兒連眼睛都笑彎了，「用盡各種方式，保證讓大家如願。」

「法海！」芙拉蜜絲皺眉拉住他的手，「你的口吻太奇怪了，那個食願魔究竟是什麼東西？怎麼可能月光下會產出一個東西，實現大家的願望？願望要是真的許許就能實現，那我們——」

「可以的，它是魔啊。」法海凝視著她，「食願魔不是妖魔，它的等級是惡魔，唯有在血月之下，因應人的願望而生。」

「惡……惡魔？」芙拉蜜絲倒抽一口氣，「惡魔怎麼可能會實現人的願望，就算實現那也多半都是——陷阱！」

自古以來皆然，將靈魂賣給惡魔以求實現願望的人，多數都被惡魔的伎倆所欺騙，墜入萬劫不復之境地！

「所以，」俊臉倏地貼在她眼前，「昨晚沒許願吧？」

芙拉蜜絲僵直著身子眨了眨眼，「沒、沒有……」

「那就好。」法海心情看起來非常好，她都不知道他究竟在高興什麼！

人們向惡魔許願了啊！大家在不知不覺的情況下向惡魔許願，而這個惡魔還會實現大家的願望？血月傳說是這麼回事嗎？為什麼流傳跟事實毫無吻合？大家還說許願會成真……對，會成真，但沒有提到食願魔這號人物啊！

靠近學校時，學生漸漸增多，可以聽見大家熱衷的話題就是昨晚的血月，似乎每個人都許願了，還有人許不止一個，芙拉蜜絲光聽就覺得膽寒！她昨天有偷偷打電話給江雨晨及鐘朝暐，再三交代不要對血月許願，他們千萬要記住啊！

「法海——」驀地，有女孩子高喊著法海的名字，聲音的來源卻不是附近，而是上方！

法海跟芙拉蜜絲同時止步，仰頭向上望去。

在前棟校舍的頂樓上，居然站著一個女學生的身影，她根本站在女兒牆上，對著樓下的法海笑著。

沒有任何人來得及反應，就看見女孩子縱身一躍，從樓上跳了下來！

「哇啊——」下頭的學生們驚慌失措，爭著要跑，法海倒是八風吹不動的向後移了兩步，順勢將芙拉蜜絲也往後推。

女學生的身體砰磅落地，不偏不倚的壓到了朝旁奔跑不及的男生，自肩頭往下撞擊壓倒，芙拉蜜絲還聽見了男孩骨頭斷裂的聲音……啪嚓，然後是女孩子頭部著地的回音。

「啊——」男學生趴在地上痛苦的哀鳴著，女學生雖說壓到了緩衝物，但頭依然率先落地，頭骨迸裂，鮮血與白色的腦漿汩汩流出。

一時尖叫聲四起，校門口起了騷動。

女孩子趴在地上抽搐著，嘴角與鼻孔都流出鮮血，她卻仍睜大著眼睛看著法海，緊盯著不放。

法海微瞇起眼，真是浪費，那美好的血就這麼漫流一地，他卻沒有機會品嚐啊……被拉到身後的芙拉蜜絲不可思議的越過法海肩頭看著女孩，她的視線未曾移開過分毫，法海也望著她……

「啊啊……啊啊啊……」被壓在地上的男生哭得淒厲，同學們卻也不敢任意搬動他，「我的腳沒感覺了，我的腳！」

女孩的瞳孔漸漸放大，原本喘著氣的身子漸歇，從不瞑目的雙眸裡已經瞧不見生命。

此時，她的身體裡突然竄出一抹紅色的光球，芙拉蜜絲立刻倒抽一口氣！

法海倏地握住她的手，「別聲張。」

紅色的球同時也從被壓住的男學生身體裡飛出，兩個光點細微的在空中交錯舞動，然後沒入空氣中消失！

消失之前，芙拉蜜絲聽得一清二楚，光球裡有著呢喃聲。

『我希望法海能多看我一眼。』

『我真希望以後都不要上鍛鍊課，累死了！』

第三章

那個二年級的男孩，醫院已經確定他終生除了頸子外再也無法移動。這個世界對不能動的人不存有太多仁慈，無法動彈就等於無法自保，遇到危險時除了自治隊外，沒有人有餘裕保護他。

這些人多半都被集中到一家醫院的某個區域去，當遇到非人襲擊時，那裡會是首先被放棄之處，根本不會有人去救援，私底下大家都稱之為：「棄城。」

芙拉蜜絲聽見了他們的心願，那是他們對血月許下的願望嗎？她現在擔心的是……昨天鑽進她房裡的願望被消滅了，但還有多少人也許了相同的願望？希望她死？為什麼！

「欸。」冰冷的手貼上她的手，芙拉蜜絲回神的看向法海，順著他的視線再往前，江雨晨就在前方樓梯下方。

芙拉蜜絲劃上微笑，知道雨晨擔心，她也抿唇點點頭，轉身朝著樓上奔去；一樓半的平台站著鐘朝暐，江雨晨上前去跟他低語後，大家又交換眼神，一同上樓。

「真辛苦。」法海涼涼的說。

「這是為了保護他們。」芙拉蜜絲嘆口氣，「現在我跟過街老鼠一樣，不好把他們扯進來。」

「這樣也好，萬一誰出事也不至於三個人一起，要救援也方便！」法海邊說，不由得環顧四周，「氣氛真詭異啊！」

是啊，芙拉蜜絲與他才進穿堂，就差點被視線殺死，四面八方全是目光，有盯著法海的，也有盯著她看的，許多人的眼神根本不正常。

「真是熱切，她們怎麼一副想把我吃掉的感覺？」法海倒是悠哉，「我是不是應該明白跟她們說，我是無法使她們受孕的？」

法海的外表讓他成為女孩子趨之若鶩的對象，基因勝出，大家都希望能生下他的孩子，連已婚的都傾心。

「我覺得她們不會介意吧，真的有很多人是真心喜歡你的！」芙拉蜜絲不安的看著瞪著自己的人，「這裡讓我很不舒服，那些人一副想殺掉我的樣子！」

「嗯……的確，有殺意，但沒有殺氣。」法海一一掃視著瞪著芙拉蜜絲的人，「她們很介意妳的存在。」

「昨晚都許願了吧，希望我消失或是滾離這裡。」芙拉蜜絲深吸了一口氣，「我有事想跟你說……」

法海望進她認真的眼底，忽然牽握住她的手，那一瞬間，芙拉蜜絲覺得真的有殺氣了！

他帶著她往樓上跑去，他們固定的休息地點在頂樓，是校內禁止學生去的地方，不過芙拉蜜絲他們從沒鳥過。

一上頂樓，芙拉蜜絲就說了昨晚發生的事，從她看見血月、到食願魔的成形，乃至最後在房裡抓到的「願望」，還有剛剛跳樓的女學生，這般作為只是為了要讓法海多看她兩眼。

法海聽著，時而蹙眉時而淺笑，她看得出來法海知道很多事情，只是他不說罷了。

「妳聽得見那些願望啊……」法海說這話時帶著讚嘆，「真厲害，連我都聽不見。」

「是嗎？」芙拉蜜絲一點都不覺得這稀奇，「我妹妹艾莎也聽得見啊！」

法海稍稍睜圓了眼，但旋即眼神又恢復正常，倚在女兒牆邊沉吟著。「妳說那個願望希望妳去死，哪來這麼大的恨意，妳又沒惹誰？」

「反闇行使的人很多，這是人類與靈能者之間無解的仇恨，他們總認為現在的生活、法則的扭斷都是因為靈能者。」芙拉蜜絲重重嘆氣，「但是爸跟我說過，五百年前的天譴根本不是靈能者造成的。」

「嗯，這倒是真的，她並沒有靈力。」法海喃喃回應著，「只是因為法則扭曲斷裂後太可怕，恐懼之下的心態會比法則更扭曲，自然會有這種傳言！」

芙拉蜜絲眨了眨眼，有些訝異，「你……看過那個天譴嗎？」

法海微怔，綠色的眸子略瞥一眼，輕笑但不予回應。

看過，五百年前的巴黎，他與天譴有過一面之緣，真是可愛的女孩，急著去找心上人，他當然要成人之美！若不是天譴，他們也不可能鑽過法則來到人間界啊！

「總之最後發生的事都會算在闇行使的頭上，幾百年來都是這樣，人類依賴著闇行使也恐懼著他們，進而加害他們，永遠不間斷的循環。」法海說得很自然，笑望著她，「不過妳放心，食願魔是無法實現想殺妳的願望的！」

「……是、是嗎？」芙拉蜜絲緊皺著眉，「天，你哪來的信心啊？那是惡魔耶，如果有人真的希望我遭殃……」

「我會保護妳的。」

咦？芙拉蜜絲愣住了，她轉著眼珠以為自己聽錯什麼，狐疑的挑眉看向法海，他剛剛說了什麼？

「沒聽清楚嗎？」法海笑了起來，竟出手撫上她的臉頰，「我，一定會保護妳的。」

天天天天天哪！芙拉蜜絲在內心尖叫嘶吼，現在是發生什麼事了！幻覺？幻聽？法海怎麼可以用那張臉跟王子笑容對她說這種守護者話語？這叫她怎麼承受得住？她不只心要融化了，她都快要站不住了！

這根本是王子宣言啊！

「又臉紅！」法海挑著她的臉頰，「妳啊，喜怒哀樂形於色，是闇行使的大忌！」

「臉——」芙拉蜜絲慌張的雙手掩臉，「還不都是、都是因為你……」亂摸！

法海只是凝視著她，心跳就變得如此急速，芙拉蜜絲對他的喜歡從第一次見面起他就知道，瞳孔每每放大，脈搏一次比一次快，血液的熱度升高，香味也更宜人。

鐘聲響起，第一堂課即將開始，芙拉蜜絲趕緊拍拍臉頰逼自己回神，卻還是有雙腳浮在雲端的不實際感！法海說要保護她耶，說得這麼認真這麼誠懇，她都心花怒放了啦！

問題是，現在是心花怒放的時候嗎！

「唉，走吧，無聊的課！」法海雙手枕在後腦，「幸好今天不會上太久。」

「什麼意思？」芙拉蜜絲追上前。

法海劃上一抹神秘的笑意，一把拉開頂樓的門，外頭一陣尖叫——「呀——」一堆女生塞在門外，這也嚇了芙拉蜜絲一大跳，跟著尖叫出聲。

唉，法海無奈的挑了挑眉，女孩子們滿臉通紅的趕緊奔下樓去，也有幾個比較勇敢的，還站在那兒等他。

「法海，我想問你……」

「我沒有跟誰結婚的意思。」法海開門見山直接拒絕，「也不想跟誰生孩子，基本上我誰也不喜歡，誰也沒興趣。」

女學生們緊咬著唇，臉色陣青陣白的，又失望又惱怒的看著他……還有他緊緊牽住的芙拉蜜絲。

「那芙拉蜜絲呢？」她們氣急敗壞的喊著，「你就願意跟她生孩子？」

「沒有沒有！什麼生孩子！」芙拉蜜絲比誰都急，連忙否認，「不要亂說話啦妳們，我、我跟法海……」

「她的話……我倒是可以考慮。」法海認真的回頭說著。

咦？等一下！芙拉蜜絲瞠目結舌的被拉著往樓下走，這不是陷她於危難之中嗎？等等等等……該不會那些許願希望她死掉或是消失的願望，都是因為法海吧！

喂！

第一堂課狀似平安的度過，但芙拉蜜絲很明顯地感覺到氛圍的不同，班上的同學都變得怪怪的，每個人都異常平靜，除了幾個平常很愛鬧的男生維持正常外，幾乎每個人的眼神都變了，甚至連老師的臉色也都變得沉重，說話的語調變得非常不耐煩。

她坐在靠窗那排最後一個位子，坐前頭的江雨晨從靠牆那側偷偷傳紙條給她，說她聽到很多人向月亮許願希望她消失，也有人許願打擊闇行使，無論如何請她隨時提高警覺。

芙拉蜜絲其實不太擔心同學，畢竟都是人，如果今天是妖怪、惡鬼她就會特別留意，畢竟無形界的東西還是較難捉摸，例如……在血月下誕生的食願魔。

下課時間，班上繼續維持一種詭異的安靜，芙拉蜜絲逕自起身往外走去，走廊上的人稀稀落落，感覺人數也比平常少了許多，仔細瞧的確可以嗅出不對勁，法海說的提早放學是這個意思嗎？

她閒步進入女廁，學校的廁所相當寬廣，長方間面對面兩排各十間，完全不需要擔心排隊問題，芙拉蜜絲有習慣的廁所間，入門後左邊第五間，剛好沒人就直接進去了。

只是她前腳才進女廁，後腳就跟進一堆女孩，她們面無表情的拿著掃把，直接將掃把柄穿過了門上扶把。

喀嚓！才鎖上門的芙拉蜜絲立即聽見了門上的聲音，她狐疑皺眉，回敲了兩下，「有人！」

廁所門是向裡拉的，外頭的門把是銀色的握把，學生再插入第二根掃把，牢牢的卡死門板，二度傳來的聲音讓芙拉蜜絲覺得不對勁了。

她立刻扳開門子，想出去看看發生什麼事，只是使勁一拉……紋風不動。

咦？芙拉蜜絲雙手用力握住門閂往內拽，只聽見叩隆叩隆的聲響，但是她的門打不開！

「喂！誰！惡作劇嗎！」她用力拍著門板，「幹什麼啊妳們！」

喀，第三根掃把柄穿了過去。

女學生們群聚在她的門外，用帶著怒意的眼神瞪著門板，手上均握著驚人的武器，都是她們平時各自鍛鍊的主要武器，短刃、長刀、劍、雙節棍、飛鏢、鞭、斧頭，分別從芙拉蜜絲所在的前後兩間進入，另有幾個女生帶著長棍擋在女廁門口，直接阻止大家進入女廁。

「喂——開門啊！到底是誰！」芙拉蜜絲聽見前後間都出現聲音，金屬碰撞聲也相當明顯，她瞪圓著眼，那是刀子的聲音……外面究竟是有多少人？

這麼多人希望她死嗎？這未免也太誇張了，大家只是學生，就算是闇行使頂多是趕出鎮上而已吧？食願魔的「完成心願」未免也太徹底了吧！

鏘！一把斧頭倏地架上隔壁洗手間的牆緣，鏗鏘聲令人膽寒！芙拉蜜絲仰頭看去，看見一隻手拉著斧頭柄攀上牆頭，接著就是學生現身了！

另一邊的廁所牆頭也爬上了女孩子，她手持長刀，無情感的眼神死盯著她。

太誇張了啦！芙拉蜜絲被困在小小的方間裡，趕緊取下腰間的鞭子，幸好她武器從不離身……但是，她右手握鞭左手握住鞭尾繫的金刀，如果用金刀的話，勢必會傷到她們！

可是，她看著她們手裡握著的東西，那可也不是假的！

「喂，妳們醒醒！這是在——」餘音未落，前方的長刀二話不說朝她刺了過來！

芙拉蜜絲及時閃過，但廁所才多大，要是她們前後開弓的話，她能躲的地方就不多了！靠著牆的芙拉蜜絲尚在思考，正前方的木門板中竟然刀刃破門，一柄大刀穿過了木板門——她剛剛如果是朝木門閃躲，現在身體已經一個洞了吧！

她們玩真的！

她立刻左右手都握住鞭子的部分，空間如此狹窄，她根本不可能俐落甩鞭，只能藉由鞭子來箝制著她們的舉動！拉緊的鞭子迅速纏住長刀，制住了對方的動作，同時身後的斧頭劈下，但由上而下加上對方攀在高處施力不易，所以芙拉蜜絲輕易的就能閃躲，還順勢以背壓住刀面，將斧頭往牆上壓去！

門外的大刀果然抽出又劈進，芙拉蜜絲就用鞭子纏著的長刀來擋，刀刃交擊，鏗鏘作響！

門既然已經有了破洞，要出去就多了機會，只是門上的刀子一直卡住，前後還有長刀跟斧頭要應付，讓她有些分神，只是她現在慶幸槍不能隨時攜帶，要不她現在就成馬蜂窩了！

廁所外一陣喧鬧，江雨晨狐疑的走近，立刻被擋了下來。

「怎麼回事？」她高聲問著，「妳們在做什麼啊？怎麼都拿武器？裡面是誰！」

「滾開！」對方不客氣的推開她，眼神如玻璃珠般無神。

咦？芙拉蜜絲聽見了熟悉的聲音，她正縮到了角落，「雨晨！江雨晨──快點幫我搬救兵！這些人要殺我！」

芙拉蜜絲！江雨晨瞪大雙眼，毫不猶豫的立刻離開人群朝教室跑去，為什麼有這麼多人要殺她，這是學校耶！太離譜了！

背抵著牆，芙拉蜜絲伸出腳開始往門上的裂縫踹，外面傳來殺掉她的低吼聲，她剛已奪下斧頭，正用它來抵禦長刀與大刀，如果可以甩鞭的話……該死，鞭子最大的弱點就是無法在這麼狹窄的地方施展！

啵啵啵……腳下突然傳來水聲，芙拉蜜絲詫異的低頭看去，蹲式馬桶裡的水竟像沸騰一般，開始冒出泡來，她不可思議的瞪著水裡，有沒有搞錯啊，她現在很忙耶！

水要是真滿出來多噁心啊！她才不要！

「我受夠了！」

她火速將鞭子繞了數圈握在掌心，縮短鞭距使其成短鞭，左手持著斧頭匡啷一聲架上左手邊的牆頭，借力使力整個人倏地就向上一躍，短鞭揮向右邊的同學，腳底跟著一踹，硬生生把她給踹了下去！

原本想順著牆從另一間廁所離開，怎知她一上牆頭，就看見外頭居然多達十幾個人還有……一把弓正對著她——芙拉蜜絲倏地鬆手，讓自己落回廁所裡，箭矢瞬間自頭頂飛過，千鈞一髮！

只是她落下得狼狽，若不是左手緊抓斧頭長柄，只怕已經直接摔落地或踩進馬桶裡！踉蹌的依著牆滑下，此時此刻她慶幸廁所隔間是磚造建材，若是木板她現在已經死好幾遍了。

啵啵啵，馬桶裡的水還在冒，眼前的木門大刀忽地抽離，那劈出的窟窿正對著芙拉蜜絲，不……是箭正對她！

該死！芙拉蜜絲硬扭腰朝旁閃去，箭劃過她的肩頭擊牆而落，一道鮮紅血痕隨即滲開！

「芙拉……蜜絲……」幽咽的聲音，突然從下方傳來。

什……什麼？她聽見水裡有個含糊不清的聲音，戰戰兢兢的往下望，看見以木板隔出的馬桶坑裡，竟浮現一張人……人的臉！

只有半邊臉，那雙眼睛再清楚不過的從圓窟窿裡望著她！眼睛裡只有眼白，嘴在水裡噗嚕嚕的說著話，有沒有搞錯啊！

下一秒，那臉居然沉了下去，一隻手剎那間鑽了出來，直接就握住了她的腳！

「哇啊——」芙拉蜜絲措手不及，這種空間措手再及也動不了啊！

她踢甩著腳上濕黏髒臭的手，同時間又有箭射來，她氣急敗壞的直接蹲下身去，徹底閃過！

只是一蹲下來，對著那馬桶裡看更明顯了！方形槽裡緩緩的浮出一張臉，女孩的另一隻手也跟著伸了出來，張牙舞爪的想要揪住她的衣服……芙拉蜜絲不敢置信的盯著那浮出的人影，最可怕的不是她從哪裡出來，而是……

這個女生她認識啊！這是活生生的人！

「芙拉蜜絲！」上方傳來怒吼，芙拉蜜絲猛一抬頭，長刀女生再度攀上，刀子直接就射了下來，「妳去死吧！」

「啊——放！放手！」芙拉蜜絲尖吼著，但馬桶裡的女孩只是握得更緊！

長刀射向她的心窩，門外的箭矢同時再度射入，芙拉蜜絲知道自己這次根本逃無可逃，她緊張的雙手發熱，如果可以、可以燒掉這些東西的話——

「不要動。」

腦子裡倏地鑽進法海的聲音，她瞪圓雙眸，覺得他似乎就在她身邊，聲音如此的近！

鏘——長刀落在她肩旁十公分處，擊牆而落，該正中她的箭矢也掠過她面前撲了空，她只感受到似乎有陣風吹過，眨眼間刀偏了，箭也失去準頭，她雙腳上的手依然緊緊抓握，但是……也只剩手。

坑裡的女孩只剩下手肘掛在她腳上，斷口處是活活的撕裂，殘骨突出傷口之外，坑裡血紅一片，已經看不見剛剛浮出的那張臉！

這是……芙拉蜜絲目瞪口呆，剛剛發生了什麼事？僅僅眨眼的瞬間，好似發生了許多事情，但是她什麼都不知道？

「妳們在做什麼！」中氣十足的吼聲傳來，是鐘朝暐！「老師！這邊！」

足音紛沓，芙拉蜜絲依然不穩的貼著牆，腦子急速轉著，長刀不可能偏離，箭矢明明對準她的！就連坑裡的女孩也斷不可能一秒內斷手……這不是人類該有的速度，在眨眼的一秒之內，可以做到這麼多事情的人……

法海。

「芙拉蜜絲！」鐘朝暐就在門外緊張的抽起掃把，從門的破洞中她也看見了哭著的江雨晨，他們合力將門打開時，又引起一陣尖叫！

不說她身上帶著的傷跟裡頭的劈砍痕跡，光是她腳踝上握著一雙斷手就夠驚人的了。

「怎麼……芙拉！」江雨晨上前拉過她，她讓自己站穩身子，往門外看去。

門外的女孩子們依然拿著武器，但卻如同雕像般一動也不動，擎弓的人甚至正拉弓到一半，這樣也能定格。

「我剛一喊她們就突然變這樣了。」鐘朝暐連忙把旁邊一個女孩推開，她正是持有大刀者，現在的姿勢是作勢要刺入。

芙拉蜜絲看著最近的女孩，兩眼像玻璃珠般，一如在糞坑裡的女孩。

「這是怎麼回事！」老師奔至，不可思議的喊著，「……芙拉蜜絲？妳怎麼受傷了！她們攻擊妳嗎？」

「嗯。」她點點頭，「根本是想置我於死地吧！」

「怎麼可以這樣！」老師走到了一個女學生面前，出手攀住她的肩，「誰准許妳們這麼做的！」

電光石火間，女學生一顫身子，眨了眨眼，其他學生也一樣，她們一動，鐘朝暐跟江雨晨就緊張的擋在芙拉蜜絲面前，深怕她們又開始攻擊！

女孩困惑的看著老師，然後低頭看著自己手上握的武器，再環顧四周……「呀！我怎麼……」

刀槍劍戟紛紛在驚叫聲中落地，女孩子們驚恐莫名的面面相覷，看見芙拉蜜絲時忍不住掩嘴，再瞧見她的傷口時，更是不可思議。

「這是為什麼……我們、我們做的嗎？」

「怎麼可能，我再討厭芙拉蜜絲，也不可能在學校裡殺人！」

「裡面……那是我的箭嗎？」持弓的女孩臉色蒼白。

「芙拉，妳手上的……難道是我的斧頭！？」斧頭女孩張大了嘴，簡直不敢相信。

「好了！不要吵了！全部帶著東西跟我走！」老師回頭，「必須找自治隊過來！」

「老師！不、我們不知道怎麼了，不要找自治隊啊！」女孩子們哭了起來，開始討饒。

江雨晨憂心忡忡的望著她，低頭瞪著緊握著她腳踝的兩隻手，「芙拉，那雙手是……」

「有人躲在馬桶裡，從裡頭爬出來想殺我。」芙拉蜜絲沒好氣的說著，「要想找屍體讓自治隊去糞坑裡找吧。」

「躲在馬桶裡……」鐘朝暐驚恐的喊著，「我的天哪，多噁心！」

「噁心是小事，你想想我在裡面才可怕吧！」芙拉蜜絲蹲下身子，一根一根的把握著她的手指扳開。

小小的紅光，從被撕裂的斷口飄了出來。

『我希望芙拉蜜絲可以消失。』

芙拉蜜絲在醫務室裡進行簡單的醫療包紮，她最多只是些皮肉傷，沒有大礙，不過其他攻擊的女學生就沒有這麼好過了，斧頭女被踹下去時骨折，長刀女也剉傷。

醫務室裡有護士有老師，也有幾名熟識的自治隊員，隊長堺真里匆匆步入，神色凝重。

「找到了嗎？」芙拉蜜絲一看到他就急著問。

「找到了，一年級的蘿絲。」堺真里搖了搖頭，「已經死了。」

「雙手都斷了又沉在裡頭，本來就不可能活。」他身邊的副隊長王柏翔緊皺著眉，「芙拉蜜絲，就算是反擊，妳下手未免也太狠了吧？」

「咦？」她一怔，「我？柏翔哥，你覺得我有那個力量把她的手撕開嗎？」

王柏翔挑了挑眉，「這我就不知道了。」

唉，他認為她是闇行使嗎？真是呆，就算她是闇行使也是靈力取勝，不是蠻力取勝！

「她像是被硬踩進坑裡的，頸骨折斷，雙手被撕裂開。」堺真里瞥向王柏翔，「就算是闇行使也不可能有那種力量，那不屬於人。」

法海，芙拉蜜絲在心裡有了答案，他的聲音明明就在耳邊，她還不知道不死族速度有多快，但是她實在想不到別人。

「怎麼會躲在……糞坑裡呢？」江雨晨覺得這太匪夷所思了。

「還不知道，目前確定她今天有正常上學，她父母說上學時很正常，心情很好。」堺真里走近了芙拉蜜絲，「妳呢？還好嗎？」

「皮肉傷，沒什麼大礙……」她擠出微笑，「真里大哥不用擔心。」

「呼……」他重重嘆了口氣，「那種空間、這麼多人分明是要致人於死，還好妳沒事！」

「想殺我的人呢？是不是根本什麼都不記得？」芙拉蜜絲好奇問著，「我看她們連怎麼到廁所的都不記得了。」

堺真里沉重的點點頭，一票女學生在自治隊裡哭得唏哩嘩啦，沒有人記得發生什麼事，最後的記憶幾乎都停頓在：「看見芙拉蜜絲往女廁走去」，接著就是拿著武器站在廁所裡被喚醒的時候。

芙拉蜜絲突地勾勾手指，要堺真里靠近點，他狐疑但依言讓她附耳，「問問她們昨天對血月許了什麼願。」

堺真里瞪大雙眼，有些不可思議，「妳是說跟……有關？」

她點點頭，不敢過度聲張，畢竟她現在是過街老鼠，要是再講聽到許願什麼的，立刻會被歸類為闇行使。

「我知道了！」堺真里直起身子，「我還要繼續調查，妳……要回家嗎？」

「不必，這只是小傷，我還能繼續上課……」左右兩邊的江雨晨跟鐘朝暐立刻緊張兮兮，她還是搖搖頭，「就只是被劃傷而已！」

「芙拉，重點不是傷口吧！」江雨晨驚呼著，「是有人想殺妳！」

「唉，這更沒什麼好擔心的了。」芙拉蜜絲環顧醫務室，「我看這房間裡想殺我的人也不少啊！」

一時之間醫務室裡的老師、看熱鬧的學生，甚至是自治隊員都眼神閃爍，大家也心知肚明，即使經過五百年，人們與闇行使之間的嫌隙只會越來越深，忌諱闇行使的還是佔多數。

堺真里朝她使眼色，何必哪壺不開提哪壺？他對鐘朝暐他們交代好好照顧她，便先行帶隊離開，繼續調查學校詭異的自殺事件以及謀殺事件。

芙拉蜜絲跟老師道謝後就急著走人，法海到現在都不見人，她有事得問他！

「芙拉，妳回家吧，我覺得學校今天很不對勁！」鐘朝暐立刻勸說，「無緣無故這麼多人要殺妳？好像被催眠一樣！」

「她們只怕是都向血月許願，希望我死掉吧？」芙拉蜜絲有點不爽，「我說，就算我是闇行使，大家都是同學，有這麼恨的急於把我殺掉嗎？」

「我也覺得很奇怪……」江雨晨喃喃地，「妳說……這是因為她們跟血月許願？」

「嗯！」芙拉蜜絲點了點頭，才想到他們不甚清楚血月的事，只是突然驚覺他們為什麼站在她身邊！「你們——快點離開啊，要是讓人家看見你們還是跟我在一起的話——」

「已經都看完了吧？」鐘朝暐好笑的說，「芙拉，從廁所事件到現在都一堂課了，我們一直陪在妳身邊，大家都知道了。」

「哎唷，還是保持距離啦，萬一——」

「哇啊！」砰——一聲巨響伴隨著尖叫聲從轉角處傳來，打斷了芙拉蜜絲的話語，他們三人莫不錯愕，聲音是來自右手邊轉角那間教室，燈火通明，現在是上課時間啊！

「三年級的。」鐘朝暐立刻走上前去，「還有人在哭耶！」

好奇心戰勝一切，他們紛紛奔上前去，都還沒靠近就聽見恐懼的哭叫聲，還有咆哮怒吼。

「都給我坐好！你——那什麼眼神！小心我把你眼珠子挖出來！」這班的導師，是體格勇猛的格鬥教練，自治隊的義工之一，大翰老師！

他個子小小的，總是喜歡瞇起眼笑，但是全身都是肌肉，一出手便知有沒有，比他壯碩的人都有可能被一招撂倒！但現在他卻一臉橫眉豎目，猙獰盛怒的拿著九節鞭，狠狠的鞭笞著學生！

「呀——」男孩旁的女孩被波及，九節鞭在她臉上笞出血痕，「老師！老師不要這樣！」

「都給我閉嘴！全部給我乖乖聽話！」大翰根本不像平常的他，「從今天開始誰都不許說話，只能坐三分之一板凳，不要以為我不知道你們在我背後說什麼！還有那個阿榮——」

他嘶吼著說話，指向斜前方的一個男孩，他怔然的半站起，被氣勢震懾，「幹、幹嘛！」

「你這個愛說謊的人，請什麼病假根本都在騙人！別當我傻子！放學都到後面的禁區去閒晃，翻牆、蹺課！」大翰緊握著九節鞭走向他，「從現在起，我要你們誰也不敢不聽我的話！」

「幹！老師你瘋了嗎？」叫阿榮的學生一骨碌跳了起來，直接離開椅子朝後門跑去。「我才不要陪你在這邊發瘋！」

「想跑去哪裡！」大翰二話不說竟然拋出鞭子，狠狠的從阿榮身上鞭了下去。

九節鞭與芙拉蜜絲的鞭子不同，是白鐵做的，加上大翰老師的力道，鞭上去不皮開肉綻也會疼到一時半會動不了啊！果然阿榮背部被鞭到即刻痛得哀鳴，砰的倒地，全班驚叫聲四起，外頭的芙拉蜜絲他們也是目瞪口呆。

「……雨晨。」芙拉蜜絲拍拍她。

「我、我去找人來幫忙！」江雨晨都嚇傻了。

「找堺真里吧！我覺得學校每個人都像瘋了！」鐘朝暐嚥了口口水，看著大翰老師走向趴在地上哀鳴的阿榮，眼神裡竟是殘虐！

江雨晨聞言點頭，立刻找最近的樓梯口奔去，芙拉蜜絲望著盈滿殺氣的大翰老師，滿腦子想的是：他許了什麼願！

「叫什麼！吵死了，上課不許說話！」聽著班上的尖叫聲，大翰倏而歇斯底里，九節鞭回身一揮，就著就近的女學生身上揮去。

「啊……」她摀住手臂，手臂即刻滲血，她痛得倒向桌子，踉蹌的互撞著，發出更多惱人的噪音。

「吵死了！」大翰首先是狠狠踹了阿榮一腳，數聲斷骨聲傳來，讓芙拉蜜絲跟鐘朝暐都倒抽一口氣，

緊接著他揮動的鞭子朝剛剛被甩到痛得趺地的女學生走去，那猙獰的臉與殺意，令人不寒而慄！

「你們為什麼就不能乖乖的呢！聽話，誰都不要有意見——」大翰抓狂般的大吼，毫不節制力道的朝著抱頭蜷在地上的女學生下了重手！

唰——九節鞭被另一條突然飛至的鞭子緊繫住拉扯，鍊子震顫發出金屬鍊的聲響，沒能鞭上女孩子的身體，在恐懼的尖叫聲前，大翰怒目向兩點鐘方向看去，芙拉蜜絲出了手，以鞭制鞭。

「老師，夠了。」芙拉蜜絲擰著眉，「這不是我們認識的大翰老師，你怎麼了啊！」

「居然敢對老師出手！你們都反了！」大翰拉緊九節鞭，反扯住了芙拉蜜絲的鞭子，「讓我看看妳究竟大膽到什麼地步！」

「芙拉！」鐘朝暐上前意欲幫忙，卻被她擋下。

「走開！」她大喝著，說時遲那時快，大翰倏地鬆開鞭子，下一秒就往她鞭至。「全班都出去！」

這根本是難得的機會，全班帶著驚恐尖叫的奪門而出，這是為了保大家平安！

芙拉蜜絲自然俐落的閃過，伏低身子的她也拋出一鞭，纏住了老師的腳踝，向後一躍而起，使勁一拉，就讓他整個人四腳朝天！

原本希望這樣的重摔能讓老師清醒點，怎知似乎更加惹火他了！

「芙拉蜜絲！」大翰用失去理智的口吻怒吼著，芙拉蜜絲愣了一下，老師的殺意更明顯了啊！

下一秒，大翰朝她疾奔而至，鐘朝暐上前一把將芙拉蜜絲向後拽，這種時候，先溜為妙啊！

芙拉蜜絲向後踉蹌著，左手邊卻突然殺出一抹影子，直直撲向了準備大開殺戒的大翰老師。

「啊啊啊啊————」阿榮居然正面飛撲向老師，然後直直的將老師往後方的窗戶推去！

鐘朝暐目瞪口呆，與芙拉蜜絲面面相覷：骨頭被踹斷的阿榮，怎麼可能還能站起來跑步！

只是他們來不及去思考原因，就發現阿榮完全沒有煞車的意思！

「糟糕！」鐘朝暐也發現了，他意欲衝上前，身後奔來的腳步聲卻讓他分心！

自治隊在江雨晨的報告下衝了上來，但是他們根本誰也來不及踏進教室，就聽見人體撞破玻璃的聲音，阿榮就這樣擒抱著老師，從二樓窗戶跳了下去！

「呀————」

『我希望學生們都能乖乖聽話。』

第四章

學校再度宣佈停課，要求學生即刻回家，不許在外溜達，自治隊全面封鎖校園，不到正午就發生了四條人命，這還僅限於學校裡而已。

阿榮與大翰雙雙身故，令人費解的是從二樓摔下來竟然會造成死亡，即使頭部著地也不該迸裂至此，他們的脊骨全數斷裂，抬上擔架時就像無骨的娃娃般癱軟。

不過，出血量並不多，工友洗刷地板時，兩個人的血量比早上跳樓的還要少，令醫生費解。

芙拉蜜絲坐在教室裡，同學們陸續離開，恐懼正在蔓延，這比上次有人被魑魅附身還可怕，因為動手的都是大家熟悉的人，前一刻正跟你說笑，下一刻就突然變個人都未可知。

她早上居然還天真的以為不需擔心同學？

芙拉蜜絲瞥向隔壁的空位，法海根本消失一上午，這傢伙跑到哪裡去啦！

「喂，芙拉蜜絲！」賴盈君站在他們班後門喊著，「妳還沒走啊！」

她回首，沒好氣的抱怨，「好歹加個學姐吧？」

「我剛收到通知，今天晚上輪妳住我們家！」賴盈君顯得非常不甘願，「我簡直是抽中下下籤了。」

「這話該我說吧？」芙拉蜜絲托著腮，忍不住翻白眼，「老師通知的？」

「嗯，等等你們家也會收到通知！日落前要記得到我家喔！」賴盈君甩頭，又突然止步，「妳——就小心不要自露馬腳！只要發現妳是闇行使，我一定立刻把妳抓到自治隊那邊去。」

芙拉蜜絲勾起嘴角，感覺今晚沒什麼好日子過了。

鎮長真是堅持，今天都發生這麼多怪異事件了，他還是要繼續進行相互監督；她是沒什麼差，前幾天也有人來住過他們家了，還不是什麼都沒發現，輪她去住別人家也不見得會有狀況。

所有人家裡都有結界，只要沒有惡鬼之輩，她就不會用到靈力，自然不會曝光。

賴盈君前腳步出教室，老師後腳就從前門進來，通知著一樣的事，今晚相互監督輪到她去住賴盈君家，有老師的公佈比較保險；她點點頭，老師顯然很想為她加油打氣說些什麼，但是卻不知道該怎麼說。

「我沒事的，老師。」她慶幸導師還是正常的那位。「別老為我擔心。」

「老師相信妳！這些事都與妳無關！」導師忽地湊前，「就算妳真的是闇行使，我也不在乎。」

芙拉蜜絲凝滯數秒，輕笑，「我怎麼會是闇行使呢，老師！謝謝你擔心我。」

陷阱。她在心裡暗忖，並非懷疑導師，而是懷疑每個這樣問的人，無論如何必須堅持自己只是普通人的立場！演戲好累，偽裝好累，但是為了自身安全跟整個家，她還是必須堅持下去。

「嗯！加油！」導師笑著，拍拍她的頭。

呼……加油？日子益發難過了，怎麼加油？收拾書包，感覺法海似乎不會回來的樣子，究竟忙什麼去了？

只是才拿起書包，就發現前面位子的書包也還在？雨晨？

「芙拉！妳果然還在！一起走吧！」江雨晨的聲音從後門傳來。

「妳還沒走？」她錯愕的說。

「嗯啊，我在等鐘朝暐，說好一起回家的。」她眨著眼，溫柔的笑著，「好久沒一起回家了，走吧！」

「還一起回家啊，你們都不怕被貼……」被江雨晨一把勾住手肘時，她就不想再多說了！鐘朝暐就站在後門，雙眼閃閃發光的望著她。

真好，那個金髮混帳不在，他們又可以三個人在一起了。

芙拉蜜絲其實心底是很高興的，摯友就站在她身邊，不顧一切的也要跟她在一起，就算被質疑為闇行使的支持者、就算被貼上標籤他們也不在乎，有這樣的朋友，她覺得很幸福。

「咦？法海不在唷？」江雨晨左右張望著。

嘖！鐘朝暐瞬間拉下了臉，江雨晨幹嘛哪壺不開提哪壺啦！

「不知道死哪裡去了，不過不必擔心他，搞不好他早閃了。」芙拉蜜絲嘴上這麼說，其實心裡超想立刻見到他的！想問的事一籮筐吶！

「誰會擔心他啊？」鐘朝暐很認真的說著，趕緊走到芙拉蜜絲另一邊，「好久沒有一起回去了，要不要等等去買雞蛋糕吃？」

「噢噢，好啊好啊！」江雨晨開心的拍著手。

「啊那個……我得躲起來喔，雞蛋糕阿姨現在不賣東西給我了。」芙拉蜜絲尷尬的說著。江雨晨趕緊朝鐘朝暐使眼色，他拍拍芙拉蜜絲的肩，「放心好了，我去買！」

「謝啦！」她揚起笑容，「真的好久沒吃了！」

三人不顧他人眼光的肩並著肩走在一起，看到的人紛紛交頭接耳竊竊私語，江雨晨卻覺得無比快樂，躲躲藏藏的未免太難受了！就算爸媽反對她還是要當芙拉的朋友，想當初她被當成魑魅附體關在牢裡時，芙拉可是冒著危險，夜晚出門來救她呢！

鐘朝暐趁機偷瞄著芙拉蜜絲，芙拉自己有沒有發現，她最近變得更漂亮了！那種耀眼的光芒，總讓他目不轉睛……希望不要是因為金髮混帳的關係。

「對了，芙拉，妳說今天要殺妳的同學是因為許願的關係，這是怎麼回事？」江雨晨這部分有聽沒有懂，當時說到一半被事件打斷。但她覺得很詭異，因為許願？所以學生們像被催眠似的要殺人？

「因為對血月許願是會成功的。」芙拉蜜絲左顧右盼，好不容易離開學校到了路上，一左一右勾住兩個摯友，低聲說著關於食願魔的事。

江雨晨跟鐘朝暐聽得臉色陣青陣白，簡直不敢相信會有惡魔就在月光下成形——因為人類許的願望！

「所以……早上跳樓的女生是因為希望法海多看她幾眼？」江雨晨緊張的話都說不清了，「用這種方式……」

「很像、很像惡魔的方式啊！」鐘朝暐聽得冷汗直冒，「攻擊妳的女學生……那個連糞坑都敢潛入的人……」

「許了願要我消失。」芙拉蜜絲聲音放得很輕，「她們都在無意識間，完成自己的願望，連大翰老師也只是單純的希望班上學生能乖巧聽話而已！」

「乖巧聽話？」江雨晨聲音打顫著，「他用那種方式……逼迫大家聽話，天哪！那阿榮呢？」

「我不知道，沒有聽到他的願望，說不定也很微小，聽起來無害，但惡魔就是有辦法讓它變得可怕！」芙拉蜜絲深吸了一口氣，凝重的望著他們，「我昨天說不能許願的，你們沒有許吧！」

呃，江雨晨明顯地眼神閃爍，鐘朝暐嘶了一聲，碎碎唸著應該算沒有吧？那樣算嗎？是要對著血月才算數？還是一定要說血月，我向你許願？

「喂！不管什麼都不能許！」芙拉蜜絲緊張的拉住他們兩個，「你們許了什麼！」

「沒、沒什麼……我覺得我那應該不算許願吧！」江雨晨囁囁嚅嚅。

鐘朝暐更乾脆，一把抽出自己的手，「我去買雞蛋糕！」

「鐘朝暐！」芙拉蜜絲多想大吼，但是她現在要做的是極力低調啊，「你們，我不是說千萬別許願了嗎？」

「沒許沒許！」江雨晨連忙擺手，「我覺得那不算啦，妳不要緊張！」

是嗎？芙拉蜜絲揪著一顆心，拜託他們兩個真的沒有許願，按照食願魔這種實現願望的方式，她終於理解法海說的，有些人的願望或許是他人的詛咒！

接下來安林鎮，可一點都不安寧了！

晚間十點，芙拉蜜絲一個人在陌生的餐桌上寫完功課，睡意湧上便伸伸懶腰，打個大大的呵欠。

一旁的視線從來沒有離開過，賴盈君的父母跟大哥用一種戒慎恐懼的眼神瞪了她整晚，手上拿著各式武器，好像怕她會突然變形一樣。

她背靠在椅子上，左眼眼尾瞟著他們，只是伸個懶腰他們就緊張得要命，還滿好笑的。

「我想睡了。」她蓋上作業，拿起桌上的杯子跟裡頭的牙刷。「請問安排我睡哪兒？」

手持擀麵棍的母親站起，戰戰兢兢的往前，「我、我帶妳去。」

芙拉蜜絲正眼看著她，「阿姨，妳知道闇行使是不會變身的嗎？而且咒語跟法器是沒有用的。」

「咦咦！」這句話讓三個手持各種法器的人嚇得臉色蒼白。

「我是說真的，只是個機會教育，闇行使也是人，只是具有靈力的人，跟你們都一樣。」什麼時候了還有人把闇行使當怪物嗎？莫名其妙。

樓上傳來砰砰砰鞭炮般的足音，賴盈君跳了下來，「喂，芙拉蜜絲，妳不要嚇我爸媽！」

「誰嚇了啊，我在說基本常識！」

「好了啦，我帶妳上去！」賴盈君很反常，沒有在學校時看起來在乎，「東西收收，妳睡我房間。」

「盈君！不可以！」父親立即阻止，「讓她、讓她睡客廳就好了！」

「不，我們不是有間倉庫嗎？」哥哥趕緊接口，「或許在那邊……」

「我乾脆出去是不是更好？」芙拉蜜絲無奈的接口，「還是讓我回家睡？」喔耶！

「對對對，妳最好快點離開我們家！」母親倒是坦白，芙拉蜜絲喜歡這份直爽。

賴盈君踱著步走下來，要芙拉蜜絲拿好東西，就把她往樓上推，「拜託，我也是要到別人家去輪流監控，他們要我睡沙發或是倉庫你們怎麼想？我房間這麼大又沒關係！」

芙拉蜜絲被推著往上走，她突然覺得，賴盈君好像不如對外那樣的討厭她啊！

上了二樓，賴盈君的房間果然很大，只有她跟最小的弟弟一間，她的床在正中間，四歲么弟的床就在門邊的角落，矮矮一張。

賴盈君在角落備了床墊，要她把東西放在一旁，牆上幾個木栓上放有衣架，她可以把衣服掛在上頭。

「我睡地上就可以了，還有床墊真是謝謝！」她由衷感激。

「睡地上多爛啊！萬一我抽到去妳家，拜託不要讓我睡地板！」賴盈君走到與房門斜對角的角落邊，突然把那書櫃往下一搬——書櫃另一面居然是床架！

「哇——」芙拉蜜絲看得雙眼發光，只差沒鼓掌了，「好神喔！」

「嘿嘿，我爸的手藝，不錯吧！」賴盈君炫耀的說著，「這是隱藏的床架，放下來時床腳自動會延展，就能立好……然後呢，等等，我把床架搭好。」

所謂搭好，也只是把擱在床板上的一些架子移動到床緣卡好，芙拉蜜絲主動搬起床墊擱上，轉眼就是一張舒適的床了！是比賴盈君的矮了點，但已經夠舒適了。

就這樣，從房門的方向過來，依序三張床穩妥的並排，弟弟、賴盈君跟她，還剩好多空間！

「太神了！好厲害喔！」芙拉蜜絲由衷讚嘆，「我也想要一個！這樣好省空間喔！」

「我爸那邊家族大，過大節時的家族聚會就會需要這麼多床位，那邊的書櫃全部都是床喔！」賴盈君邊說邊數，她房間共有四張臨時床，「我弟妹他們的房間也有，這樣才足夠！」

「真聰明！」芙拉蜜絲覺得好新鮮。

「是啊，我爸超厲害的！」賴盈君撇了撇嘴，「就是囉唆了點，管東管西！」

「我還被禁足咧！」芙拉蜜絲趕緊讓賴盈君比較一下，比上不足比下有餘嘛！

「妳那是活該吧，我要像妳一樣，我爸搞不好就讓我先休學生孩子了！老往危險去幹嘛！跟鬼獸打，天哪，鬼獸多可怕，惡鬼吃掉人類的結合體耶，聽說一掌就可以把我頭爆掉！」賴盈君說得煞有其事，「而且看看妳現在又疑似闇行使，還有人說妳是不幸的來源……」

芙拉蜜絲不想回應，聳了聳肩，就說要刷牙就寢，賴盈君也不想再說，把被子跟枕頭扔給她後，翻身上床就睡。

寬大的房裡沒有留任何夜燈，芙拉蜜絲有些不習慣，她躺在角落的床上，在家時因為艾莎的關係，無論如何都會有盞小燈。

「喂，芙拉蜜絲。」左手邊兩公尺的木架床上，傳來賴盈君的聲音。

「嗯？」她望著漆黑的天花板，雙眼正在適應黑暗。

「我是膽小鬼，我只是不想要被人家貼標籤而已，所以我在外面會排擠妳，可是就算妳是闇行使我也無所謂……不，我很高興。」賴盈君小小聲的說著，「謝謝妳為大家殺死了鬼獸妖獸跟解決魑魅。」

後面那句說得超快的，她說完一蒙頭就躲進被子裡。

芙拉蜜絲向左看去，心中彷彿有個小小的螢火蟲在飛舞，發著淡淡螢光，或許還有些許暖意……也許，其實很多人是支持闇行使的，只是不敢說而已？當一方的人跋扈囟悍時，往往會讓另一方的人選擇噤聲。

沒關係，芙拉蜜絲只要想到還有人偷偷支持，她就覺得很欣慰……事實上，她只要有家人，有雨晨、鐘朝暐，還有法海，就覺得足夠了……人，有時只需要有一個人相信自己，再困難的路就都能走下去，即使如履薄冰，還是能有強大的支撐。

帶著微笑，芙拉蜜絲很快地進入夢鄉。

沙沙……摩擦音自下方傳來，先睜眼的是賴盈君，她蜷在被子裡很是疑惑，這沙沙音哪裡來的？

「芙拉？」她懶洋洋的向右喚著。

芙拉蜜絲迷迷糊糊的應了聲，她才剛入睡，怎麼有誰在叫她咧？捲著被子再往右翻去，面對著牆繼續呼呼大睡。

沙沙……那聲音非常明顯，賴盈君轉正了身子，看著天花板，好像什麼東西在摩擦地板的聲音？衣服？褲子？不，問題是聲音是從哪裡來的啊，好吵喔，她超想睡的，下面可不可以安靜一點——下面？

她忽然跳開眼皮，聲音來自於她的床底下！

她的床底下怎麼有聲音？賴盈君的雙眼瞪著天花板，深怕自己聽錯的屏息，只聽見沙沙聲不斷，那像是有什麼衣物在地上蠕動摩擦的聲響；她緊揪著被緣，緩緩向右看去，芙拉蜜絲好像睡死了，怎麼沒聽見啊！

她的床底下、有、東、西、啊！

黑暗中有隻手從床底下往上伸展，冷不防的攀住了床緣，扣住床墊的那一剎那，賴盈君差點尖叫出聲！有人！有人在她的床底下，還伸手……另一邊的床墊也被扣住了！

她驚恐萬分，可以感受到床墊的兩邊都被什麼東西壓住或是扣住，床下的聲音不斷，現在想來活像有人在下頭移動——問題是，她的床下怎麼可能會有人！

往左看去，弟弟也躺在床上，誰會進來惡作劇……惡鬼？不可能，房子外牆都是結界，地獄的任何東西都進不來！

『呼……』粗重的喘息聲傳來，賴盈君顫了一下身子。

「芙……」她試著想開口求救，卻不知道音量能放多大！「芙拉……」側睡著的芙拉蜜絲剛巧又翻過身，正面對著她的方向，但是雙眼闔上，看起來好夢正甜，賴盈君都快哭出來了，她想尖叫她想逃跑，她現在就想奪門而出！

床墊上的手開始移動，往床尾的地方移去，她偷偷瞄著，那的確是手……對方即將離開床底下了……不不不，如果離開床底下的話，它想要做什麼！

「芙拉蜜絲！」賴盈君不顧一切的尖叫出聲。

電光石火間，攀住她床墊的手倏地鬆開收下，同時芙拉蜜絲嚇得坐起身。

「什、什麼！」她腦子還一片混沌，只是聽見叫聲而已，「誰？幹嘛……什麼……」

「哇啊！」賴盈君歇斯底里的吼叫著，翻身掀被衝下床，直往芙拉蜜絲這邊衝來！

芙拉蜜絲根本什麼都還搞不清楚，才伸手打開床頭的燈，就見到賴盈君一臉蒼白的朝她撲來！她下意識的緊抓著未離手的鞭子，直覺認為賴盈君是意圖要攻擊她——但賴盈君沒能搆到她，打直的雙手明明向著她，腳卻像是被什麼一抽，砰磅的直接趴上了地！

「哇——」賴盈君下一秒就被往床底拖去，「芙拉！」

咦？芙拉蜜絲總算是醒了，揮鞭而出纏住她的手，扣了個死緊往自己方向扯拉，只是突然毫無阻礙，賴盈君往她這邊拖來，腳上並沒有其他力道。

芙拉蜜絲立即跳下床，蹲踞在地的往前方的床下觀察，什麼也沒有？她急忙往抽抽噎噎的賴盈君身邊去，根本丈二金剛摸不著頭腦。

「我會被妳嚇死，怎麼回事？」她鬆開纏在賴盈君手上的鞭子，「我正在做夢耶，被這樣嚇起來實在是……」

「我床底下有東西！」賴盈君用尖叫的方式說著，「它剛剛真的抓住我的腳！」

「呼……」芙拉蜜絲嘆著氣，朝賴盈君伸手一比，「拜託妳，妳床底下什麼都沒有……做夢了喔？」

「咦？」賴盈君瞪圓雙眼顯得不可思議，「沒有？」

「妳自己看，空空如也！」芙拉蜜絲扶著賴盈君半起身，她半趴在地上顫抖的回頭……

看見的是自己空無一人的床底下，還可以透過去看見已經半驚醒坐起身的么弟。

「可是、可是剛剛真的……那不是做夢！」她收了腳跪坐在地，「剛剛被扯住腳踝的感覺很真實，我也真的跌倒了不是嗎？」

說到這點是有點奇怪，雖說她剛醒意識不清，但倒也不至於錯過賴盈君被拽扯的那一幕……那真的是被人拉住左腳的樣子，使她呈現飛撲狀，重重以趴姿落地，問題是：床底下沒有人啊！

「這太玄了，家家都有防護結界，不管什麼非人都不可能闖進，再者——」芙拉蜜絲起身環顧四周，「現在怎麼看都沒有人在！」

「不……我真的沒亂說！」賴盈君整個人趴在地上往床底下尋找。

「欸，你有看到床底下有人嗎？」芙拉蜜絲笑問著坐在床上的弟弟。

弟弟遲緩的搖了搖頭。「沒有，但是……它現在在妳後面……」

——什麼？——趴在地上的賴盈君瞬間僵住身子，芙拉蜜絲瞪圓雙眼，房間陡然一黑，所有的燈全數暗去，她緊張的回頭，接著就被龐大的力量直接向後推！

她整個人飛離地面，幾乎是被扔向小男孩身旁的櫃子，弟弟嚇得滾下床，下一秒芙拉蜜絲就重重的摔上他的床，連木架都直接壓垮！

「哇呀——」賴盈君尖叫聲傳來，她被甩向芙拉蜜絲剛躺的床，砰的正面撞上牆，咚的聲響大作，再砰的落地！

芙拉蜜絲什麼都不知道，她痛得跟蝦子般蜷縮著，下半身還在崩塌的床上，全身痛到幾乎動不了，此時房門一開，走廊的殘光讓她看見一個人影朝著門外衝出，下一秒連走廊的燈都暗去！

「啊……」芙拉讓自己整個人滑落地，痛死她了，但是現在不是在這裡唉聲嘆氣的時候！

掙扎的翻過身子，呼喚賴盈君沒有得到回音，身邊的男孩正驚恐哭泣。

「去叫你姐姐……」芙拉蜜絲吃力的攀著床緣起身，推著男孩。

弟弟連滾帶爬的朝著姐姐奔去，此時房門外傳出了令人心驚膽顫的慘叫聲，「哇——」在賴盈君床底下的到底是誰啊！那明明就是個人啊！芙拉蜜絲咬著牙起身，緊握著鞭子衝出去，走廊上一片漆黑，她根本不知道在哪兒，但是她看見走廊末端的房門是開著的，騷動從裡頭傳出來！

其他房門跟著打開，三更半夜沒人搞得清楚發生什麼事。

「都回房間去！大哥出來幫忙！」她高喊著，摸黑朝尾端的房間去。

「哇！走開——救命啊！」求救的聲音傳來，是賴盈君的母親，聽著裡頭摔東西加碰撞聲四起，芙拉蜜絲也不敢貿然進去。

大哥從後跟上，手裡拿著十字弓。

「手電筒給我。」芙拉蜜絲從他手裡搶下手電筒，打開開關後，直接朝房間裡扔了過去。

光源跟著手電筒旋轉著，卻赫見被高舉在半空中的賴盈君的父親，那人影正掐著他的頸子！

「什……爸！」大哥激動的立即就衝了進去！

芙拉蜜絲連拉都來不及拉住，下一秒就聽見撞擊聲，才進入的大哥又從同一個門口被扔了出來！

天！芙拉蜜絲躲在門邊，好大的力量……是鬼獸嗎？不可能啊，鬼獸怎麼能進來屋裡！但是有這種怪異力量的，不可能是人吶！

「還有沒有手電筒！」她高喊著，她的擱在床邊沒來得及拿！

一旁其他弟妹的房門開啟，咕嚕嚕扔出好幾個。

芙拉蜜絲打開手電筒往裡照去，燈光正好落在賴盈君的父親身上──他被活活扭下了頭顱，來人扭轉的骨頭，硬生生拔下！

天哪！她倒抽一口氣，手電筒的光突然消失，潛意識的閃到一旁牆邊，然後聽見有東西砸破窗子的聲響！

往窗戶一瞥，佛號之徑的燈光微弱，但是窗子上都是飛濺的血跡！

「哇啊啊！老公！走開！你是什麼！離他遠一點！」賴盈君的母親尖叫著，跟著傳來上膛的聲音。

芙拉蜜絲一驚，趕緊伏下身子往前衝，果然賴盈君的母親開始開槍，砰砰砰的槍聲大作，不長眼的子彈亂飛，她往前拖過被撞暈的大哥，就朝賴盈君的房裡拐進去。

裡頭依然漆黑一片，她坐在地上喘著。

「你姐醒了沒！」一進房她就問。

小男孩依然跪在賴盈君身邊哭得泣不成聲，「姐姐怎麼都叫不醒，她不理我！」

「糟！」芙拉蜜絲確定手上這個還活著，趕緊爬到賴盈君身邊去，是不是撞到了頭，出意外了吧！

摸黑到了賴盈君身邊，手電筒完全沒有作用，不管哪一支都不亮，芙拉蜜絲先探向頸動脈，感受到跳動時不禁鬆了一口氣，但房門外的騷動未止，槍聲與物品碰撞聲經過了房門口，幾組足音一路往樓梯下而去……追逐，他們在追逐！

不管是誰，對方像是在追殺賴盈君的媽媽啊！

「賴盈君！喂……妳醒醒！」芙拉蜜絲拍拍她的臉，甚至用手撐開她的眼睛——咦？

芙拉蜜絲愣住了，她的指尖將賴盈君的眼皮撐得更開，看見的竟是玻璃珠般的眼睛，泛著紅光……這眼神她太熟悉了，馬桶裡的臉、攻擊她的同學，笑吟吟的大翰老師，都有著一樣的眼睛。

透明澄澈到像尊娃娃般的無神眼珠子，現在還跳躍著紅色火光……芙拉蜜絲狠狠倒抽了一口氣，立刻抬首看向外面！

天哪！她立即跳起，拔腿朝外衝去，芙拉蜜絲還差點腳滑一路摔到一樓，左手緊扣著扶把，好不容易到了一樓，是賴盈君其他弟妹的尖叫聲！

「住手！媽！」其餘弟妹們驚恐的護著母親，客廳窗外有佛號之徑透進來的光，現在只看見那個人影站在客廳裡，手上拿著碎片！

人影二話不說，突然朝著他們衝過來，不顧小妹妹們的保護，一把揪住一個就往旁扔！哇！芙拉蜜絲趕緊衝上去及時抱住，要不然撞傷就慘了！

「你是誰！滾開！」賴盈君的母親依然拿著槍，「滾開！」

人影沒說話，賴盈君的母親大吼著，就近扣下了扳機！

砰、砰……砰……子彈一發接著一發的射穿人影，但……真的是「射穿」！因為對方沒有任何痛楚掙扎，子彈直接穿過他的身體，擊到後頭的牆壁，打破了裝飾品，打破了電視，但是對這個人竟毫無影響。

轉眼間，他已經來到母親面前，而槍裡的子彈已然用盡！

芙拉蜜絲趕緊把手裡的孩子放下，出手揮鞭，在來人伸手要掐住賴盈君母親的喉嚨前，及時繞住他的手腕……意外的是，纏上了！鞭子沒有撲空！

「你是什麼東西？」芙拉蜜絲擰著眉質問，制住他的舉動。

烏七抹黑的人影沒有聲音，芙拉蜜絲見狀索性拉扯他的身子，意圖將他拉離賴盈君母親身前！

「快跑！賴媽媽！」芙拉蜜絲大吼著，但這一分心，那個人影居然瞬間將手舉起，身體周圍發出一道光暈，「穿透」了她的鞭子，鞭子即刻落地！

紅色的光芒，這讓芙拉蜜絲打了個寒顫！

「哇啊！走開——」來人掐住了賴盈君母親的頸子，將之舉離地面，賴盈君母親雙腳死命掙扎踢動著，緊接著人影就將她朝壁爐砸去！

力道凶猛毫不留情，賴盈君母親的頭直接撞上壁爐，發出慘叫，緊接著身體重重落地！

人影不逃不躲，就這麼站在原地。

「食願魔？」芙拉蜜絲望著人影，喊出了她認為的身分。

「媽！」姐姐忽然亮燈，她手中的手電筒竟然發出微弱的光……芙拉蜜絲不可思議的看著越來越亮的手電筒，這些光竟然是從……那個人影身上散發出來的！

光源從黑影身上回到手電筒裡，讓一切變亮，緊接著，連客廳的燈都亮了起來！

壁爐上血花四濺，賴媽媽倒臥在血泊之中，而站在那兒的凶手讓所有人狠狠倒抽一口氣——賴盈君？

芙拉蜜絲錯亂了，賴盈君不是躺在樓上嗎？那這個又是誰？這個賴盈君穿著一模一樣的睡衣，但是身上臉上都是飛濺的鮮血，只怕不是她的，而是她父親及母親的……

賴盈君幽幽的往她這兒望過來，原本面無表情的臉龐，突然間勾起了令人毛骨悚然的笑容——她緩慢的抬起手，指向了她的上方！

上面？芙拉蜜絲向上看著，樓上還會有什麼事嗎？

「哇啊——哇啊——」才在狐疑，樓上傳來了小男孩淒厲的慘叫聲！

什麼！芙拉蜜絲猛然向上，樓上也有事？賴盈君到底許了什麼天殺的願望啊！「不管是誰！快叫自治隊！」

雖說槍聲大作，鄰居應該已經通知自治隊了，半夜的槍聲多駭人，照理說自治隊已經在趕來的路上了。

但是……剛剛她及時抱住的那個小妹呢？剛剛不是讓她躲在餐桌下嗎？人呢！

她警覺的想顧及假賴盈君，但假賴盈君曾幾何時居然化成紅色光點，全數透過天花板往二樓去！真是無與倫比的麻煩！芙拉蜜絲三步併作兩步的衝上二樓，因為男孩的叫聲已經停了！

衝進賴盈君房裡時芙拉蜜絲還有些煞車不及，但是她及時攀住門緣，完全不敢越雷池一步！

小妹妹站在她剛剛的床邊，手裡拿著的是賴盈君放在枕下的短刃，短刃上正在滴血，而那小男孩的身上已被鮮血染紅……只是他沒有倒在地上，而是被人溫柔的抱著。

那是個綁辮子的紅髮女生，她咬著弟弟的頸子，一雙眼正吊著瞪她。

她認識這個女生……是跟在丹妮絲小姐背後的其中一個，法海的同族……也是吸血鬼！

「這是……做什麼！」她緊握著金刀高喊著，「放開他！」

女孩依言放下，舔著滿嘴裡的鮮血，「不要緊張，我只是趁他死前喝幾口而已。」

「趁他死……」芙拉蜜絲腦子一團亂，「妳是怎麼進來的？怎麼可以光明正大的進來殺人！」

「別亂說，人是她殺的！」女孩指向持著刀，一動也不動的小妹妹，「我只是順勢吸血而已，反正他活不了了，別浪費嘛！」

妹妹殺的？她不可思議的看著女孩，她才七歲啊！怎麼可能殺掉自己的弟弟！一陣冷風刮進屋裡，她倏地往走廊看去，剛剛一上二樓就感覺到冷風颼颼，難道是主臥房裡的窗子破洞？

再度正首瞥向被好整以暇放在地上的么弟，躺在他身邊的是……渾身是血的賴盈君！

等等……她跟不上現實了！

先到樓下等自治隊嗎？轉身向外，還沒跑出房門，就看見一個可愛的身影掠過，那背影化成灰她都認得！

「許仙！」衝出門外，只捕捉到殘影，她倏地向左方看去，可以看見主臥室淒黑的房內，白色的窗簾正隨風掀動，他們是自窗外進來的嗎？

她再次往一樓奔去，只是還沒踏兩階，突然一股力溫柔圈住，攔腰截住了她。

「冷靜點！」輕柔的嗓音貼在她耳畔，芙拉蜜絲不由得倒抽一口氣！

她的腰被圈起，直接抱離地面，一路後退的回到賴盈君的房間裡，法海才放她下來。

「這是……怎麼回事？」她望著法海，他一如平常般自然。

「自治隊快到了，妳就待在這裡，完全不知道剛剛發生什麼事……也別說看過蘇珊！」他檢視著她全身上下，這丫頭受的傷不輕，只是自己還來不及感覺，「妳上來查探弟弟的狀況，接著自治隊就到了，知道嗎？」

樓下傳來哭喊聲，還有門外的騷動，自治隊到了！

法海轉身就想走，芙拉蜜絲及時拉住他，「法海……是你們做的嗎？」

法海勾起笑容，將她的手拉開，「他們只是把握時間吃飯而已，必死之人，沒必要浪費食物對吧？」

他緊握著芙拉蜜絲的手，倏地往後一推，造成她不支的踉蹌，芙拉蜜絲整個人往地上跌去，這次的碰撞引發背部的疼動，劇痛倏忽襲來，她忍不住哀鳴出聲，剛剛怎麼不覺得有這麼痛啊！

再抬首時已經失去了法海的身影，樓下腳步紛沓，好多人進來了，賴盈君的家人驚恐的亂哭亂叫，她背疼到站不起來，痛苦得趴在地上。

前邊躺著依然昏迷的大哥，她向左後方看去，她的床邊躺著滿身是血的賴盈君、弟弟橫屍在側，而那小女孩依然站在那兒，手裡緊握刀子。

腳步聲上來了，聽得出自治隊異常謹慎，芙拉蜜絲痛苦的往前望著，看見腳出現在門口，來人緩緩的推開門！

「……芙拉蜜絲？」王柏翔錯愕的看著她，再看向門邊昏迷的大哥，「這裡有好幾個人！」

急促的奔跑聲衝了進來，堺真里慌亂的奔入，「芙拉？妳怎麼……」

「好痛！先別拉我！」她趴在地板上，意識到受傷後越來越疼，「去看他們……他們……」

王柏翔繞過芙拉蜜絲，小心的逼近角落，看著眼前一切萬分不解，輕輕的拍了拍小女孩的肩。

「咦？」小女孩驚醒般的細叫，手上的短刀應聲而落！

幾秒鐘後，當她看見弟弟的屍體，就是失控的尖叫聲，自治隊一陣慌亂，先將女孩抱了出去，然後躺在地上的賴盈君終於呻吟出聲，撫著頭看起來很不舒服。

「姐姐！」賴盈君的大妹在房門口哭喊著，自治隊暫時不讓她進入，堺真里蹲到芙拉蜜絲面前，她的狀況必須以趴姿進醫院，所以得小心運送她下樓。

「賴盈君，妳清醒了嗎？看得到我的手指嗎？」後方的自治隊在確認昏迷者的意識。

然後，小小的紅點從賴盈君身上、前方被抱著的小妹妹身上，甚至是在門口啜泣的賴盈君大妹身上飄了出來。

『我希望爸媽以後都不要再管我了。』

『我討厭弟弟，他不要存在就好了！』

『我真希望有一天柏翔副隊可以到我家來，超帥的！』

第五章

醫院濃厚的藥水味總讓人不適，芙拉蜜絲趴在病床上，意識混沌，聽著足音來來去去，說話聲此起彼落，嘈雜惱人。

「都死了嗎？」

「父親的頭被活活扭斷，破窗扔在外頭，母親是頭顱破裂……最小的兒子被刺了三刀，失血過多，大哥只是昏迷跟摔傷而已，其他的孩子都沒事！」

「怎麼會這樣？究竟發生什麼事了？」

「其他兄弟姐妹都說是賴盈君殺掉母親的，大哥親眼看見她扭斷父親的頭扔出去，然後他還被一腳踢出去，接著就什麼都不知道了！剩下的得等芙拉蜜絲醒來！」

「唉，她怎麼又搭上這種事！偏偏今晚睡在賴家！」

啊啊，那是媽媽的聲音，她聽出來了。

「醫生說她骨頭裂開是真的嗎？」堺真里憂心忡忡。

「嗯，有些小裂痕，得讓它自然痊癒，短期內她都不能做幅度比較大的動作……連日常生活都有問題。」班奈嘆了口氣，「這算不幸中的大幸嗎？我想讓她好好在家，也比較安全。」

「你們要有心理準備，因為在芙拉過去住的時候發生這些事，有心人士更會把矛頭指向她。」堺真里極度語重心長，「偏執派現在認為闇行使等於天譴，是會帶來不幸跟災厄的。」

「這明明不關芙拉的事，闇行使根本不會做這些！」露娜咬著唇，「為什麼不怪他們向血月許願？」

「丹妮絲小姐好像正在跟鎮長解釋這個意外，說是血月會發生災變，不關芙拉蜜絲的事。」堺真里覺得這點很耐人尋味，「我只是好奇，為什麼她會幫芙拉說話？」

班奈蹙眉沉吟著，露娜搖了搖頭，「她說的也是實話，說不定是個公道人！」

是嗎？班奈忽地回頭看向窗外，外頭什麼都沒有，只有樓下零星的自治隊員，但是他剛剛似乎看到有人在窗外。

「……呼。」芙拉蜜絲吐了口氣，「賴盈君她們許願了。」

「芙拉！」露娜焦急的來到她身邊，「欸，妳不要亂動！妳背後的骨頭裂開了！」

「唔……」才想起身的芙拉蜜絲立刻痛得咬唇，「天哪……好痛！痛死了！」

「趴著趴著！」班奈也趕緊過來輕拍住她的背，「暫時不要亂移動。」

堺真里趕忙蹲在病床邊，「芙拉，我知道這有點強人所難，但我現在就需要妳的證詞。」

芙拉蜜絲從床底下有人開始說，一直到她聽見弟弟的哭嚎聲衝上來為止，蘇珊……法海應該是說那個綁辮子的吸血鬼，她避過不提。

「我不懂為什麼會有兩個賴盈君？她明明在樓上，可是樓下燈亮時卻真的是她！」芙拉蜜絲費解，「而且原本在樓上的賴盈君也渾身是血！」

「唉……」堺真里擰著眉，「只怕那是原本就在屋子裡的，根本不怕結界咒文。」

「咦？」芙拉不懂，堺真里抬首，應該是看往班奈的方向。

「一部分的靈魂去執行願望嗎？這不是不可能，對方可是惡魔。」班奈的聲音在病床另一側，但芙拉蜜絲現在痛到不能轉身，「許願殺死父母嗎？他們家感情這麼差嗎？」

「沒、沒有！」芙拉蜜絲趕緊說明，「賴盈君只是希望她爸媽不要再管她、小妹希望弟弟消失才不會分寵……然後她的大妹仰慕王柏翔，只希望他能到她家，好近距離看著他。」

結果，賴盈君的爸媽死了，未來的確不會再管她了；小妹親手殺掉弟弟，也不復存在，至於王柏翔……真的太天真，自治隊通常只有出事時才出現啊！

堺真里跟班奈面面相覷，連露娜都倒抽一口氣，趕緊彎身附耳，「芙拉，妳怎麼知道……」

「我聽得見她們的願望，食願魔成形那晚就聽到了。」她無力的說著，「在她們完成願望後，身體裡會跑出淡淡的紅光，然後會發出她們許願時的聲音……」

「天……」堺真里難以置信，「這些只是、只是微不足道的願望啊！」

「這就是惡魔！」班奈緊握飽拳，不管怎麼小的願望，都會以意想不到的方式成真！

惡魔的奸詐便在於此，誘人許願，散佈對血月祈求就能願望成真的訊息，讓人一代傳一代，偏偏人類對於這種許願就能成真的好事都不疑有他，傳說未曾消失，而知情的闇行使……

卻也不怎麼願意澄清。

「現在重點是到底有多少人向血月許願了？」堺真里覺得可怕的地方在這裡，「惡魔完成他們的願望，然後呢？我卻必須把這些犯罪者關進牢裡？」

「真里，你得忍住，我們誰也不能說出食願魔的事，這種事平常人不會知道。」班奈走向堺真里，低聲警告著，「現在有丹妮絲出馬的話就讓她去說，我們要離闇行使這三個字越遠越好。」

堺真里嚴肅的轉向芙拉蜜絲，「她才是吧！」

班奈跟著轉過來，芙拉蜜絲有點無辜的咬著唇，「又不是我……」

「最好大家會聽。」班奈無奈得很，「好了，你快去忙吧！」

「那我先走了，大嫂……芙拉，妳安分點。」臨走前堺真里不忘再警告。

厚，拜託，她只是按照鎮上規定的相互監督條例到賴盈君家去過夜耶，她世紀超級無辜的啦！

「媽……媽！」芙拉蜜絲說著，「我想坐起來，這樣趴著好難受。」

「還不行，妳受了傷，現在先不能起來。」露娜警告著，「從現在開始妳得乖乖養傷，醫生說至少三個月都不能隨意亂動。」

「天……我會瘋掉！」芙拉蜜絲哎唷的哀嚎，「媽，我不能動會出事的！」

嗯？夫妻倆交換眼神，班奈將門掩緊，蹲下身子，「什麼意思？」

「爸，有很多人許願希望我消失！昨天在學校被攻擊就是如此……賴盈君只是希望爸媽不要管她就變成這樣了，希望我死掉的人也一堆，我隨時隨地都有危險！」芙拉蜜絲現在又痛又慌亂又難過，「我們回家好不好，我不想待在這裡，醫院是公眾場合，萬一……」

叩叩。門外突然有人敲門，這讓班奈跟露娜嚇了一跳！現在是凌晨三點，除了賴盈君的家人、還有是芙拉蜜絲親屬的他們，這些得以在自治隊的保護下進出的人外，平常人是不可能在黑夜中外出的！

班奈提高警覺，就算是醫生……如果是反闇行使的人，說不定也對血月許下了意圖傷害芙拉的願望。

「我是法海。」門外輕揚的聲音令人聽了詫異，「請快一點，我不想被人看見。」

「法……」芙拉蜜絲喜出望外的撐起頸子，班奈遲疑著，但還是趕緊拉開了門。

門外果然是那好看的少年，他禮貌的含笑閃身而入，朝夫妻倆頷首，看上去就是個彬彬有禮的好孩子——如果他真的是人的話。

班奈謹慎的往外看了看，確定沒有人把目光放在這兒，將門掩緊，索性乾脆靠在門邊。

「你半夜出來，難免啟人疑竇。」班奈開口，「正常人沒有膽子在夜晚出門。」

「放心，明天過後夜晚出門也就不必擔心了。」法海視線落在芙拉蜜絲身上，「食願魔在的地方，其他非人是不會進來的。」

咦？這句話讓病房裡的三個人都愣住了，這是什麼意思？他們怎麼從來沒聽過？

「你是說……惡鬼、鬼獸或是所有的妖魔鬼怪都不會在？」露娜不可思議，「這是誰說的？」

「這是禮貌。」法海拉過椅子，直接坐在芙拉蜜絲身邊，「血月誕生的惡魔在此，其他非人都不能沾上這個鎮，更何況惡魔階級原本就比較高，地獄十八層的惡鬼也不敢輕易冒犯。」

啊啊……班奈認真思考著，言之有理啊，高階惡魔是相當可怕的，地獄那些惡鬼嘍囉只能在人類面前放肆，有時候連修煉有成的妖怪都不是對手，更別說是惡魔了。

「你對食願魔瞭解多少？」班奈認真的問了。

「妳傷得不輕啊，這樣連動都不能動，萬一醫院有人要進來砍妳怎麼辦？」法海對班奈的問題不予回應，只是輕柔的在芙拉蜜絲背上撫摸著。

「我才跟我爸說，我想回去，在這裡我很不安。」芙拉蜜絲點點頭，就是怕這樣啊！

法海沉吟了一會兒，分別看向左右手邊的父母，「打個商量，讓我治好她。」

「咦？」露娜瞪圓雙眸，「你？你能……」

話到這兒她打住了，不安的看向班奈，班奈深吸了一口氣，知道法海跟芙拉的顧慮都是對的，可是……

「不行。」班奈斷然拒絕，「醫院都知道她骨頭裂開，一夕之間痊癒的話，這分明是陷她於險地，不懂的人會立刻說她是闇行使的。」

法海笑了起來，「如果是這點就不必擔心了，記憶的部分有人會負責，我只是禮貌告知一聲，不是請求。」

法海！芙拉蜜絲伸手推推他，這什麼跟她爸媽說話的態度啊！

班奈不悅的逼向前，法海只是瞥了他一眼，「你的問題我不會回答，明天就會知道，不急於一時。」

「明天？為什麼要等明天？」班奈不解，「我們對食願魔的資訊非常的少，你卻知道這麼多，為什麼？」

「出去吧。」法海根本不打算回應，因為答案很簡單，但是卻不能說出口。

簡單來說，造成他們所知有別肇因於歲月。

人類的壽命短暫到無法發現食願魔的一切，也因為血月期通常不超過五天，絕大部分的人類都會歷經浩劫，沒多少人能安然活下。

而且，都死於相互殘殺的「許願」之下，誰還會知道食願魔的存在？

「厚，你們不要這樣！」芙拉悶悶的說著。

「我要治好妳，他們不宜在場。」法海俯下頸子，卻極其溫柔。

班奈深吸了一口氣，朝妻子伸出手，事有輕重緩急，當務之急的確是必須讓芙拉蜜絲恢復正常，不能因傷而坐以待斃。

露娜憂心的望著法海，對他們而言，法海是個謎樣又危險的人物，甚至連「他是什麼」

都難以分辨啊！

他們離開了病房，法海重新坐下，拉過她的手腕，送給她的手鍊叮叮噹噹的，煞是好聽。

「我有一堆問題要問你。」她嘟囔著。

「廁所裡的確實是我，我移動了刀子跟箭，把坑裡的女學生往下踩進去……她死抓著妳不放，我力道太大，一踩她的手自然就撕開了。」法海倒是一五一十的全說了，「大翰跟阿榮的確有人去用餐，地上的出血量才比較少，跟賴盈君家的狀況一樣。」

「你們……你們到處在吸血嗎？」芙拉蜜絲有些氣惱。

「都要死了，吸點血不算什麼吧？為什麼要浪費食物？」法海說得理所當然，「我們沒殺人，只是趁機吃飯罷了。」

「可、可是……」芙拉蜜絲就是覺得哪裡怪，「不能趁機救人嗎？」

「不。」法海立刻回絕，「你們自己許的願，願望成真不是每個人都想要的嗎？」

你——芙拉蜜絲緊握著拳，於事實來說沒錯，但法海他們有能力阻止的吧？食願魔在鎮上肆虐，他們卻利用機會飽餐一頓……雖說他們沒有殺死任何人，可還是有說不上來的怪。

「我想把食願魔解決掉，它不能這樣……」她喃喃說著，「你想想那麼小的女孩醒來發現自己殺了弟弟會怎麼樣？賴盈君知道自己殺死爸媽後呢？怎麼受得了啊！」

「那是她們許的願不是嗎？」法海竟然笑了起來，冰涼的手忽然蓋住她的雙眼，「別再說話，深呼吸……」

他居然還笑——芙拉蜜絲原本氣得想再說些什麼，可是眼上的冰涼感好舒服喔，舒服到她覺得……嗯，好想睡，她整個人都……

法海將她翻正，為她蓋上被子，雙手抱胸的坐在椅子上凝視她……找了五百年，居然是這個結果？

木花開耶姬，妳真是開了他一個大玩笑。

後頭一陣風，他微微側首，「解決了嗎？」

「是。」窗框上蹲立著粗獷的男人，威爾斯，「所有人的記憶我都清洗過了，芙拉蜜絲是摔傷跟挫傷，X光片也拿走了。」

法海優雅的伸出右手，威爾斯跳入病房，將X光片交給他。

「丹妮絲已經獲得鎮長的信任了嗎？」法海輕輕說著。

「很順利！連蘇珊他們也都跟眾人打成一片了，今晚的賴家也是……」威爾斯嚥了口口水，「伯爵，我肚子好餓……」

「不急，接下來每天都有得吃。」法海起身，「食願魔還得回應一堆人的願望呢！」

威爾斯笑得靦腆開懷，一躍上窗櫺，開心的翻身沒入夜色中，法海回首望著沉睡中的芙拉蜜絲，她並不知道，當食願魔成形的那天，就已經宣告了安林鎮的滅亡。

安林鎮，將不復存在。

賴盈君家的慘案在隔天引起軒然大波，那夜許多人都輾轉難眠，畢竟半夜槍聲大作已令人人心惶惶，更可怕的是，賴盈君家並不是唯一發生事情的地方。

整個鎮上共發生了六起傷害或命案，全部發生在自宅中，死亡受傷的幾乎全是父母親，而下手的卻都是孩子們！僥倖存活的父母親不是被割舌，就是聲帶被切斷，尤有甚者，整個下巴被活生生卸掉。

可是下手的孩子們都沒有記憶，他們的情緒逼近崩潰，年紀尚小的根本歇斯底里，他們只記得自己已入睡，所有殘忍的下手過程根本不記得，但是指紋、染滿血的手，還有其他的兄弟姐妹們指證尖叫，他們就是令人髮指的凶手！

自治隊一一的詢問了過程，但是什麼都問不出來，堺真里最後問了孩子們是否對血月許願？又許下了什麼，孩子們怔然的望著他，緊接著淚如雨下的尖叫起來。

是的，他們都許了與父母相關的願望，希望父母不要管他們、覺得他們很煩，或是希望父母不要再囉唆，這類的願望達成便是讓父母不能再開口。

其他的願望達成，如賴盈君的小妹妹對於寵愛移轉的怨言、或是大妹妹的戀愛祈願，都在巧妙中一併達成，除了父母親被殺死外，也有些孩子的嫉妒造成手足相殘。

只是，堺真里看著賴盈君七歲的么妹，她是殺死了五歲的弟弟，但他怎麼能將她關進拘留所裡？該怎麼關？

一夕之間，自治隊的暫時拘留所根本爆滿，最大的凶嫌不超過十七歲。

只是賴家最受矚目，原因又是芙拉蜜絲。

情況似乎正演變成因為她住在賴家才啟動這一切，否則好端端的，都已經血月的第二晚了，為什麼偏偏芙拉蜜絲去住別人家時才發生這種事？而且賴盈君下手最為殘忍，將父親使勁推上吊燈穿刺身體，再活活扭下頭顱扔出窗外……儘管人類不可能有這種力氣，但是他們找不到別的凶手。

賴盈君的兄弟姐妹們都能作證，在燈光亮起的剎那，滿臉是血的人就是賴盈君啊！

被約談的芙拉蜜絲實話實說，沒有人對她的傷勢起疑，所有人都認為她是摔傷跟挫傷，骨頭裂傷這件事彷彿從未發生過。

惡意針對她的人越來越多，所幸賴盈君的大哥……那個前一晚還提防她的大哥為她作證，是她保護了其他人，也盡力阻止一切，才勉強平息檯面上的攻擊言論……私底下的流言蜚語她就管不著了。

靜靜坐在自治隊的訊問室裡，她的部分已經告一段落，坐在一樓可以聽見樓上的哭泣聲，聽說收容所裡擠得滿滿的，每個人都在哭泣。

「芙拉？」門開了一小縫，江雨晨的臉露了出來。

「咦？你們……」她詫異的看著走進的江雨晨跟鐘朝暐，「怎麼進來了？」

「妳不是嫌疑犯啊，而且真里大哥說妳做完筆錄了。」鐘朝暐提著熱騰騰的大餅擱在桌上，「我問妳爸，他說妳早上沒什麼吃！先吃吧！」

芙拉蜜絲趕緊打開袋子，看見是大餅簡直想哭，「天哪，他們都不賣大餅給我們耶！」

自從她殺掉被魑魅附體的大餅嬸之後……全家不管誰去買都被攆走！芙拉蜜絲開心的大快朵頤，江雨晨趕緊去倒杯水，就怕她太大口噎著了！

「慢點慢點！」江雨晨坐了下來，「昨晚還好嗎？」

「當然不好，嚇都嚇死了！」芙拉蜜絲皺起眉，「妳床底下有東西不怕嗎？」

「別說了……很可怕！」江雨晨摀起雙耳，怕聽又愛問，「但是大家都不記得！」

「我聽說好像是什麼……靈魂分離？沉睡時靈魂或意識有一部分會離開身體，去完成……願望。」

「啊，書上寫過，這叫生靈對吧？」鐘朝暐也拉開椅子坐下，「本體是活著的，但靈魂離開身體。」

芙拉蜜絲點點頭，滿嘴塞滿大餅，就是這樣！只是生靈照理說應該保有自己的意識，而那些生靈……只怕是被食願魔操控了？他們一心一意想為「本體」完成許下的願望。

「妳不要太擔心，丹妮絲小姐對血月的事好像很瞭解，新來的神父也知道這些事，他們已經跟鎮長解釋過了。」江雨晨伸出手緊緊握住她的手肘，「跟妳沒關係，都是因為食願魔的緣故。」

芙拉蜜絲有點狐疑，「新神父？」

「是啊，丹妮絲他們長年旅居海外，知道許多我們不知道的常識，聽說對血月許願其實是對食願魔許願，惡魔會用盡方法達成許下的願望……」鐘朝暐用力點頭，「我爸早上去開過晨會了，大家想設法把願望取消、或是處理掉食願魔……而且丹妮絲小姐還強調，這件事跟闇行使無關，是血月的陰邪力量。」

芙拉蜜絲眨了眨眼，丹妮絲在護著她嗎？為了不讓她成為眾矢之的。

「那新神父是誰？」芙拉蜜絲比較好奇這點。

「是丹妮絲的朋友，彼得神父！」江雨晨雙眼微微發亮，「對於惡魔的事也很瞭解，聽說驅過魔呢！」

呃……丹妮絲的朋友？芙拉蜜絲忍不住在腦海裡劃上等號，那不就是法海的朋友，也等於是吸血鬼嗎？吸血鬼直接進教堂當起神父，這太誇張了！

他們昨晚的「用餐」她可沒忘記，這是故意的嗎？

「不過，雖然丹妮絲小姐解釋過，可是我爸還是叫我離妳遠一點。」鐘朝暐有些無奈，「反對者還是認為這件事跟靈能者帶來不祥有關，鎮上有闇行使，所以才會發生不幸。」

「血月又不是我弄的！那是天象耶！」芙拉蜜絲超不平。

「怎麼樣他們都會扭曲的，說不定還認為是妳影響天象，讓月亮染紅的咧！」江雨晨說得很認真，「我媽也不許我跟妳再來往，否則我們被視為一體，情況失控時會很危險。」

「這我贊同！」芙拉蜜絲喝了一大口水，「我沒關係，但是我怕你們遭受攻擊！」

「我才不怕。」鐘朝暐哼的一聲，「我就不懂反闇行使的人說話這麼大聲，怎麼沒種把自家的結界拆掉？那可是闇行使設的咧！」

「人本來就很自私啊！」江雨晨噘著嘴，「我討厭的是，其實我爸媽是支持闇行使的，但是現在反闇行使的人比較激進，他們就都不敢說……反正不關自己的事，選擇冷眼旁觀。」

芙拉蜜絲知道同學為自己抱不平，勾著滿足的笑容分別握住他們兩人的手，正因為反對者激進，所以支持者才不敢作聲吧？因為一旦支持，就會被冠上莫須有的罪名，甚至被攻擊、被趕出鎮上都有可能，誰會願意為別人冒這個險？

她能理解，只是如果他們不要這麼姑息反對勢力，放任其增長，或許闇行使們就能有更好的去處，也或許敵對狀況就不會如此嚴重了。

敲門聲兩下，推門而入的是王柏翔，他看見裡面三個學生有點訝異，但旋即被不耐煩取而代之。

「妳可以走了，芙拉蜜絲。」王柏翔說著，「隊長要妳直接回家，不要在外逗留。」

「噢，好。」芙拉蜜絲起身，知道王柏翔不喜歡她，「我可以去看看賴盈君嗎？」

「不必吧？我想她不是很想看見妳。」他冷冷回著，「我們其實都不想看見妳。」

「喂！你說這話什麼意思？昨晚又不關芙拉的事，那是食願魔的問題！」鐘朝暐立刻上前一步護著芙拉蜜絲，「你們不要什麼事都扯上她！」

「哼，闇行使會帶來不幸是不變的鐵則！」王柏翔緊擰著眉，「一切的開端都是因為闇行使。」

「芙拉又不是！」江雨晨高分貝嚷了起來，「你們不要無憑無據就在那邊怪人，要怪為什麼不怪許願的人！是他們自己許願不要父母管的！」

「他們只是不希望父母管，又不是希望父母死掉！這種情況誰料得到？他們的本意絕不是此，這是被蠱惑了、被陷害了！」王柏翔瞪向芙拉蜜絲，「至於被什麼蠱惑，我們以後會見分明。」

「被食願魔。」芙拉蜜絲毫不畏懼的直視他的雙眼，「不論本意如何，食願魔還是實現了他們的願望。」

王柏翔一臉不信的樣子，看來他也是激進派，不宜多言。

芙拉蜜絲拉著兩個朋友匆匆離開自治隊，外頭的廣場上滿滿的都是人，教堂、自治隊、醫院、鎮中心及避難所共用一大塊廣場，五棟建築剛好是五芒星的端點，這塊地被闇行使加持過，也設有特別結界。

有大事時都是在鎮民廣場上集合，所以現在鎮長正跟大家解釋狀況……不，不是鎮長，是丹妮絲跟彼得神父！

芙拉蜜絲原本想擠進去看的，不過及時被江雨晨拉住，她又忘記自己的身分，瘟神怎麼可以擠進人群裡咧！

「我們必須找到食願魔，並且消滅它，否則，它會繼續實現大家許的願望，用意想不到的方式。」丹妮絲高雅美麗，一來就是許多年輕人的偶像，「在這段時間，我請大家務必小心，回想著自己對血月許了什麼願，有沒有可能傷到誰，請向對方提出警告。」

「必要時可以躲到教堂來，夜晚連自己房門都要上鎖，千萬留心。」丹妮絲身邊的彼得神父開了口，「晚上如果遭受攻擊，請不要待在屋內，離開房子！」

「咦？怎麼可以！夜晚是不能出門的！」人群裡起了騷動，「外頭有妖魔魍魎徘徊，被吃了怎麼辦！」

「還有惡鬼，它們幾乎都潛伏著啊！」人們慌張極了，「就算大家都沿著佛號之徑，也難保不會出事啊！」

彼得神父微笑著，看了丹妮絲一眼……啊，芙拉蜜絲看見了彼得神父，她沒見過這個男人，高大俊朗，相當成熟的男人，有股神秘氣息，但是丹妮絲的朋友？她回憶著之前在法海家看見的人，沒有這個——咦？

戴著鴨舌帽，拿著劍，戲謔的稱法海是「沒牙伯爵」的那個人嗎？披著長袍她無法辨認體態，但身高跟那個略方的下巴是差不多的！

「食願魔存在的地方，地獄的任何惡鬼、生物、妖族、魔族，甚至是被惡鬼附體的鬼獸，都不會存在。」彼得神父朗聲宣佈，「事實上，在血月結束前的晚上，大家夜晚不需擔心被吃掉。」

「哇——」江雨晨驚嘆著，整個廣場起了大騷動，夜晚能出門了？

自出生以來，沒有人敢在夜晚出門，日落後禁止外出是生活的一部分，就是因為生命飽受威脅，但從沒人想過，竟有這麼一天，整個鎮上沒有怪物或惡鬼的存在？

只有一個惡魔。

「那食願魔呢？那個惡魔在哪裡？我們該怎麼提防它？」有人高舉著手問了。

「食願魔只怕已經化身成人形，或是隱藏起來，這並不是件容易的事，但是……它不會主動傷人。」丹妮絲舉起雙手，現場頓時鴉雀無聲，「我只能請大家停止許願，願望越多、越深、越大，就會帶給食願魔更大的力量！」

「是的，別忘了提醒你許願的對象，人人自保，鎮長跟自治隊會盡量找到食願魔，或是我們靜待血月結束。」彼得神父接口，「食願魔因血月誕生，血月期結束，它就不會存在。」

咦？芙拉蜜絲一怔，下意識的抬首，血月一結束，食願魔就會消失嗎？那血月什麼時候結束！

果不其然，有人立刻提出這個問題。

「最多五天，血月的狀況便會消失。」丹妮絲從容回應著，「大家只要努力的再熬過三天……還有，如果身邊發現有詭異的人，非常詭異不像人類的言行舉止，請默默的向自治隊舉發。」

現場再度你一言我一語的問著，丹妮絲跟彼得神父非常有耐性的回應著，芙拉蜜絲只是皺著眉看向他們，他們透露了食願魔的訊息、說出了血月與食願魔的共生狀況，但是——為什麼要說可以夜行？

她看大家對於夜晚能出來的興奮度，這並不是好事啊！因為依照許願的狀況，提防的是自己家人，老實說只要住到別人家，這個問題就能避免；但是、但是如果可以夜行的話，就代表晚上每個人都能移動去加害其他人了！

這樣一來……她連晚上都不能心安了啊！為什麼！

第六章

「芙拉蜜絲！」

才在失神，冷不防的突然有個人影衝來，二話不說的就打掉芙拉蜜絲手中拿著的大餅，她嚇得回身，身子踉蹌向後倒，江雨晨連忙攙住她！

「妳怎麼有我們家大餅！」賣大餅的男人氣急敗壞的對她狂吼，「我不可能把大餅賣給艾爾頓家的任何一個人！」

大餅嬸的兒子，叫阿菜，對芙拉蜜絲恨意甚深。

他抓狂般的猛踩著落地的大餅，把它踩爛踩髒，也不願意給芙拉蜜絲吃，鐘朝暐怒從中來，雙手緊握飽拳就走上去。

「朝……」芙拉蜜絲想阻止，江雨晨連忙拉下她的手。

「你什麼意思？那我買的！我分芙拉吃不行嗎？」鐘朝暐指著阿菜大吼，「你這不明是非的人，我們沒怪大餅嬸危害全鎮就算了，你還敢這樣仇視芙拉他們！」

「他們殺了我媽！」阿菜怒吼著，指向芙拉蜜絲，「凶手！該死的闇行使！」

「你媽被魑魅附身了，魑魅要附身得要本體同意，是你媽自己同意的！」鐘朝暐也不客氣的回嘴，「大家都知道，被附身只有死路一條，意識都被控制，你媽幹了多少壞事我們都沒計較，你沒資格怪救了大家的芙拉！」

「救個屁！她若不是闇行使，怎麼能對付魑魅！我媽會變成那樣，魑魅能造孽，就是闇行使害的！」阿菜忿怒的目眥欲裂，瞪著芙拉蜜絲，「一切的不幸，都來自於該死的靈能者！」

「強詞奪理！你媽被附身是之前的神父幹的，今天別說芙拉了，要是我發現，我也一樣會毫不猶豫的殺掉你媽！」鐘朝暐大聲咆哮，「在這裡每個人都受過一樣的教育，遇上魑魅附體，格殺勿論！」

「住嘴！」阿菜下一秒就衝向鐘朝暐，兩個人扭打在一起，「那是我媽！你憑什麼這麼說！以後你們家也休想買餅——江家也一樣，靈能者的夥伴、走狗！」

芙拉蜜絲緊擰著眉，她真受夠這種歪理了，憑什麼就針對她！她可是救了全鎮的人耶，為什麼救了大家的命，免於被附身滅鎮，卻還要被指為凶手！

雙手的指甲都嵌入了掌肉裡，她感覺到身子正在發熱，救這些人……幫助同伴，見義勇為，這些事卻讓她得到了懲戒！

她究竟為什麼要做這些事啊！爸爸教她的正義，究竟是什麼？

「去死吧，芙拉蜜絲！」

鼓譟的人群中突然傳來尖叫聲，芙拉蜜絲抬首，看見射過來的輕斧，江雨晨目瞪口呆，伸手就推開了她！

沒有人來得及跑，距離太近，那是就近的人射出來的！

啪！騰空一隻手準確的握住了斧柄，紅色的長髮在眼前飄逸，綠色長裙的丹妮絲竟然擋在她面前，輕而易舉的攔下了攻勢。

「這是在做什麼？」彼得神父跟著也站到丹妮絲面前，硬是在芙拉蜜絲前築成兩道牆，「是誰扔出斧頭的？」

丹妮絲微微側首，「還不快走？食願魔在實現願望了。」

想殺了芙拉蜜絲的願望。

江雨晨立即領會，拽著芙拉蜜絲就往後退，彼得神父上前扯開阿菜跟鐘朝暐，再將鐘朝暐向江雨晨那邊甩去。

扔出去前耳邊低語，要他們快點離開。

「芙拉蜜絲不要跑！」女孩的聲音拔高，一發現他們三人意圖逃離，即刻追了上去。

人群中衝出的幾乎都是學生，也有少婦，但清一色幾乎都是女性，她們個個手持武器，不顧一切的想追殺芙拉蜜絲；其他的人錯愕領教這種完成願望的瘋狂，在丹妮絲的喝令中，聯合攔下了這些女孩，她們都有著玻璃珠般的眼神，蠻力十足！

芙拉蜜絲他們從醫院跟教堂中間的巷子跑離，身後喧鬧依舊，就算數個大男人竟也攔不下那些小女生，非得打暈才能停止她們的活動，可是還是有幾個人通過阻攔追上，芙拉蜜絲看著卻只有怒火中燒。

為什麼，這麼多人要她死？她只是高中生而已！

狂奔之際，右手邊冷不防的伸出一隻手，直接攫住了芙拉蜜絲往右扯，她尖叫之餘也旋即展開攻擊，一個肘擊往對方臉部去，卻輕易被擋下。

「是我。」法海大掌包握住她的手肘移下，「你們兩個各自回家，她就交給我了。」

鐘朝暐一見到法海便怒從中來，他伸手抓住芙拉蜜絲，「我會保護她的！」

「你？」法海挑了挑眉，笑容裡明顯的嗤之以鼻，「我建議你先顧全自己的家人吧，跟她一夥的人狀況也不會太好。」

「噯，你們快走！如果那些是被食願魔操控要來實現願望的，他們的目標只是我！」芙拉蜜絲趕緊把鐘朝暐的手給掰開，「有法海在你不必擔心！」

就是有法海在他才擔心啊！鐘朝暐目瞪口呆的看著芙拉蜜絲將自己的手掰開，催促著他們兩個繼續往前走！

「你們……你們要小心喔！」江雨晨喊著，一邊回身拽過鐘朝暐。「走了啦！」

「可是……」鐘朝暐還在掙扎。

「芙拉跟法海沒問題的啦！」江雨晨也不知道哪裡來的信心，她就是覺得有法海在一切安全！

他們兩個直行而去，法海拉著芙拉蜜絲朝右邊離開，不過他倒從容，不疾不徐，只是疾走一段距離後便停下，回首像是等待著什麼。

「欸……我們應該要跑吧？」芙拉蜜絲有點慌張，「那些人手上拿著的是真正會傷人的玩意兒耶！」

「不急，總是要讓他們看見妳。」法海真的超級平靜，但是她好想跑喔！

「可惡，到底為什麼這麼多人想要我消失啊？」芙拉蜜絲氣急敗壞的喊著，「我到底招誰惹誰了！」

「別想得太複雜，不會是什麼深仇大恨。」法海輕笑起來，「只是微不足道的青春愛戀吧！」

嗯？芙拉蜜絲眨了眨眼，青春？愛戀？這是什麼意思？

還來不及問，女孩子們發現了在右手邊的他們，立刻飛也似的奔來，法海終於使勁拉過芙拉蜜絲，這才往前奔去。

她回首看著面無表情的女孩們，再看向拉著她的俊美少年，該不會——「她們是因為喜歡你所以討厭我嗎？」

法海抽空瞥了她一眼，還附帶驕傲的微笑。

「有沒有搞錯啊！」芙拉蜜絲忿怒的尖吼著，「我因為這樣要被多少人追殺啊！」

「這就是青春啊！她們本意不是要妳死！」法海還有空說笑，「只是對著血月許願，效果加乘了些！」

「我……天哪！」她加速疾跑，太扯了！如果是因為法海，天曉得有多少女生啊！他根本就是王子系的，一轉學來之後喜歡他的有一大堆吧？法海卻都跟她在一起，如果因為這樣……每人都對血月說希望她消失，那她真的會被一堆人殺掉的！

「小心。」法海倏地把她往懷中一拉，飛刀迅速從旁射過，踉蹌的萎了腳，她得靠著法海才不至於跌倒。

攀著他的肩頭站穩，滿肚子都是怒火，「她們難道就不會許願跟你在一起嗎？為什麼要我消失咧？」

「因為血月對不死族無效。」法海笑著回答，冷不防將她打橫抱起，「妳速度太慢了，這樣比較快！」

咦——芙拉蜜絲嚇得趕緊攬住他的頸子，怎麼都不先通知一聲呢？這樣被公主抱……好開心喔！可是、可是……芙拉蜜絲越過他的肩頭看著後面追殺而至的女人們，感覺這樣好像只是在加重她們的殺意啊！

「妳要擔心的不是這些人，對闇行使有殺意的才是麻煩人士。」法海臉不紅氣不喘的說著，「五天綽綽有餘了。」

芙拉蜜絲明白他說的意思，抿唇不語，如果是對具靈力的人都有攻擊，首當其衝的不只是她……還有她家人！就算懷疑者不認為爸媽是闇行使，可是她是他們的女兒，「包庇」的罪惡也是很大的。

幼時曾有同學第六感稍強，她就再也沒見過他，同學爸媽變得很低調，過一陣子會開始否認自己生過這樣的孩子，發誓真的不知道孩子具靈力，才能重新恢復社會地位。

過去每個父母最後都會選擇捨棄孩子，為了活下去。

由於法海抱著她，所以箭與飛刀都沒有再射過來，或許是怕傷了法海，也或許是因為女孩們的心願主軸是芙拉蜜絲，她小心翼翼的躲在他懷裡，任其抱著飛馳，這簡直比坐車子還快，她也不想去細想法海到底能跑多快。

但是……她留意到的是他們沒在大路上，法海刻意迂迴的走了小巷，平常就罕有人煙，現在一堆人聚集在廣場，路上幾乎沒人，而且已經超過她家，快逼近萬人林了！

「咦？」她感覺到法海速度慢了下來，疑惑的往前看，「你家快到了。」

「嗯。」法海從跑步變成行走，也是轉瞬間的事，「這就帶妳回去。」

「回去？可是那些……」她攀著他的頸子看向後方，卻什麼人也沒有了。「咦！我們甩掉她們了！」

法海意味深長的笑著，「是啊。」天真真好。

他抱著她繞出小巷，前往主要街道，不讓她留意到那些小巷裡的情況，事實上在她看不見的角落裡，那些一路追殺她的女孩們，現在都在別人的懷裡。

蒼白著一張臉，頹軟無力的躺在別人臂彎之間，感受著生命的流逝，卻還不明所以，不知道為什麼自己剛剛還在廣場上，現在卻在這裡？不明白為什麼有人咬著她們的頸子，而自己漸漸感受到冰冷。

「Du Xuan，屍體怎麼辦？」蘇珊滿足的舔舔嘴唇。

「帶回林子裡，暫時不能被發現。」許仙正在收集血液，「小心點，不能曝露行蹤啊！」

「那當然！」威爾斯高興得很，「難得伯爵讓我們吃新鮮的！」

許仙採血完畢，把袋口封好，「這幾具一起搬走吧，我得先把血拿回去冰！」

餘音未落，他一轉身就離開了，走到主要大街時慢了下來，因為有幾個阿姨正朝他微笑，他開心的應著，阿姨們還說剛剛瞧見他「哥哥」跟芙拉往反方向走了。

許仙回首，看見一公里外的男女，他真的覺得，主人對芙拉很好、非常好，根本好過頭了！而且還牽手了耶！

芙拉蜜絲忘記應該怎麼呼吸，頻率應該怎樣才算正常？她瞄著自己的左手，如果法海可以不要牽著她，她應該可以記起來？

法海緊握著她的手，輕輕搖晃著，她右手的手環跟著發出清脆的鈴鐺聲，他毫不在意街坊偷瞄並竊竊私語的神情，芙拉蜜絲卻覺得視線扎人。

「手環絕對不可以取下。」他突然看向她，像警告似的。

「不、不會啦！」拜託！怎麼可能啊，她高興都來不及了還拿下來？

「啊……」法海往前望著，突然鬆了手。

嗯嗯？牽得好好的幹嘛說放就放咧？她趕緊跟著往前望去，看見爸爸正在站在家門前！

她趕緊跑過去，班奈也憂心忡忡的朝她走來。

「爸！」她看著班奈神情緊繃，「發生什麼事了嗎？」

班奈緊緊抱住她，讓芙拉蜜絲一陣錯愕，接著他與悠哉走來的法海四目相交，輕輕闔眼示意，法海則勾起笑容。

「是妳發生事情吧？雨晨打來問妳到家了沒，說有一群女孩在追殺妳。」班奈打量著她，「聽說有一部分在廣場上被打暈攔下了，但另一部分還是追著妳。」

「我沒事，甩掉她們了。」她咬了咬唇，想到這點就不爽的回頭瞪向法海，「都他啦，喜歡他的女生把我視為眼中釘，隨便許個願就被食願魔利用了。」

「這本就是食願魔要的！」班奈嘆口氣，「這樣下去不行，我想出去求援，妳別出門知道嗎？」

芙拉蜜絲轉著眼珠子，知道父親的求援是為了要外出找闇行使幫忙。「來得及嗎？」

「他們一直在附近。」班奈說話非常輕，「我明天就回來，我要求高階的闇行使過來對付惡魔。」

高階？芙拉蜜絲看著自己的父親，爸爸自己不就是闇行使？靈力最高的人，才能聞梵音而不倒啊！為什麼不出手？

「您……沒辦法嗎？」她瞇起眼，像是一種試探。

班奈不動聲色，淡淡的望著她，「這種事還是要專家出馬，靠一些撿來的書是沒用的。」

說謊。她深吸了一口氣，壓下怒氣，謊言仍在持續。

露娜推開紗門，高喊著芙拉蜜絲的名字，班奈催促她進屋去，她依依不捨的回頭看向法海，他溫柔的說再見……還有不許出門。

「法海說得對。」班奈立即應和，「不許出門，江雨晨跟鐘朝暐來都一樣。」

「喂！」她沒好氣的嘟囔著，「你們什麼時候變聯合陣線的啊！」

「快進去吧！」班奈催促著，他還有話要跟法海說。

芙拉蜜絲甜甜的朝法海揮揮手，才轉進院子裡，聽見露娜擔心的話語，將她帶進屋裡去；直到確定紗門關上，班奈才走近法海，只是他尚未開口，法海卻先聲奪人。

「該走了。」他眼神沒有笑意，「不能再拖了。」

班奈倒抽一口氣，「你究竟是什麼？」

「這不重要，食願魔會讓願望擴大成真，用最變態的方式，你只知道它可怕，但不知道它的伎倆。」法海說這話時，語調裡多少帶著讚賞，「它透過願望就能瞭解這個鎮上的狀況與問題，然後循序漸進的實現人們的願望，由淺到深……」

班奈緊皺眉心，「由淺到深是什麼意思？誇張的願望它也會實現嗎？」

「會，而且最終都朝著毀滅的方向去。」法海笑意更深了，「我話先說在前頭，艾爾頓先生，我要保護的對象只有芙拉蜜絲，你們因為剛好是她的家人，我可以順便提供資訊，但其他的事我不會出手。」

「你，」班奈凝視著法海，「為什麼要保護芙拉蜜絲？」

法海俊美的臉蛋泛出了一種令班奈發毛的笑意，他笑起來真的足以融化人心，難見的美貌在這個男子臉上卻只是叫他膽寒……因為他看起來似少年似男人，但是在綠色的眼底裡，他只看見最深的黑暗。

法海不是人，他第一眼就知道，這點看人能力他還是有的。

「誰讓她是我最重要的人。」法海邊說邊向後退著，「說來你不會信的，但是我找她找得太久了……」

「找她？」這話又是從何說起？

「快走吧，把握時間吧，班奈。」法海拿起腰間的懷錶，「滴答滴答，滴答滴答，時間是不等人的。」

雙拳緊握，他可以感受到法海什麼都知道，更覺得法海根本可以解決食願魔這件事，但是他不願意……這些天多少具屍體的血液量有異他也察覺了，千萬、千萬不要是他想的那樣！

那群歐洲來的人，以丹妮絲小姐為首的俊男美女們，在在都讓他覺得不對勁啊！

不過，時間有限！他看著早已旋身離去的法海，他還有更多事要做，邁開步伐朝後院走去，牽過了馬車，他必須即刻出鎮一趟，在事情變得更糟之前。

「爸！」芙拉蜜絲拿著水果推開紗門時錯愕極了，「你要駕車出去？」

「嗯，時間很趕，我得駕車離開。」班奈正輕撫著馬匹，馬後繫著帆布覆蓋著的車子，上頭多半都是工具。

「不跟人家借車子嗎？駕馬車很危險的，動物對非人具有靈性……」芙拉蜜絲相當不放心，就怕馬兒察覺到有惡鬼存在，一慌就會橫衝直撞，反而危險。

「現在沒人會借車給我。」班奈有些無奈，輕撫她的臉蛋，「我也不能麻煩真里。」

啊啊……芙拉蜜絲心知肚明，將水果往父親手裡塞，「小心點，速去速回。」

「家裡一切都要留意！」班奈再三交代，「不要出門。」

「知道了啦！」芙拉蜜絲嘟起嘴，「有我在，您放心吧。」

……基本上，有妳在爸爸才不放心啊！唉，班奈重重嘆了口氣，躍上馬車，執鞭而去。

附近街坊鄰居都在偷瞄談論，隨時有人盯著他們家的一舉一動，芙拉蜜絲已經習慣了！

她目送著馬車離去，還不以為意的朝監視他們的鄰人微笑打招呼，她真希望可以預先聽見這些人許了什麼願望。

可千萬不要是希望闇行使通通去死，拜託拜託！

第一次，在太陽下山後還能聽見屋外有人聲。

芙拉蜜絲悄悄從客廳的窗戶往外看，一開始只有幾個人試探的自佛號之徑上走著，大概九點多後，滿路上都是人了！大家歡呼著笑著跳著，從未嘗試過在夜晚出來走動的眾人，彷彿得到了最珍貴的自由。

自治隊勸阻過無效，因為連堺真里都質疑丹妮絲，不是質疑她說的話，而是質疑她這個人。

「姐姐……」也趴在窗邊的艾莎揉著眼，她想睡了，「我們去睡覺了！」

「好……」芙拉蜜絲將木條窗關上全數扣緊，一如往常般的讓家成為銅牆鐵壁。

第一次，夜間沒有惡鬼徘徊，但人卻讓她更加恐懼。

她帶著艾莎朝二樓走去，母親正在樓上一一巡視窗子，玻璃窗關妥，木條窗拉下扣死，不容一絲疏忽；將艾莎安置進床內，繡滿咒語的床帳放下，她帶著爸爸新給她的咒文書，坐在旁邊看著，伴艾莎入睡。

一般說來，獨立的艾莎不需要陪睡，只是今晚偌大的房裡，只剩她們兩個。

她後來才發現，爸爸駕走的馬車上運載的不是工具，而是其他的弟妹們！爸爸利用工作為藉口，悄然的將弟妹們送出了鎮外！對艾莎的藉口是帶著出去玩，因為她得念書，所以不能出門。

艾莎沒吵，但難掩失望，不過她一向懂事也沒有太多抱怨，媽媽說這是為了以防萬一，血月搭上食願魔，是誰也無法保證的狀況，必須防患未然。

先帶小的走，若情況繼續惡化，下一趟就是集體離開了。

未掩的房門探出露娜的臉，芙拉蜜絲抬首看去，先留意艾莎已經入睡，便闔上書躡手躡腳的走向母親。

「我今晚守夜，妳也要留心點。」露娜放輕音量，「武器不能離身。」

「知道。」芙拉蜜絲緊繃著神經，「我跟您輪吧，我輪下半夜。」

露娜露出慈藹的笑。「沒關係，妳睡妳的，我撐不住再叫妳。」

又騙人！芙拉蜜絲嘟起嘴，媽媽一定會撐到天亮的！她跟母親道了晚安，回到床邊調鬧鐘，半夜一定要去輪班！

將房間的燈一一關上，僅剩自個兒書桌上的燈，斜照在書桌後的床上，她抱著咒文書背著，爸爸當初撿的那箱根本是寶，這麼多寶貝咒語可以用，還有一堆課本都沒教過的東西！

例如妖精有好有壞，要如何防備，還有具靈力的人不一定完全要靠咒語才能抵禦，有時候遇到危險時會啟動自我防備機制，不過這通常只發生在兩種人身上：一種是靈力不穩定的，一種是高階的闇行使者。

她應該是靈力不穩定的那種吧？默默回想之前遇到的危險，總是在盛怒或是失控時發生，她望著自己的手，手指會像燒紅的炭一樣，帶著透明璀璨的橘色，身體都像半透明似的，燒毀所有東西……她往往不能控制也沒有理智，每一次都是靠著外力才冷靜下來的。

外力……她忍不住泛起微笑，望著手腕上的銀色手鍊，每一次都是法海讓她冷靜下來的，她，好像只聽得見他的聲音呢。

不死族，吸血鬼，爸給的幾本咒文都沒寫，課本早就上過，那是最麻煩的族類，不管什麼咒文都沒有效用，他們等同於闇黑世界的神，傳說中被詛咒的神祇，必須依賴血維生。

傳說的十字架跟教堂、甚至是陽光他們根本不怕，那些傳言說不定是不死族自己製造出來降低人類戒心用的！真不知道什麼東西才能殺死不死族？真像繞口令，他既不死，又如何殺死？

唉！疲備感湧上，她打了個呵欠，闔上書本往鐘看，已經十一點了，她得趕快睡，等等三點去接媽媽的班。

起身去關書桌的燈，發現水杯裡的水沒了，所以離開房間要下樓裝水。

家裡一如往常的安靜，她躡手躡腳的走下樓，媽媽把燈都關上了，客廳裡一片漆黑，因為木條窗的隔絕，佛號之徑的燈光只能勉強照進來，藉由餘光想找尋媽媽在哪兒，實在有些困難。

廚房就在樓梯口右手邊，她一邊摸索著，突然看見門邊沙發上坐著一個人！喝！

「嚇我……我裝茶。」她用氣音說著，不讓媽媽擔心。

伸手往廚房裡的開關摸去，啪的向上扳……燈沒亮。

「芙拉？」冷不防的，露娜的聲音從餐桌邊傳來，芙拉蜜絲倏地回頭，看著近在咫尺的母親人影——那門邊那個影子是什麼！

電光石火間，沙發上的人影彷彿睜開雙眼，露出一雙散發著紅光的眸子！

「小心！」芙拉蜜絲二話不說，拿起馬克杯就朝沙發上的人影扔過去！

露娜立即起身朝芙拉蜜絲身邊去，途中伸手想開啟餐廳的燈，一樣徒勞無功！朝黑影砸去的杯子被輕易閃過，黑影就站在那邊望著她們！

「跟賴盈君家一樣！燈光全被吸走了！」芙拉蜜絲緊張的說著，一邊取下腰間的鞭子。

「艾莎不會亂許什麼願吧！」

喀喀喀——身後突然傳來木窗震顫音，露娜驚愕的回頭，廚房的窗子外有影子晃動，像在戳著紗窗！

母女倆心有靈犀，芙拉蜜絲面對客廳，戒備著那站起卻沒妄動的黑影，露娜旋身入廚房，順道抄起了幾把菜刀備用，然後冷不防打開木條窗——紗窗外什麼都沒有，只看見其他人家燈火通明！

「我不管你許了什麼願，休想如願！」芙拉蜜絲大喝一聲，並取下腰間的小手電筒，她記得這招有用的！

瞬間打開手電筒，同時朝黑影扔過去，光源雖在兩秒後像光球般被吸進黑影裡，但已經足夠讓她們看清楚了——那就真的只是個黑影，像極了人遇光的影子，只是在光的照耀下，有那麼一剎那間可以看見他們的五官！

「是生靈！」露娜詫異的喊著，「果然沒錯……是生靈！」

「又來？」芙拉蜜絲咬著唇，有靈這個字可以通殺嗎？

餘音未落，二樓突然傳來尖銳的叫聲！

「呀——媽咪——」

「艾莎！」露娜二話不說立刻衝上二樓，客廳黑影竟跟著開始移動，芙拉蜜絲揮動鞭子，金刀在尾，橫掃過對方。

黑影明顯向後，彷彿畏懼那柄金刀，芙拉蜜絲謹慎的向後退，卻也急著要往上跑！只是不經意向右方的廚房裡一瞥，竟發現廚房窗子的紗窗外，冷不防站著一個人影！

「哇！」她被嚇得失聲尖叫，「誰！」

對方沒回答，只是緩緩的……身上泛出了點點紅光。

該死！又是生靈嗎？芙拉蜜絲再朝客廳那個揮鞭嚇阻，然後又往右看時，親眼看到窗外的黑影「穿」進來！

鞭子收回，一扭手腕讓鞭子改朝廚房裡去，廚房裡的人影驚懼貼牆閃躲，芙拉蜜絲順手把廚房門關上，疾速上樓，然後低咒著自己幹嘛做這種多此一舉的事啊！關門沒用啊！

衝上二樓時，聽見的是玻璃窗被擊破的聲音，還有屋外突然暴增的喧鬧叫囂！

「媽！」芙拉蜜絲奔進自己房裡，看見的是漆黑的房間，以及被擊破的木條窗，藉由外頭的燈可以瞧見滿地的碎玻璃跟石頭……

是，不管窗子或是木條窗上寫滿多少咒語，能夠遏止魍魎魑魅甚至地獄生物的進入，但唯一不能防的就是——人！

「芙拉！小心！」露娜的聲音來自左後方角落，與門同一水平線，卻遠離窗子邊。

「生靈是什麼東西！」芙拉蜜絲大喊著，看著一個個人影倏地出現在窗戶外，「我要用什麼咒語！」

「不能用……生靈是人類靈魂的一部分！」露娜慌張的說，「它們只是有一部分的靈魂離開身體，如果妳傷了生靈，就間接傷害了那個人的本體靈魂！」

「蛤？」芙拉蜜絲不可思議的望著從窗子進入的黑色人影，「那怎麼辦？它們殺我們時應該不會手軟啊！」

「驅逐！用最基本對付靈體的驅逐咒！」露娜高喊著，同時間，她所在處發出驚人光芒，手裡高舉的佛像法器散發著白光，黑影們立刻停下腳步，彷彿懼光般的以手遮掩。

問題是它們沒有五官是怎麼懼光？在白光的照耀下，芙拉蜜絲只看見徹頭徹尾的黑色影子，一團黑影僅具人形！靠近芙拉蜜絲這邊的黑影似乎受到的影響較小，倏地朝她撲來。

來不及拿護符，芙拉蜜絲直接握住鞭子上的金刀，暗自唸咒，金刀迸射的是金光，看著黑影步步驚退，似乎比媽的小佛像來得有效。

「離開！」芙拉蜜絲高喊著，露娜正抱著哭泣的艾莎朝門口移動，自她身後離去。

只是驅逐咒的法力有限，露娜一移動，剛剛那些定住的生靈便用不可思議的速度，一躍朝她身後奔去！

「給我站住！」芙拉蜜絲向左後回身，拋出鞭子，硬生生擋住生靈的攻擊，但是他們忘記了，一樓還有生靈會上樓啊！

它們直接卡在房門口，露娜抱著艾莎一出去，即刻就遇上了。

「哇呀——」艾莎失控的尖聲喊著，然後……所有的生靈都停下了。

芙拉蜜絲不可思議的看著艾莎伸出的小肥手，銀光圍繞著她，也照亮了房間。

啊啊……芙拉蜜絲確定了！艾莎也是靈能者，她也是闇行使啊！

在銀光下，她突然看清那些生靈的樣子，隱隱約約的光線在黑影上波動，但即使如此她還是認出了好幾個人！

除了阿菜外，連隔壁鄰居都有——這些人不是針對她而來，是針對……闇行使？他們一家？

「……住手！」露娜立刻將艾莎的手壓下，趁隙鑽離生靈邊，「芙拉，快走！我們到廚房去！」

「廚房不行！」芙拉蜜絲大吼著，「它們已經進入了——喝！」

她突然由後被高舉起，生靈抓著她的身體，狠狠的往她的床砸去，她該慶幸爸爸將她的床做得很牢固，床墊也很厚，所以她摔上去時沒有那天在賴盈君家時摔得重！

「我受夠了！」她從床上滾落時，忍不住朝圍過來的生靈們揮鞭，金刀劃過了其中一個生靈，身子頓時一分為二，發出了細微的慘叫聲，斷口處紅光點點，癱倒在地。

這一幕讓生靈們卻步，她把握時間握住手腕上的佛珠串，迅速的唸著驅靈咒，嘩啦拆斷手鍊，讓顆顆泛著橘光的佛珠朝生靈們散去！

黑暗中紅色的眼睛都在閃避，芙拉蜜絲趁機跳了起來，直往房門外衝去——砰磅一聲，衣櫃門突然打開，她根本措手不及，頸子就被套上自己的腰帶，往衣櫃裡扯去！

「呃啊——」她及時曲起右手擋在頸前，才不至於被勒斷頸子，但對方的力氣極大，她有種手隨時會被皮帶一起割斷的感覺！

芙拉蜜絲整個人被拉進衣櫃裡，那平時原本是爸媽超渡亡魂用的通道，生靈既是靈魂的一部分，進入也非難事，是她大意了！

重重人影逼近，它們紛紛伸出雙手，芙拉蜜絲不敢想像它們想做什麼……為什麼不能傷害這些生靈，她會死的啊！

腦子裡直覺浮現睡前才看過的咒文，那是對付變異靈魂的咒文，具有一定的殺傷力，必須伴隨著加持過的觀音符成效才會顯著……觀音符，她身上什麼沒有符最多！

頸子上皮帶的力道益加緊勒，她屏氣凝神的將頸間的符全部握在手裡，一定有一個是對的！

擋在頸前的右手拚命朝下巴處移動，讓自己的聲帶能夠發出聲音，生靈勒得死緊，迫使她移動手腕時，皮帶直接割開她的皮肉，但與死亡相較起來，這不過只是皮肉傷。

喉間得到片刻的舒緩，她即刻低唸起咒文，左手掌心裡的觀音符發出熱度，黑影們忽然雙手掩耳，痛苦的連連踉蹌……剎那間，她頸間的皮帶鬆了！

「去你的！」芙拉蜜絲右手收起金刀，狠狠的回身就想戳進黑影裡——那是生靈！會傷害到本體靈魂的！

母親的話再度響起，她嘖了一聲收手，護頸逃出房間，直往樓下奔去；樓下碰撞聲不絕於耳，白光處處，露娜一味的驅靈，卻都只是暫時擋下而已。

站在樓梯處的芙拉蜜絲不明白，一再退讓是為了什麼？那些生靈就算是被食願魔驅使，但目標也是要置他們於死地啊！

黑暗的客廳裡到處都是生靈，露娜幾經掙扎的逼進了門口，芙拉蜜絲咬牙下樓，再度握著觀音符唸出剛剛的咒文！

「芙拉！不行！」露娜聞聲驚恐大喊，「那個咒語會傷害生靈！」

「媽——它們要殺了我們耶！」芙拉蜜絲尖叫著，「它們不會收手的，妳——」

她急著往前，沙發下竟冷不防的伸出一隻手，直接抓住她的腳踝往地上拖！芙拉蜜絲面朝地的撲倒，雙手及時擋去，不至於迎面撞擊，可是下一秒就被直直拖進沙發下！

「一個人的靈魂如果有損害，他這輩子就完了！」露娜厲聲喊著，「這是食願魔做的，他們是無辜的！」

「我也是無辜的啊！」芙拉蜜絲感受到雙腿一陣劇痛，她無法阻止的被往後拖進沙發下，沙發下的空間極小，她直接被卡住動彈不得！

「等我！」露娜打算過來，但是玻璃碎裂音卻讓她們母女失聲尖叫！

外頭有人擲石而入，而且拚命的丟著意圖破壞一樓客廳的木條窗，芙拉蜜絲掙扎著想從沙發底下爬出來，但是握住她雙腳的生靈卻想硬將她拖過沙發底下……硬是要剝掉她一層皮肉就是了！

她進退兩難，只能拚命唸著基本的驅靈咒，至少避免生靈觸碰她，可是她爬不出來也動不了！

不公平！他們一再的退讓，為了怕傷到人，可是這些許願希望他們消失的人們，卻根本沒有為他們想過啊！

有靈力為什麼是壞事？而且他們只是被懷疑，為什麼一旦他們疑似有靈力，就變成罪該萬死的人了！

屋裡已待不下去，露娜決意先保住艾莎，拉開家裡的木門，卻赫見他們家外面曾幾何時已經被重重包圍了……十數人站在庭院裡，甚至就在紗門外，毫無表情的臉與她四目相交，玻璃珠般的眼神沒有情感！

「媽咪——」一閃神，生靈突然自露娜手中抽走了艾莎，「媽咪啊！」

「住手！」露娜緊握著刀子，直接撲上前，但是門外的人居然破壞了紗門，伸手進來扣住了她！「哇啊……」

「媽！媽！」芙拉蜜絲聽見了，卻動不了，她才一停止唸咒，生靈再度又握住她的腳……

該死，她緊閉上雙眼趕緊唸咒，她不能被拖進沙發底下啊，否則那會連皮帶骨的削去一層肉！

露娜被真實的人扣著身子往外拖去，看著黑影高舉起她的女兒，忽然往窗子一瞥，然後雙手抓著她，如同球一般狠狠的往窗外丟去！

「不——艾莎！」露娜驚叫著，芙拉蜜絲耳朵聽見艾莎叫聲，什麼東西撞破玻璃的聲音，還有艾莎的聲音為什麼越來越遠了！

她……被丟出去了嗎？

艾莎撞破了殘餘的玻璃，往庭院飛出去，幾乎就要落在尖銳的圍籬上了，只是有雙手更快，在她被刺穿前及時接住了她。

「班奈太太！」坐在圍籬旁磚角上的少年輕拍著懷裡昏過去的女孩，「需要幫忙嗎？」

悅耳又輕揚的嗓音，芙拉蜜絲瞪圓了雙眼——「法海！法海——」

第七章

露娜被人七手八腳的拖出屋外，他們割破了紗窗，連人帶門的想往外拖，她看著法海，顫抖不已，「快救芙拉！快點！」

「您得讓我進去。」法海躍下牆頭，朝著正門走來。

「快進去啊，芙拉有危險！」露娜尖吼著的同時，紗門已被拆下，她連同門框一起被拖離家了。

「法海，你在拖什麼，快點進來！」芙拉蜜絲歇斯底里的吼著，她的腳好痛！

「您得喊我的名字。」法海在眾多無神的人身後，庭院外圍，始終未曾踏進一步，「您才是這個家的主人，您必須——請我進去。」

啊啊啊……露娜驚恐的對上夜色中閃爍的綠色眼眸，腦子裡轉著千頭萬緒，這種方式、這種請求——他們是最可怕的族群啊！

「Forêt，請你進我家！」再恐懼再害怕，她還是必須救芙拉啊！

法海微微一笑，低首望著自己的右腳，小心翼翼的踏進了芙拉蜜絲家的前院裡……

啊……有主人的承諾，果然好辦事多了！

他不疾不徐，忽地朝空中彈指，下一秒附近所有的燈俱滅，甚至包括鄰近佛號之徑的燈光，然後露娜瞬間落地，抓著她的人們不知何時已不復存在，然後只聽見身後遠處有東西落地聲。

趴在地上的芙拉蜜絲感覺到沙發被抬起，她的鞭子倏地被拉緊。

「咦？」她緊握住鞭子，不讓人拿走。

「放手，芙拉。」法海的聲音就在她面前！

她怔然的抬頭，果然看見他蹲在她面前，右手握著她的金刀……法海！淚水忍不住滑落，跟著鬆開了手。

「唸剛剛那個咒語吧，我挺喜歡的。」法海把玩著刀子，環顧那些蠢蠢欲動的黑影。「把二樓那個被一分為二的。」

「可是媽說——」

「都快死了還在顧全它們，好人也不是這樣當的，妳只要負責唸咒就可以了。」

殺人的工作，就交給他吧！

芙拉蜜絲趴在地上，緊閉起雙眼開始低唸著咒語，金刀開始回應，上頭刻著的咒文一一泛出橘光，不管看幾次，他實在很愛這柄刀子！

宛若跳華爾滋般，法海在屋裡疾速且優雅的舞動著，所到之處一一劃開生靈們，每倒下一個，屋裡的燈就亮了些，紅色的光點從它們體內竄出，芙拉蜜絲撐起身子，看見倒在地上的人……已不再是那黑色一團的影子。

是她認識的人，一個接著一個，幾乎都是她認識的人！

『我希望班奈一家早點消失！』

『我覺得班奈他們一定是不祥的闇行使，最好不要存在！』

『芙拉蜜絲絕對會帶來不幸，她應該被處死！』

『包庇芙拉蜜絲的家人都有罪，快點讓他們離開吧！』

願語呢喃，飄散在空中，屋裡的燈漸漸恢復光亮，法海朝芙拉蜜絲伸出手，她正淚眼汪汪，傷心只佔了小部分，絕大多數是忿怒與不甘。

攙扶而起，外頭佛號之徑的燈逐漸亮起，而且伴隨著哨音與吆喝聲，自治隊來了……「真慢！這些人圍住你們家時，附近所有的人都看見，他們選擇躲起來。」

「……因為要死的不是他們。」芙拉蜜絲緊握住法海冰冷的手，全身微微顫抖，「艾莎、艾莎……」

「她沒事，我救下了。」法海淡淡的說，尚在質疑自己為什麼要這麼做。

他扶著拐著腳的芙拉蜜絲往門外走去，露娜將身上的門板搬開，看著周遭倒地的人們，再狼狽的看著奔來的自治隊，這次連鎮長都到了。

「怎麼回事！大嫂！」堺真里領軍，看著被砸壞的門窗及地上的人感到不可思議。

「沒事……我們都還好！」露娜力持鎮靜的走出庭院。

「芙拉——」堺真里向屋裡瞥去，透過破壞的窗戶，看見她正靠著法海，眼角噙著淚，但是她的眼神……帶著忿怒。

「嗯？」法海忽地抬首，看著正上方，「外面小心！」

什麼？芙拉蜜絲尚且困惑，堺真里已經順著往上看，怎知二樓居然衝出兩個黑影，二話不說朝著露娜衝了過去！

「哇——」圍觀看熱鬧的群眾嚇得驚退，鎮長也跟著大喊。

堺真里火速的把身邊的鎮長向後推去，自治隊員即刻接住，然後他一個旋身俐落的護住了露娜，高舉著右手對向撲來的黑影，實行了驅靈咒。

「真里！」露娜緊張的低吼著，抓住他的衣服以示警告，但為時已晚。

一般說來，具有法器與咒語，的確可以做到基本保護，但是……不是每種咒語、每種法器都適合普通人。

至少，在沒有任何法器的前提下，唯有具備靈力的人才能施行咒文。

堺真里的右手是空著的，未持有任何法器，但是生靈盡數痛苦的消散，他手裡發出的光每個人都看見了。

王柏翔不可思議的望著隊長，堺真里……是闇行使！

堺真里，安林鎮最被人信賴的自治隊隊長，一等一的強者，戰功彪炳，曾獨自面對惡鬼、鬼獸、魍魎魑魅而不畏懼甚至全身而退，幾次鎮上的非人也都是他擊退的，具有強壯的體魄，敏捷的反應……國家自治隊甚至也在留意他，有意收編進國家自治隊中。

誰知道，這根本不是因為他多厲害，反應多快速，或是有多少闇行使提供的法器，而是因為——他根本就是闇行使！

「好噁心喔！隊長竟然是闇行使！那以前那些戰功都假的吧！」

「說不定是他把鬼獸放進來的，還有地獄惡鬼，他是闇行使的話，自然知道要怎麼製造結界縫隙，這樣子惡鬼就能趁虛而入了！」

「然後他再擊敗它們，讓大家信任……說不定根本是合作！」

「天哪，那上次魑魅的事，搞不好也是他做的，他要引魑魅進來太容易了，否則教堂就在自治隊旁，出現這麼多異狀他怎麼會不知道！」

「是啊，後來那個闇行使不是說，教堂的十字架都變黑了？他是闇行使難道看不出來嗎？根本是串通好的，讓魑魅肆虐，他再出來解救大家……」

閉嘴閉嘴！芙拉蜜絲右手緊掐著左手臂，這些人到底在說什麼！她也看得到十字架變黑啊，問題是誰敢說出真相？說了不就等於承認自己是闇行使？然後被趕出鎮上流浪？

講的話被驅逐，不講就是與非人合作，什麼話都給你們說就好了！

「芙拉。」露娜握住她的手，「放輕鬆，冷靜點。」

放鬆……芙拉蜜絲低首看著自己緊握著的拳，張開掌心，全是指甲嵌入的痕跡，她氣啊，她簡直氣到全身發抖，真里大哥是為了救媽媽才出手的，一時求急，忘記偽裝！

他們一家三口被請到了鎮長辦公室，先是自治隊的王柏翔來問過話了，再來是其他自治隊大哥做筆錄，接著鎮民代表也過來關心慰問；艾莎安穩的在露娜身邊睡著，露娜的手被拉傷，經過初步治療沒有大礙。

芙拉蜜絲也是拉傷跟扭傷，一雙小腿肚尤其嚴重，血管破裂都是瘀血，痛得她行走困難。

王柏翔對其他弟妹的不在起疑，露娜從容的說之前就答應要帶孩子們去兜風的，趁著這次工作地點最近，所以帶他們去繞繞，現在又未鎖鎮，王柏翔不該問這麼多，而且班奈明天就回來。

王柏翔接任了自治隊隊長，芙拉蜜絲更加覺得烏雲罩頂了。

「啊，露娜！」下一個走進會議廳的是鎮長，露娜趕緊站起，芙拉蜜絲根本懶得理，「別這樣，妳坐。」

露娜吃力的坐下，左手輕輕拍了芙拉蜜絲一下，怎麼這麼沒禮貌。

鎮長緊鎖眉頭把椅子拉到她們身邊，打量著她們身上的傷，再看見沉睡中的艾莎，「艾莎還好嗎？」

「醫生說沒事，只是額頭被玻璃割開了一道，縫了三針。」露娜輕撫著艾莎前髮，額上貼了一大塊紗布。

「唉唉，沒想到食願魔這麼恐怖，我更沒想到妳們會遭遇這種事。」鎮長絞著雙手，難過的說。

「是嗎？」芙拉蜜絲交疊雙腿，倒是不客氣，「我看鎮長也早懷疑我們家了吧？」

「芙拉！」露娜轉頭低斥。

「我又沒說錯，如果鎮長願意出來幫我們背書，就一句話，說不定情況不會這麼糟！」芙拉蜜絲激動的瞪著鎮長，「那群人包圍我們家，到我們被攻擊，你們整整十五分鐘才過來，要不是我們有法器，早就死了！」

「芙拉蜜絲！」露娜拉住了她，斥喝出聲，「不可以這麼對鎮長說話。」

「沒關係沒關係，露娜，她還是孩子，受到驚嚇了！」鎮長連忙勸阻，「而且她說得沒錯啊，我的確有錯……但是，妳知道我是反對闇行使的，我不能輕縱啊！」

「輕縱？」芙拉蜜絲咬唇，感受到媽媽握著她的手施了力！

「我瞭解的，鎮長，芙拉最近遇到的事太多了，而且才十六歲卻能戰勝鬼獸就已經令人匪夷所思了。」露娜幽幽說著，「不過我也跟您解釋過，關於法器與那柄金刀。」

「噢噢，我記得，上次就是靠那柄刀子毀了魑魅，我很感激！」鎮長雙手合十，恭敬的行禮，「只是生活不安，人心惶惶，現在加上血月跟食願魔，大家難免會有猜忌——那些人不是故意的。」

「大家都這麼說，但大家都死了。」芙拉蜜絲冷冷的望著鎮長。

「沒人能控制惡魔吧，我們能怎麼辦？願已經許了，一切都太晚了啊！」鎮長哀傷的看著芙拉蜜絲，「我只能跟妳保證，未來你們家將會由自治隊保護，在血月結束前，自治隊會保證你們的安全。」

監視。芙拉蜜絲腦海中閃過這兩個字，自治隊的寸步不離，跟監視軟禁有什麼兩樣！

「謝謝，或許等班奈回來就不必了，唉！我也不知道……」露娜躊躇猶疑的說著，「啊，知道是誰攻擊我們了嗎？」

鎮長言詞閃爍，嚴肅的撇向旁邊。

「怎麼了嗎？應該很好找吧？他們不都圍在我家門口，破壞我們家？」芙拉蜜絲緊皺起眉，她都認出來了有什麼好瞞的！

「他們……都不幸身故了。」鎮長語重心長，「我們在附近數十公尺外找到大約三個人的屍體，他們落在別人家的屋頂重重摔落，還不瞭解他們為什麼會在那裡，但是確定他們是先撞擊屋頂才摔死，每一戶人家都有聽見！」

露娜沉吟著，那三個只怕是架著她，將她拖離家門外的三位吧？在她什麼都不知道的情況下消失，被拋向了遠方，那時身體的碰撞落地聲，她還記得一清二楚。

「摔落？」芙拉蜜絲並不知道這件事，有點聽不懂，「他們就在我家門外包圍著，為什麼會……摔落在別人家？」

「這個還在調查，事關食願魔，我們也很難用常理去判斷。」鎮長嘆了口氣，「至於其他人，尚在昏迷中，但是意識不清，怎麼叫都沒有用！」

「時間尚早，或許他們等等就醒了……醒來也什麼都不記得。」露娜搖了搖頭。

他們會醒嗎？芙拉蜜絲在心中暗忖，她唸了驅靈咒，法海一個一個的將生靈砍成兩塊甚至更多塊了！她沒跟媽媽說，因為媽媽總是盡全力護著那些生靈，用最消極的態度處理！

她知道生命很可貴，但是不該有比自己及所愛的人更可貴的吧！

無知是另一回事，殺意跟行動才是真切的！

「那個……真里大哥呢？」芙拉蜜絲只關心這個。

「堺真里。」提起這個名字，鎮長就嚴肅起來，「真是令人不敢置信，他居然是闇行使！」

「我是在問他怎麼了？他是不是闇行使我才不管。」芙拉蜜絲不悅的反駁，「至少他當自治隊隊長時，幫了鎮上很大的忙。」

「那可難說了。」鎮長不以為然，「說不定鎮上的紛擾都是他計劃的……說到這個，芙拉蜜絲，之前妳在萬人林或是在湖邊與非人奮戰時，有看過堺真里出手嗎？他是盡全力？還是感覺有跟非人聯繫！」

什麼東西！芙拉蜜絲倏地起身，「太惡質了吧！竟做這種猜測！如果他是闇行使，大家說不定要慶幸，正是因為有他我們才倖免於難！怎麼能認為他跟非人串通！」

芙拉！露娜緊皺著眉拉拉她，冷靜啊！

「妳太盲目了！事情本來就有多種可能。」鎮長嚴肅以對，「我知道你們自幼就認識，他簡直像妳的大哥，妳自然無法分明。」

「那就是我的事了。」芙拉蜜絲忿忿甩開露娜的手，用帶著責備的眼神瞪著她！「我只想知道堺真里現在怎麼了？你們打算怎麼處分他！」

真里大哥是為了救媽媽才露餡的，她現在卻只想自保？

「剛剛已經無條件通過了，即刻驅離安林鎮。」鎮長嘆了口氣，「鎮上不容許有闇行使存在！不過也幸好他展露了，至少洗刷妳們的嫌疑——芙拉蜜絲！」

芙拉蜜絲根本沒聽他說話，轉身就往外奔去！真里大哥要被趕出鎮上了！他能去哪裡？從小在安林鎮長大，就這樣被扔出去！

「芙拉——」露娜焦急慌忙的起身，她卻已經奪門而出，「唉，鎮長，真抱歉，芙拉她實在……」

「唉，火爆個性嘛，沒辦法，畢竟她跟堺真里很要好。」鎮長微微搖頭，「不過，話說回來，你們跟堺真里都很要好嘛！」

嗯？露娜謹慎的面對鎮長，「是啊，我也很意外。」

「是嗎？」鎮長微瞇起眼，「從來就沒有懷疑過？」

露娜劃上溫和的笑顏，「您怎麼會懷疑一個功績顯赫的人呢？他做什麼大家都覺得理所當然啊！有一天當他不敵非人時，說不定大家還會指責他瀆職呢！我想您也應該沒懷疑過吧！」

鎮長僵硬的擠出笑容，「嗯……說、說的也是！辛苦了，要不先帶孩子回去？」

「嗯，謝謝。」露娜彎身，輕輕搖著艾莎，「起來囉，艾莎！」

「我送妳們出去吧。」鎮長邊說邊起了身。

「不用了，怎麼好意思麻煩？」露娜再三道謝，將女兒拉起時，隨身的別針從圍巾上鬆脫了。「哎呀！」

葉狀別針一路滾到鎮長面前，他後退著，凝視著那只別針，彎腰原打算拾起，指頭卻在別針上停凝了，眉頭緊蹙。

小手忽地抓握住別針，艾莎滑到地板爬過去抓住，仰起頭用那雙可愛大眼望著他。

「艾莎，別跪在地上！」露娜趕緊上前將孩子抱起站穩，「叫鎮長叔叔。」

「鎮長叔叔好。」艾莎聲音懶洋洋的，還想睡。

露娜巧妙的把別針取回，重新別上圍巾，卻巧妙的折疊著不讓它顯露於外。

「好別致的東西。」鎮長還是問了。

「班奈送我的結婚紀念。」露娜笑得靦腆。

「哈哈哈，你們真恩愛！」鎮長走到門邊為她們開門，「你們也是在教堂結婚的嗎？」

露娜牽著艾莎，微微抬首，「鎮上誰不是在那裡結婚的？」

「這不一定，有的宗教不在那兒，盡量維持著傳統。」鎮長站在門口送她們，「自治隊會送妳們回去，請放心好了。」

露娜再三頷首道謝，不遠處兩個自治隊員正在等候她們，這兩個跟堺真里不是一掛的，可能是王柏翔的手下，她必須更加小心行事……班奈什麼時候回來，經過昨晚的事，她覺得這裡是不能待了。

介意闇行使的人這麼多，誰曉得還有多少人的願望沒實現？會不會有更加殘忍的願望？

「露娜。」鎮長幽幽開口，她回眸，「請妳諒解一切，我只是希望鎮上安然無事。」

露娜苦笑，她現在只在乎家人，芙拉蜜絲呢？她的個性真的很難讓一切相安無事啊！

才要下樓，迎面衝上來的就是江雨晨，她又驚又喜的奔向露娜，先給了一個擁抱，然後再跟艾莎打招乎。

「芙拉呢？我有急事找她！」江雨晨不管自治隊在旁，急著問。

「真里的事嗎？她聽見就衝出去了！」露娜話沒說完，江雨晨急著轉身就跑，「欸，江雨晨，交代她即刻回家！」

「好！」江雨晨回應著，連忙衝出行政大樓。

芙拉竟然已經知道了，但是堺真里已經被送出去了！聽說連讓他回家拿東西的時間都沒有，天一亮就被送出鎮外，絲毫不留情面！

奔出行政樓後，一旁便是自治隊，堺真里的人馬盡數被替換，還得要接受調查，以防他們跟闇行使有所關聯，她可以感受到自治隊也在盯著她，畢竟跟芙拉蜜絲要好的人，都是嫌疑者。

鎮民廣場上正在吵架，自從堺真里身分曝光後，支持闇行使的人開始出聲，他們認為堺真里對鎮上貢獻極大，多次為大家除害，當然反對闇行使的人認定他與非人掛勾，或是因為闇行使才帶來不幸導致非人侵入結界。

江雨晨沒時間觀戰，芙拉應該會先到鎮的出入口吧？

「江雨晨。」突然間，路旁有個自治隊員叫住她。

她有點錯愕狐疑，緩下腳步距離幾公尺的觀望著。

「芙拉到堺大哥的家裡去了。」他壓低聲音說著，眼神一瞟，瞟向該去堺真里家的方向。

啊啊……是真里大哥的夥伴嗎？不敢曝光卻想幫忙，江雨晨輕聲道謝，跨上腳踏車直騎而去。

事實上還不到堺真里家，她就確定了沒有被騙，因為門外停著鐘朝暐的腳踏車，附近根本沒人敢靠近，堺真里的鄰居正急著想搬家，說著住在闇行使隔壁這樣多年還以為是福，不料竟是禍。

噁心、現實！江雨晨在心裡唸著，從魑魅附體乃至於現在，她算看透了人生醜態。

「芙拉。」江雨晨拉開紗門，芙拉蜜絲跟鐘朝暐正在客廳裝箱。「你們在……做什麼？」

芙拉蜜絲不語，只是翻箱倒櫃的找尋東西，鐘朝暐朝她搖搖頭，比了個噓，「她心情不太好。」

「我也不好，真里大哥發生這樣的事。」江雨晨無奈極了，「我以為芙拉去鎮口了。」

「我攔下她的，她不知道天一亮大哥就被扔出去了。」鐘朝暐提到這點就有氣，「王柏翔還綑綁著他，用車子載到沒有結界的地方才扔下他！」

「啊……沒關係，大哥是闇行使，他不會有事的。」江雨晨咬著手指，瞥向芙拉蜜絲，「芙拉，妳別這樣，這件事我們都無能為力！」

「我知道。」芙拉蜜絲幽幽開口，「我只是想把一些重要的東西收拾好，將來可以轉交給他。」

重要的東西……堺真里住的地方相當簡單，除了書跟武器外，牆上掛著的就是全鎮的地圖跟轄區管理，也沒什麼多餘的物品。

「王柏翔率自治隊來洗劫過的樣子，聽說值錢的都充公了！」鐘朝暐指向空無一物的櫃子上，那裡有著東西被拿走的痕跡，「大哥的獎座……」

「只有王柏翔會在意那個吧？大哥並不介意那些東西。」芙拉蜜絲來回梭巡著，「奇怪，應該有的啊！」

「有什麼？」鐘朝暐走到她身邊去，看著她在書櫃上尋找。

右手的銀鍊閃閃發光，讓他看了刺眼。

「更重要的東西……」例如，咒文書，跟闇行使所有的一切。

「這是他送妳的？」冷不防的，鐘朝暐忽然握住她的右手。

芙拉蜜絲嚇了一跳，「幹嘛？這法海送的！」她誤以為鐘朝暐問的是堺真里。

「他送妳這個做什麼？」鐘朝暐擰起眉，滿心的不快活。

「你現在問這個幹嘛？莫名其妙。」芙拉蜜絲沒搭理他，索性蹲下來，用不同角度看堺真里的家，「一定有藏東西的地方……」

江雨晨也跟著蹲下身尋找，雖然她根本不知道芙拉想要找什麼。

「妳都不覺得奇怪嗎？為什麼每一次戰鬥後我跟雨晨都會失去記憶！」鐘朝暐氣惱的問著，「就算暈倒，也不可能真的什麼都不知道吧！」

芙拉蜜絲眼底閃過一絲驚愕，朝暐發現了嗎？

「我不知道耶，我通常更早就忘記經過了……」江雨晨無奈的說著，「我體內另一個人一旦跳出來，我就什麼都不記得了。」

另一個人，江雨晨綽號叫水之雨晨，極其溫柔膽小，但是每當她恐懼到極點時，神經就會斷掉，變得狂暴又無懼，動作靈巧不說，還會使起她平常不擅長的大刀。

一直以來，他們都覺得她可能是雙重人格，但是當上一次江雨晨真的操控水的時候，她驚喜的認為雨晨說不定也是闇行使——直到法海淡淡一句：她是被附身。

在江雨晨體內，有另一個靈魂存在，那個靈魂在危急之際會跳出來為雨晨作戰加暴走。

「可是……」鐘朝暐還想可是。

「咦？這裡……」江雨晨忽然發現了什麼，指著地板，「這裡有好幾組重複刮痕耶！」

芙拉蜜絲聞言立刻衝過去，果然在沙發旁的木板地上發現幾組刮痕，她即刻回首，打斷了鐘朝暐的可是。

「鐘朝暐，你去把風。」她說著，「自然一點喔！」

鐘朝暐做了個深呼吸，不耐煩但還是走到門邊窗邊去偷看，芙拉蜜絲跟江雨晨合力把沙發拖走，下頭其實也是地板，只是灰塵甚少，一點都不像是沙發底下該有的樣子。

芙拉蜜絲輕敲著地上，聽見的是不一樣的聲音：空。

「雨晨。」她輕喚，江雨晨立刻拿出腰間飛刀，開始用手指摸索著細縫，果然發現那兒是一塊方形的蓋子，一找到凹處，尖刀一撬，就把蓋子揭開了。

「哇……」十五公分深的地板下，放了許多書籍跟武器，更不乏有許多法器。

鐘朝暐也好奇的過來觀看，雙眼都亮了起來。

「大哥需要的是這些。」芙拉蜜絲一一過濾，「喂，把風啊！」

「噢，好啦！」鐘朝暐趕緊回到把風崗位上。

片刻之後，芙拉蜜絲將她覺得重要的物品收集起來，放到了箱子裡，再仔細封好。

「然後呢？」江雨晨有些擔心，「妳打算把這箱放到哪裡去？」

「我家吧？」芙拉蜜絲根本還沒想好，「或是找地方藏，總之要拿給大哥就是了。」

「妳家現在也被自治隊看著，妳怎麼帶回家啊！」鐘朝暐伸出手，「給我吧，我帶回去，好歹我爸是鎮民代表。」

「別了。」一提到代表兩個字，芙拉蜜絲立即變臉，「我沒忘記是鎮民代表將真里大哥驅逐出去的！」

鐘朝暐當下立時抽了口氣，蹙起眉看向芙拉蜜絲，她倒是冷冷別過頭去，讓夾在中間的江雨晨難以做人。

「喂，鎮民代表是鐘朝暐的爸爸，但不是朝暐啊！」江雨晨趕緊調停，「你們兩個可不可以專注一點，不要牽拖。」

「好難。」芙拉蜜絲其實氣惱急了，「你爸也支持趕他走嗎？」

「不然呢？妳知道現在持反對意見的話，會遭受到什麼霸凌？說不定今天晚上那些希望闇行使去死的人，就換跑到我家屠殺了。」鐘朝暐倒也坦白，「我爸就算站在堺真里那邊也沒用，因為他要顧及的是我們全家。」

沒錯。芙拉蜜絲知道他說的都對，但心理上就是過不去。

「我只是覺得，其實支持堺真里或闇行使的人也不少，為什麼大家都選擇沉默。」芙拉蜜絲抿著唇，「太悲哀了，闇行使並沒有錯，具有靈力不是我們的選擇，但事實上具靈力可以保全大家的性命。」

「芙拉，很多事不能用正常原則去看。」江雨晨幽幽的勸解著，「今天反闇行使的人夠凶悍，他們就贏了，誰敢持反對立場，他們就扣一個罪名給妳，妳要怎麼辦？沒有人希望變得跟真里大哥一樣的下場，妻離子散家庭破裂，被扔出鎮上連回家都不可能。」

「哼……」芙拉蜜絲輕蔑的勾起嘴角，「我真為真里大哥感到不值，就算他這幾年做了再多對的事，救了再多的人，也沒人看得見了。」

「白紙上的黑點太醒目了。」江雨晨緊握著她的手，「有時人多就贏，有時候夠大聲、夠凶悍或夠殘忍也就贏了，我媽說，世界上沒有什麼真正的是非。」

芙拉蜜絲深吸了一口氣，點點頭，她懂江雨晨所說的，只是想到自己闇行使的身分，對未來只有忐忑罷了。

「誰載我回去？」她低聲問著。

「我。」鐘朝暐立刻應著，「我還有法海的事要問妳。」

芙拉蜜絲望著他，搖搖頭，「沒什麼好說的，你討厭法海，懷疑他我知道，但是——無論如何，我是信他的。」

「為什麼！」鐘朝暐忽地逼近她，「妳不覺得他很怪嗎？他的行徑怪異，我甚至不確定他是不是人，我甚至懷疑每次失去的記憶……他上次根本在場，為什麼卻沒人知道。」

「雨晨，送我回去吧。」芙拉蜜絲不想提這件事，這原本就是她跟法海之間的秘密。

「芙拉！」鐘朝暐扣住她的肩，「妳知道我喜歡妳吧？」

咦？芙拉蜜絲詫異的瞪圓雙眼，回頭吃驚的看著鐘朝暐……WELL，她不知道。

江雨晨在心裡哀嚎一聲，真是最糟的狀況，芙拉連感覺都沒有。

「我不……怎麼會？」她有點慌亂，「開玩笑的吧，我們都是朋友，一起長大的啊，感情很好，出生入死——」

「我不喜歡妳幹嘛跟妳出生入死？」鐘朝暐打斷了她的話，「我只想跟妳在一起。」

芙拉蜜絲呆住了，她眨了一下眼、又一下，鐘朝暐喜歡她？這是她根本連想都沒有想過的——咦？

她倏地正首朝右方看去，驚訝警戒的模樣讓兩個朋友都緊張起來！

「怎麼回事？」鐘朝暐已經拿下了弓。

「有什麼來了……」她倒抽一口氣，「載我去鎮門口！快點！」

「芙……」還沒叫住她，芙拉蜜絲已急如星火的衝出了堺真里家，附近許多雙眼睛在監視著。

原本她要跳上鐘朝暐的車，只可惜半路殺出了程咬金，鐘朝暐的鄰居嚷著要他立刻回家，說是他媽媽的命令，芙拉蜜絲為了不讓他為難，也不想讓他再追問法海的事，所以讓江雨晨載送她走。

「待會兒再去找妳們。」鐘朝暐不甘願的把腳踏車掉頭。

芙拉蜜絲站在江雨晨的腳踏車後座，緊扣著手裡的箱子，朝暐算聽話的好寶寶，像媽媽也喝令她回家，但是她暫時有事沒辦法回去，因為、因為她感受到一股力量朝著鎮裡來，還有——爸爸！

快到鎮口時，芙拉蜜絲跳下腳踏車，從設有結界的鎮門口往外望去，看見的是守著入口的兩位自治隊員，還有一片蓊鬱的森林跟一條又大又直的路，沒有其他人影。

「芙拉？」江雨晨不解的跨在腳踏車上問著，「妳要找什麼？」

「我在這邊就好，妳先回去。」芙拉蜜絲語氣難掩興奮。

「不行啦，妳到底要找什麼？」江雨晨可放心不下，芙拉蜜絲雙眼都迸出光芒了，她過度衝動時通常都沒好事。

芙拉蜜絲看著好友輕笑，知道旁邊看守的自治隊員兩雙眼鎖著她不放，趕緊附耳，「我爸快回來了，他可能還帶著闇行使，妳先回去……太多人在監視我們了。」

帶闇行使回來？江雨晨喜出望外，這就表示食願魔有希望被揪出來了嗎？

「妳小心一點，這兩個一直瞪著妳。」江雨晨不忘交代。

「妳才是，一路上鐵定一堆人通風報信，我猜有人會中途攔截妳，問我到這裡做什麼。」芙拉蜜絲聳了聳肩，「就說我來看風景，順便等我爸爸，不犯法的。」

江雨晨回以輕笑，豎起了大拇指，調轉腳踏車離去。

芙拉蜜絲端著笑容看向站在鎮出入口的兩位自治隊員，跟之前的人都不同，堺真里大哥的人馬真的被換得很徹底，不到十二小時，王柏翔的速度真是驚人，連約翰大哥都不見了……

「芙拉蜜絲在這裡做什麼？」自治隊員瞄著她手上的箱子。

「我等爸爸。」她說得自然。

「嗯？班奈今天回來啊……」自治隊員往遠方望去，「咦？」

遠處只見塵土飛揚，芙拉蜜絲興奮的站到路口往遠方看去，密林中一條直行大道，馬蹄聲噠噠，她知道是爸爸回來了。

自治隊員往前幾步，馬車也跟著減速，坐在前方的班奈風塵僕僕，而他身邊坐了另一個人，身穿著全紅斗篷，遮去了所有的容貌！

「闇行使！」自治隊員大吃一驚，「快去報告，班奈帶闇行使回來了！」

「好！」另一位自治隊員轉身離開，離去前不忘多瞥芙拉蜜絲一眼。

剩下的自治隊員朝著遠方揮舞雙臂，「停──班奈！」

「噫……」班奈勒緊韁繩，讓馬停了下來，「我順道帶闇行使回來了。」

「帶他們回來做什麼，我們好不容易才驅走一個闇行使啊！」

班奈微皺著眉，「食願魔的事總是得解決吧，不能等到事情嚴重了才動手，這樣……芙拉？」

「爸！」芙拉蜜絲揮著手，「我在等你！」

班奈焦慮的看著她，首先是打量她全身上下，芙拉蜜絲覺得有點奇怪，尷尬的笑指著腳上的繃帶，「昨晚出了一點點事，沒大礙，我還能走能跳。」

「先讓我駕車進去，我大不了直接停到自治隊前。」班奈朝自治隊員說著。

爸沒有多問耶，芙拉蜜絲轉著腦子思考，為什麼一點驚訝或著急都沒有，感覺爸好像已經知道了？

才想著，自治隊員已回頭要她閃邊，將大門敞得更開好讓馬車順利通過，班奈輕踹著馬肚，馬兒便往前小跑步，叩隆叩隆，馬車前方順利通過了正門——須臾，闇行使竟然向後彈飛了出去！

「哇！」芙拉蜜絲嚇了一大跳，連班奈都連忙收緊繩子。

向後彈飛的闇行使整個人飛過了馬車範圍，狼狽的滾落在地，那真的是像撞到一堵無形的牆所以才被彈出去的！班奈下馬，芙拉蜜絲也跟著跑出去，闇行使狀似痛苦的起身，撫著肩頭有些不適。

「怎麼回事？」班奈問著。「入口沒有問題啊！」

「那是一堵牆，阻擋著我進去。」闇行使低語著，芙拉蜜絲嚇了一跳，是女人的聲音。

哇，第一次遇到女性的闇行使耶！以前從沒有女闇行使來過鎮上！

裡頭的自治隊員錯愕的不知如何是好，他們一行三人再次試著步行進入鎮上，芙拉蜜絲跟班奈順利的通過門下，而那闇行使伸手往前，碰到的卻是牆。

「被封鎖了。」她確定的說，「這個鎮我進不去。」

「怎麼可能？」自治隊員握著雙拳，搖了搖頭。「如果……她都可以的話。」

說到「她」這個字時，班奈眼尾瞄的是芙拉蜜絲。她眨著眼心領神會，因為她也具有靈力，爸爸也是，但是他們都能自由進出啊！

「有沒有正式授印或許不同吧，正式的闇行使會穿著斗篷，身上會配有闇行使的徽章。」

女人仰頭看著整個鎮門，「我只能這樣推測，對手是只針對正式的闇行使。」

「是食願魔嗎？」班奈直覺的想到這點。

正式的闇行使……芙拉蜜絲從不知道有分正式跟非正式的，不過在一般人的觀念裡，闇行使的確都是身披斗篷，連臉都得遮住，斗篷的顏色顯示著靈力高低。

啊！她忽地想到什麼，趕緊回身握住父親的手，小聲的說：「有人許願！」

班奈立刻狐疑的看向她，「許什麼願？」

「血月那天晚上我聽見的，我百分之百確定……」芙拉蜜絲用力的回憶著，「對，希望鎮上再也沒有那些披斗篷的闇行使出現！」

「啊……」班奈懊惱忿怒的嘆著氣，「都什麼時候了居然許這種願望，那食願魔該怎麼辦！」

「不能再許一個……」話沒說完立刻被狠瞪一眼，芙拉蜜絲立即收聲，「好，我只是在幫忙想辦法。」

「沒辦法了，血月結束之前食願魔可以用這種願望封住闇行使的進出。」女人昂首，「安林鎮得放棄了。」

「可是裡面這麼多人……近千的人口啊！」班奈憂心如焚，「還有一天，說不定我們在裡面的可以做些什麼——」

「班奈，為什麼老是要為他們著想？」女人冷冷的打斷他的話，「先想想你的家人吧，昨晚都發生這麼多事了，最快還有一晚血月才會結束，你覺得你熬得過嗎？」

芙拉蜜絲默默的站在一旁，氣氛好嚴肅喔，她沒聽過有人這樣跟爸爸說話……而從話裡她也聽得出來，爸爸果然已經知道昨晚的事了。

「我明白了。」班奈痛苦的做了決定，「我們得先離開。」

闇行使點點頭，側首看向她，「妳就是芙拉蜜絲？」

「呃，您好。」她禮貌的行禮。

「呵，亭亭玉立了啊！」女人笑著，「妳，聽得見人們對血月的許願？」

芙拉蜜絲不安的瞟向爸爸，該說不該說？得到班奈的首肯後，她才點點頭，「紅色的實心光點，但我只聽見一點點，聲音跟願望實在太多了，我腦子都快炸掉了。」

「哼，人心永遠不足。」闇行使冷哼一聲，「靠許願就能成真，還需要努力做什麼？」

「這只是一種寄託，跟以前大家會丟許願池一樣，有趣而已嘛……該怪的是製造血月傳說的人吧！」芙拉蜜絲不平的嘟囔著。

「好了！少說兩句。」班奈看著她手上的東西，「這是什麼？為什麼在這裡等我？」

「這是……真里大哥的東西，我覺得比較重要的。」她小小聲的說著，「我只是先去整理起來，但是錢好像已經被拿走了。」

「哦？給我吧！」闇行使伸出手，「堺真里在我們那裡，妳放心好了，錢財的事也不必擔心，所幸他聽班奈的，錢早就移出來了。」

芙拉蜜絲詫異的看著闇行使，滿腦子都是驚嘆號，班奈主動把箱子交給闇行使，再回頭去牽馬。至少得給她一匹馬讓她離開。

走到門邊時發現另一個自治隊員也不見了，班奈有些不安，他將馬車掉頭朝外牽，交給了闇行使。

「我在這裡等你們，一起走。」她拉住韁繩，「你快去接露娜跟孩子出來，芙拉蜜絲就在這裡等待。」

「咦？就這樣離開？」芙拉蜜絲下意識的後退著，「我還有東西要拿，而且……我們為什麼要走？」

班奈眉頭深鎖不發一語，只是拍拍芙拉蜜絲的肩，回頭往鎮裡走去；她無法接受的再轉頭看向闇行使，為什麼？

「安林鎮將不再存在，絕對會發生大事，讓食願魔成形的村鎮從來沒有逃過劫難。」闇行使說道，「這是人們許願的下場，這裡的人許了太多願望，才會讓食願魔成形，這是……報應。」

冰冷的字句一字字傳來，芙拉蜜絲可以感受到這個闇行使對人們的怨恨與冷酷，等同於那些反對闇行使存在的人們，仇恨不減，但是、但是如果這是真的——雨晨跟鐘朝暐他們怎麼辦？還有許多朋友——

她搖著頭退後，闇行使伸手要拉她，她扭頭就往班奈身後奔去！

「爸！不行！」她追上班奈，「還有我們認識的人在這裡，鐘朝暐、雨晨他們……難道沒有辦法對付食願魔嗎？我們可以去找出他變成了誰，我們可以——」

「芙拉！」班奈低吼著，「這是為了我們……」

他話沒說完，臉色凝重的越過她的肩頭朝後，芙拉蜜絲跟著回頭，看見的是遠方集結而來的人群，首要幾排根本是全副武裝的自治隊！

怎麼回事？

「芙——拉——蜜——絲——」正前方，傳來鐘朝暐中氣十足的聲音，「快跑！快走！」

她甩下班奈往前看著，鐘朝暐火速騎著腳踏車朝她奔來，「他們抓了妳媽，快點走，他們說你們是闇行使！」

「露娜！」班奈看向遠處那種陣仗的自治隊，已經料想到是怎麼回事了！

只見他倉促旋身，從頸子裡拉出了一條細細的銀鍊，使勁一扯就塞進芙拉蜜絲手裡，她尚未跟上現實發生的速度，媽被抓了？艾莎呢？為什麼！

「這個妳要保管好。」班奈將東西放進她掌心裡，「不能讓其他人知道，尤其是闇行使！」

「咦？」芙拉蜜絲不解的望著父親，「爸？為什麼他們要抓我們！才趕走真里大哥，現在又——」

「聽好！」班奈低吼著，捧住她的雙頰，「這個項鍊絕對不能離身，絕不能落在任何人手上，等自治隊搜過家裡後，找個時間到一二樓之間去拿東西，拿完立刻離開這裡。」

「不！」芙拉蜜絲蹙緊眉心拒絕，「要走我們一起走，我才不幹什麼先走的事！」

「可以的話當然一起走。」班奈點點頭，「妳快躲起來，千萬不要被找到！」

「芙拉蜜絲！」鎮門外傳來叫喚聲，闇行使業已上馬，要她即刻上，「快走，能救一個是一個！」

她看著伸出手的闇行使，開什麼玩笑啊，她怎麼能走啦！「妳走！我怎麼可以一個人走啊！這到底是搞什麼東西！」

她忿怒的取下腰間長鞭，氣急敗壞的就要往前，班奈立刻推阻她。

「快跑，別讓自治隊抓到！快！」班奈指向大路，「走啊！芙拉蜜絲！」

走？她看見王柏翔帶著武器、率領自治隊一副要抓非人的模樣，這樣對待自己的父親她根本就忍無可忍，怎麼走？而班奈已經旋身，高舉雙手迎向了自治隊，表示不反抗。

芙拉蜜絲根本動彈不得，就在此時，石塊跟雞蛋突然從她身邊飛過，砸向了自治隊們。

她驚訝的回身，看見一大批人正在集結，朝著自治隊走去，朝著她衝來的鐘朝暐不得不停下腳踏車，人群不少，他們高喊著自治隊跋扈囂張，憑什麼任意抓人，還趕堺真里走！

「闇行使又怎麼了！沒有他們誰都活不了！」

「你們憑什麼亂抓！班奈一家又不是闇行使！就算是的話，他們也沒有影響到誰！」

「對，芙拉蜜絲還消滅了鬼獸跟魑魅，上一次若不是她，我們鎮早就毀了！」

冰冷的手突然由後繞上她的腰際，右手包握住她執鞭的手，唇貼上她的耳朵，「該走了。」

「法、法海……」芙拉蜜絲驚恐的回頭看著他，他依然噙著笑，如此溫柔，「我媽、我妹艾莎她……」

「她們不在我在乎的範圍內，不過……」他扳動她的身子向左看去，「Du Xuan 帶走艾莎，交給闇行使了。」

咦？她慌亂的穿過人群往門口看去，馬車已經叩隆的離去，上頭坐著正嚎啕大哭，對著鎮上大喊的女孩，艾莎！

「芙拉蜜絲！」鐘朝暐在那端大喊著，他捨下腳踏車走了過來。

「啊……爸爸他們……」她掙扎著想往前，「朝──」

腰間的力道一收，她差點不能呼吸。

「我說過，我在乎的只有妳。」

第八章

班奈一家被視為闇行使的同黨，甚至有可能根本就是闇行使，正在接受調查中，街上流言傳到一種誇張的地步，連班奈可能是食願魔的說法都出現了！

加上他有預謀的將孩子帶出鎮，卻沒有帶回來，更加說明有逃亡之嫌，今晨再度帶闇行使入鎮……班奈一直以來總是能很快的找到闇行使，或是闇行使好像都早在附近等待似的，頗有私交，加上堺真里極度尊敬他，這種種關係都成了欲加之罪。

二女兒被闇行使接走，這又是一個鐵證，至於大家最懷疑的芙拉蜜絲在逃，自治隊正挨家挨戶的搜索。

而安林鎮的東北方，萬人林這裡倒是平靜，這區曾是個繁華之處，直到人類撕掉闇行使封繩，萬鬼傾巢而出，一夕之間血流成河，傳說，萬具屍體堆積如山，樹木從遺骸鑽出，數日之內形成寬廣的萬人林，雖然也是安林鎮的一部分，也有封印保護，但是很少人會願意靠近這裡。

平時根本沒人住，唯有廢屋提供給到鎮上幫忙的闇行使暫居，現在有兩三戶人家膽敢住在這兒，就是所謂的「外地人」，像法海、丹妮絲小姐這些歐洲來的人士，不瞭解鎮上的傳說或是不在乎。

事實上，他們是刻意與鎮民們隔開生活空間，才不至於被發現奇異行徑。

法海寬敞舒適的屋裡，大而柔軟的沙發上，正坐著心浮氣躁的芙拉蜜絲。

「芙拉姐姐，喝點茶吧！」金髮的可愛男孩禮貌的端上一托盤的紅茶跟茶點。

芙拉蜜絲瞥了許仙一眼，「謝謝你去幫我救艾莎。」

許仙一凜，恐懼的瞥向站在窗邊的法海，擅自出手這件事情不知道主人還會怎麼懲罰他咧，拜託芙拉蜜絲不要哪壺不開提哪壺了。

「也好，她過度恐懼只怕靈力會更不穩。」法海輕聲說著。

咦？許仙轉了轉眼珠子，這意思是說不會懲處他嗎？擔心受怕的站到沙發邊，他一直不敢偷瞄法海。

跟艾莎同班這些日子，他早看出她是闇行使，總是偷偷的壓住她亂施放的靈力，艾莎什麼都不知道，他也不希望她被抓到……就算只是丟出鎮外，這年紀的孩子怎麼生存？

更別說，現在是食願魔在激烈實現人們願望的時候，殺戮只會越來越嚴重，血月倒數，他不覺得芙拉蜜絲一家被抓進去會有什麼好事。

「先喝茶吧，吃點東西，這樣心浮氣躁也不是辦法。」蘇珊把餅乾拿起遞給她，「丹妮絲跟彼得會帶消息回來的！」

芙拉蜜絲看著坐在一旁小椅凳上的蘇珊，真難想像有這麼一天，她有家歸不得，還身在滿是吸血鬼的屋子裡！

清純的蘇珊跟粗獷的威爾斯都在一旁，法海怡然的站在窗前往外看著，丹妮絲跟彼得神父都在鎮上負責「安撫」人心，至於還有個瘦小的男孩，一直不見他蹤影，似乎是負責找尋食願魔。

「昨天晚上那些人都是你們殺的嗎？」她咬下餅乾，幽幽的問著，「還有那天追我的女生，聽說也都失蹤了。」

蘇珊立即別開眼神，往法海看去。

「我不喜歡攻擊妳的人，那些女生這麼希望受我青睞，我讓 Du Xuan 收集血後再來食用，也算是對她們特別了吧！」法海旋過腳跟走來，「至於昨天晚上，妳明知在傷害生靈時，那個人就已經算廢了。」

更別說，他不是輕輕劃個一兩刀而已，他可是很認真的砍殺啊。

芙拉蜜絲聞言只是嘆息，蜷起雙腳抱著，「昨天晚上的人我不想同情，媽媽一直要我退讓保護生靈，但是……那些人只想殺掉我們啊！」

「對敵人仁慈就是對自己殘忍。」威爾斯挑了挑濃眉，「妳母親真是有夠慈愛的！」

「我就是不懂爸媽在想什麼！」芙拉蜜絲嘟起嘴，「雖然我知道想傷害我們的都是認識的人，甚至有隔壁的大叔……但是連看著我長大的大叔都希望我消失時，我為什麼要讓？」

她心裡萬分複雜，既傷心又難過，但是最多的……是忿怒。

「我就是有靈力那又如何？我又沒傷害人！我甚至可以保護自己、保護我的兄弟姐妹！」芙拉蜜絲氣得連眼淚飆出來，「像昨晚若不是艾莎靈力失控，說不定她也早就出事了，這就是她是闇行使的好處！」

蘇珊輕啊了一聲，視線落在芙拉蜜絲抱著雙腳的手上，威爾斯好奇的湊近，那發亮的手指頭正泛著淡淡橘光呢！

法海凝視著她蜷縮的背影，眼神裡看不出情緒，小小的許仙每每都為這樣的神態感到害怕，他覺得主人好像很重視芙拉蜜絲，但是有時候看她的眼神卻沒有任何憐愛之情……是喜歡？還是不喜歡？

但是，主人一直為了芙拉蜜絲出手啊！這到底怎麼回事！

法海走過她身邊，在她腳尖前的沙發坐下，輕輕的握住她的手，「鎮靜點，妳的靈力正在浮動，別把我家燒了。」

「什麼？」芙拉蜜絲抬起下巴，看向雙掌，不免倒抽一口氣。

她的指尖都泛著光芒，體內的確有一股悶熱正在竄燒，她以為是忿怒。

「人類的作為我是不意外，妳身在其中才看不清……我不解的是，為什麼妳的父母不早告訴你們闇行使的事？」法海沉吟著，「依我看，他們兩個都是闇行使，要自救也有能力，而且說不定因著血脈，你們全家該都是闇行使，包括那位過世的弟弟……」

「史貝斯？」提起被妖獸吃掉的大弟，芙拉蜜絲又是一陣心痛。

大弟放學後跟朋友去玩，就此失蹤，同學說明明大家已經道別，他卻說有個地方想去看看，然後就沒有再回來；再次看見他時，已經是死屍一具，被妖獸食用凌虐至死。

「我之前就覺得奇怪，幾歲的孩子會跑去找妖獸？」法海望著她，「妳不覺得就是因為他感應到什麼才跑過去的嗎？」

咦？芙拉蜜絲一怔，她從沒想過這個可能，但是……現在回想，為什麼弟弟會跑去那個地方，他在追尋著什麼？

「艾莎好像也聽得見靈體的聲音……是啊，如果大家都具有靈力的話，大弟要發現有非人並不難。」芙拉蜜絲緊咬著唇。

「如果妳爸媽早就教你們相關的知識或能力，這個不幸就可以減少了。」法海覺得奇妙的地方就在於此，「明明有能力自保，卻寧願選擇不要啊……我還真沒看過這樣的人。」

芙拉蜜絲緊擰著眉心，她聽得懂法海的意思，因為從小到大，爸媽的確也沒有教她太多相關的知識，只是刻意教她一些古文字、或是一些別人不會用的冷門咒語。

自從她不小心遇到惡鬼，與之戰鬥後，就算靈力激發出來，爸爸採取的反而是禁足的方式。

下意識握住頸間的項鍊，那是個奇怪的東西，深紫色的金屬物外頭刻著圖案，裡面還藏著個銀色的扁柱狀物，爸爸總是隨身戴著，但剛剛卻給了她！

這又是一個秘密，為什麼他們家有這麼多的秘密呢？

「他們……很不希望我們是闇行使嗎？」她喃喃說著，只能想到這個可能。

「問題是這種事不是希不希望的問題吧！」威爾斯超級不以為然，「靈力又不是不要就可以消失的？這叫逃避現實吧？」

逃避，芙拉蜜絲看向威爾斯，他說得真切中要害。

「這些以後再說，我現在只關心爸媽的狀況……如果鎮上認定他們是闇行使，早早把他們趕出去也好。」芙拉蜜絲做著深呼吸，試圖平靜心情，但是熱度依然從指尖擴散到了掌心，「我要回去拿東西，再去跟他們會合……」

「會趕他們出去嗎？」蘇珊歪了頭，「這個時候應該是大屠殺的時刻了吧？」

「蘇珊！」法海厲聲，蘇珊顫了一下身子，恐懼的縮起雙肩。

但芙拉蜜絲已經聽到了，她詫異的看著蘇珊，再轉向法海，「什麼意思！什麼叫大屠殺！」

法海冷冷的瞪著蘇珊，她簡直想要逃出屋子，芙拉蜜絲焦慮的扳過他的臉，直視著那綠色的美麗眸子。

「食願魔會挑定最主要的人實現願望，那個人的願望可以用毀滅來解決，也順便能包含其他人的小願，血月的願望是由小至大，通常越接近結束越是血腥，當血月天象結束那刻，結果就是屍橫遍野。」

芙拉蜜絲瞪圓了雙眼，喉頭緊窒而微顫，「所以、所以真里大哥可以只是趕出鎮外，但是爸媽他們……有可能……」

「妳沒注意到，堺真里被趕出去時，沒有其他群眾的聲音？這是忿怒與不滿在累積，那些支持他的人、支持闇行使的人一直被打壓著，深怕被扣帽子加諸罪名……但是氣球灌太飽是會破的。」法海雖在解釋，但是他嘴角卻掩不住淺淺笑意，「今天開始，兩邊的群眾會開始對立，暴動會不會一觸即發……便未可知了。」

在她被法海帶走前，群眾們已經義憤填膺的在扔東西了，而自治隊那邊的反闇行使群眾平常就較為跋扈，這時變更加暴力，只要他們認為是對的，別人都不能有不同的聲音。

如果真的這樣下去……會不會變成一場自相殘殺呢？

威爾斯倏地跳到門邊，法海銳利的眸子向外瞄去，「怎麼？」

「丹妮絲回來了！」威爾斯餘音未落，柵欄外頭就傳來了開門聲，法海點頭，威爾斯趕緊將大門也打開。

丹妮絲依然打扮得明豔照人，今天還有空戴了頂漂亮的鳳尾帽，紅髮攏到右邊輕紮，上頭繫了朵鮮花。

「自治隊往這兒來了。」她一進門，就對著芙拉蜜絲說，「快把她藏起來。」

「我爸媽他們怎麼了？」芙拉蜜絲焦急的跳起來，直往丹妮絲身前衝。

「狀況不好，鎮民代表們已經把闇行使跟天譴與不幸劃上等號了，我到現在都沒聽到驅逐的消息。」丹妮絲若無其事的說著明明不好的訊息，「彼得留在那邊試著控制情況，廣場上兩派人馬正在對立。」

「天譴？我們又不是——」芙拉蜜絲激動的說著，法海一把拉過她。

「要吼要喊等等再說，先帶妳上樓躲著。」他回首看向丹妮絲，「你們也都回去，自治隊要搜兩棟屋子都會搜，Du Xuan！」

「是！」他立刻收拾起桌上的杯具，還有血庫的血得藏好呢！

一陣風刮過，被拉著朝上走去的芙拉蜜絲回首時，已經看不見蘇珊、威爾斯或是丹妮絲了，這個時候她就會確認他們真的不是人類……手被法海緊緊握著，踏上鋪著紅色繡毯的寬廣階梯，她以前總期待著看看法海住的地方，但現在卻沒有這種雀躍感。

寬大樓梯盡頭的平台上有張王者般的座椅，法海未曾停留，帶她朝右手邊的樓梯轉上去。

走上樓，她有些眼花撩亂，因為眼前是如同皇宮般的奢華廊道，論寬度論大小，都跟法海家的範圍不合啊！這、這簡直像是歷史課本上，十八世紀法國的皇室吧？

「這裡是哪裡？你家有這麼大嗎？」

「沒有。」法海回得直接，挑了間房間推她進去，「所以這些房間並不存在。」

「嗄？」她有聽沒有懂，直接被帶進了超奢華的公主房……瞧那羅幔刺繡，金碧輝煌，絲緞的枕頭與床單，牆上掛著是東方的掛毯？

「妳只要乖乖待在這裡，不要出聲，不要開門……就連門窗都不要碰，坐在這把椅子上——」他一彈指，一張天鵝絨座椅自動挪了過來，法海將她壓下，「等我開門。」

「好……」她愣愣的點著頭，不安的環顧四周。

「記住，不管聽到什麼……他們或許會說很難聽的話，迫使妳現身，無論如何妳都千萬不能開門。」法海再三交代，「就算妳媽媽在樓下慘叫，也不能。」

「什麼！」芙拉蜜絲一聽見媽媽就跳了起來，「你這什麼意思？我媽會……」

唉，法海無奈的望著她，她都沒發現，自己全身都在發光了嗎？靈力這般不穩定又尚未徹底覺醒，簡直就是枚危險的未爆彈！

還好，他知道解決之道。

法海忽然挑起她的下巴，在芙拉蜜絲吱吱喳喳之際，轉瞬含住她的唇瓣，封口。

咦——芙拉蜜絲雙眸瞪得圓大，冰冷的唇依然柔軟，但她的唇卻是燙人的發麻，她一轉眼成了僵硬的雕像，別說動彈不得，連呼吸都快忘了。

法海含著她的唇瓣，刻意挑逗的緩緩離開。

「冷靜點。」他凝視著她的雙眼笑著，「只要不是我開的門，妳就會再也回不來喔！」

芙拉蜜絲呆呆的，點了點頭。

這招永遠有效。法海泛起難得的笑意，連眼睛都微笑起來，將她好整以暇的壓坐下來。

「坐在這裡，好好等我。」他再次逼近了她，害她通紅臉往後縮。

「知、知道了。」

他笑看著她的反應，橘光是消失了，但是臉跟頸子都已經通紅一片，這讓他覺得有趣，冷不防的又湊上前去啾了一下。

「咦！」她又嚇呆了。

「再上一層保險，妳可以待久一點沒關係。」法海挑了她的臉頰，樓下已經傳來大陣仗的聲響，他轉身就往外走去。

握著瑪瑙門把，關上門的那剎那，他所處的位置只是一般普通民居二樓，僅三間與富麗堂皇無關的普通房間，不管哪個房間裡，芙拉蜜絲都不存在。

步下一樓時，許仙已經收拾乾淨，站在面向庭院的窗子外張望。

「迎接客人吧，Du Xuan。」

「是。」他劃上一抹帶有邪氣的笑容，敞開了大門。

自治隊在法海家搜得非常徹底，自以為是的徹底，法海成天跟芙拉蜜絲在一起大家都知道，所以王柏翔直覺性的認為她會藏在這兒，只可惜事與願違，就算他們把房子拆了，也找不到蛛絲馬跡。

江雨晨與鐘朝暐家自然也沒有被放過，即使鐘朝暐的父親是鎮民代表也難逃搜查，這種時候他更是大方的接受調查以明志，不想成為闇行使的共犯——即使他有個麻煩的兒子，一心只想護著芙拉蜜絲。

所以江、鐘兩家完全是重點監視對象，害得他們想要去找芙拉蜜絲都沒有辦法，鐘朝暐更是扼腕，那時芙拉明明就在他眼前，為什麼一晃眼就不見了？她能躲到哪裡去？

只求她千萬不要想去劫獄，自治隊那邊一定是佈下天羅地網等她的啊！

「為什麼！」

小提琴聲正飛揚的法海家，芙拉蜜絲激動的追問著，關於救援父母得到的拒絕。

「我們不能插手人類的事，這次是順勢而行，反正他們都會死，就順便用餐或收集血液。」蘇珊聳了聳肩，理所當然。

「什麼叫不能插手人類的事，這誰規定的啊！」

蘇珊跟威爾斯不約而同的往左手邊窗子看去，那位優雅拉琴的美男子，就是立下規矩的人……他們是人在屋簷下，不得不低頭，既然伯爵都開放讓他們用餐了，他們也沒什麼好抱怨的！

芙拉蜜絲回身，氣急敗壞的走向拉琴的法海。

「別別……」許仙忙不迭的跑到她跟前推阻著她，「主人拉琴時不能打攪的！」

「我爸媽隨時都會出事！我還管他拉琴！」她哪有閒情逸致啊！「法海，你們要救出我爸媽根本輕而易舉，求求你幫我！」

琴音戛然而止，許仙嚇得一溜煙先躲得老遠，雖然有芙拉蜜絲在，主人不會隨便拆了他們的骨頭虐待他們，可是誰曉得喜怒無常的他會突然有什麼招式？

法海眼尾瞟了她一眼，真吵。

「要救出他們的確很容易，其實真的要他們去做，他們也很樂意。」法海的弓弦指向了蘇珊跟威爾斯。「因為可以飽餐一頓，還能滿足獵殺的快感。」

芙拉蜜絲微怔，「獵殺？」

「是啊，妳以為那些人沒料到妳會去嗎？他們一定恭候多時，不知道有幾個人守著呢？」法海拿著小提琴緩步朝她走來，「五個？十個？二十個？不管幾個，他們一下子就能全部殺掉……」

「殺掉？我沒有要殺任何人！」芙拉蜜絲立刻搖頭，「我只是希望救出我爸媽！」

「世界上沒有這麼好的事，親愛的芙拉。」法海以弓弦挑起她的下巴，「我們在說的是強行進入，是劫獄啊，妳期待沒有傷亡也太天真了。」

芙拉蜜絲圓睜雙眼，是啊，怎麼可能沒有傷亡……可是，那些人就算不無辜，也是一條命，就算都是王柏翔的手下，也還是自治隊，曾是真里大哥的兄弟夥伴……

「只要妳能接受我們殺光所有礙事者，我很樂意幫妳劫獄。」威爾斯想到就興奮，舔著嘴角，「年輕力壯的鮮血最好喝了。」

「這麼多人，我們還可以儲存！」蘇珊雙眼熠熠有光，散發著不屬於人類的星芒，「真的可以嗎？伯爵！」

法海笑了起來，用弓弦輕敲了芙拉蜜絲的肩頭一下，「由她決定。」

由她決定。芙拉蜜絲緊握雙拳瞪著地面，殺掉所有阻擋的人，任吸血鬼獵食嗎？這未免太恐怖了，幾乎每個自治隊員她都認識，她怎麼能眼睜睜看著他們送死！

「我不信只有這個辦法，你上次就能無聲無息的帶我進自治隊找雨晨！」芙拉蜜絲慌張的回身追上法海，「依你的速度，你的能力——」

「芙拉蜜絲！」法海側首，口吻倏而變得嚴厲，「任性也要有限度！」

喝！芙拉蜜絲看見綠色眸子底下一閃而過的紅光，她嚇了一跳！與向食願魔許願的生靈不同，紅綠交雜著的眼珠顏色，帶著深沉的恐怖。

「我只是……」她腦子亂得幾乎無法思考，「我想知道爸媽怎麼了！」

「妳父親不是還有事交代妳？妳應該專心於此，等入夜後回家一趟。」法海將琴交給許仙，他立即恭敬接過，「晚上我會讓威爾斯他們製造恐懼，讓人們不敢上街。」

「嘿……」威爾斯可開心了，「我只要把屍體扯個粉碎，大家就會以為惡鬼來了……」

「丹妮絲他們也會幫忙。」蘇珊接口，「這樣妳就有時間回家又不會被看到了。」

芙拉蜜絲頹然的栽進沙發裡，雙手抱頭，她沒忘記爸爸要她拿的東西，但是更憂心為什麼到現在鎮上完全沒有消息？若是確定要懲處爸媽他們，就應該要驅逐出鎮啊！

威爾斯再度警覺的抬首，一骨碌到了門邊，幾秒後打開大門，進來的是一身長袍的彼得神父；老實說，不管看幾次，她都覺得吸血鬼偽裝神父實在太諷刺了！

「你怎麼回來了？」法海有些不悅，「未免太明目張膽了。」

「沒人看到我，放心。」彼得挑了挑眉，「我餓了，可以先給我一點嗎？」

法海瞥向許仙頷首，他立刻到廚房去準備餐點。

芙拉蜜絲一見到彼得神父又想發問，他伸手示意她別說話，「到我離開為止，已經有四十餘人死亡或受傷了，在廣場上爭執、也有趁亂完成願望的，什麼樣的屠殺都有，外面現在一團亂。」

「啊，四十多個！」蘇珊一臉惋惜，「好浪費！為什麼不通知！」

「在廣場上怎麼吃？我跟丹妮絲就站在那裡，聞得嘴饞也動彈不得那才嘔！」彼得神父顯得異常無奈，「至於妳爸媽，暫時不會被驅逐出境。」

「咦？」芙拉蜜絲雙眼一亮，喜出望外，「是嗎？確認他們不是闇行使了？」

「不，正是因為確定他們是闇行使。」彼得眼神裡毫無情感，「在會議中的討論已經變成認為他們是不幸的來源，鎮上所有的事都推在妳爸頭上，還有他每次請來的闇行使，都變成私相授受。」

芙拉蜜絲驚愕的聽著，剛剛一瞬間的喜悅頓時被失望掩蓋。

許仙端上一個馬克杯，還體貼的附上吸管，就怕彼得神父狼吞虎嚥等等留下血跡，被外人看到就不好了。

「所以……真要挑麻煩的話，是不是連我爸為人蓋屋子的事也一併被抹黑了？」芙拉蜜絲無力的說著，身子又開始隱隱發熱，「只要找到詭異的咒語，或是、或是家裡翻出奇怪的法器……」

彼得邊迫不及待的用餐，一邊注意到芙拉蜜絲身邊不安定的空氣與火星，他狐疑的看向法海，法海暗示噤聲。

「是，這點也已經確認了，嚇得很多人開始搬家！至於你們家搜出來的東西那可真是琳瑯滿目，光妳床底下就不得了了！」彼得神父說到這點時帶著讚賞，「妳知道妳家連蚊帳、窗簾，上面的繡圖都是咒語嗎？」

芙拉蜜絲默默的點點頭，雖然她前不久才發現。

「太多無法判定或是大家不熟悉的咒文，彷彿是闇行使才有，還有妳有好幾本書，都是闇行使的。」

「那是闇行使給我的。」她胡謅。

「那不再是重點了。」彼得神父一口氣喝光，露出滿足的神情，「唉，總算恢復了。」

「芙拉想劫獄。」蘇珊插了話，「只要她願意，我們可以殺光那邊的人喔！」

彼得神父聞言雙眼一亮，但第一時間看向法海，「你允許？」

「允許，只要芙拉願意，我隨便你們獵殺。」法海勾起微笑，看著左手邊的芙拉蜜絲。

她坐在沙發邊緣，雙手握得死緊，肩膀微聳，全身都在顫抖，看起來是如此的脆弱無助，但從她緊握著雙拳與迸出的火星可以知道，她的忿怒大於一切。

但是，她卻不是能犧牲他人生命的人。

「我做不到。」她深吸了一口氣，「我不能讓他們死掉。」

「果然是母女。」法海淡淡說著，聽不出來是讚美還是嘲諷，她忿而回首。

「我跟我媽不一樣！別人要加害我時我就不會客氣，所以我讓你殺害了那些生靈！」芙拉蜜絲低吼著，「可是自治隊的人並沒有主動傷害我，我、我不能——」

「但他們終究會傷害妳的，時間早晚而已。」彼得神父笑了起來，「真有趣的邏輯，妳好像還搞不懂事情的輕重？」

「別說了，反正我做不到讓他們慘死。」芙拉蜜絲整個人向後坐，又蜷成一團在沙發上，「我現在先回去拿東西比較實際。」

法海看向威爾斯，他開心的立刻離開屋子，去做製造恐懼的準備，彼得神父也不能待太久，起身就要離開。

「門口的東西拿進來吧。」法海起了身，「蘇珊跟 Du Xuan 陪著她，我要去拉幾曲。」

「是。」許仙聞言，三步併作兩步的往門外走去，打開門在廊下看見一個小提袋，裡面聞起來是香噴噴的餐點。

「啊……江雨晨給的。」彼得神父正巧走出來，「我記得伯爵不愛屋裡有太多人類食物的味道。」

法海正往樓上走著，輕笑，「都有人類在了，還計較什麼？」

芙拉蜜絲看著許仙一一打開的飯盒，知道這是雨晨特意為她準備的，怕她餓著……也傳達著關心。

她又累又餓又氣又想哭，但是情緒失控是最不該做的事，所以她誠懇道謝，移到沙發邊，接過許仙準備好的餐具，無論如何得把這些飯菜吃掉！畢竟這是雨晨親手做的，而且還冒著危險才把東西遞給彼得神父……等一下！

芙拉蜜絲猛然抬首，為什麼雨晨會知道彼得神父跟她有連結！

是夜，幾具被撕碎的身體在鎮上掀起軒然大波，所有在外的人們飛奔逃回家，教堂敲出了警鐘，丹妮絲宣佈有不畏惡魔的地獄惡鬼入侵，沒一會兒光景，安林鎮再度恢復過去那夜不出戶的寂靜。

漆黑的路上只剩下佛號之徑的燈光，其餘的只有徹頭徹尾的黑暗，以及……夜行者。

芙拉蜜絲順利回到自己家裡，家中簡直像是被小偷翻過般凌亂，庭院被踩得亂七八糟，爸爸種的花已經全部都被踩爛了，正門不復在，連窗戶都破敗不堪，屋裡被翻箱倒櫃，無一處完整。

她的床被掀開，床下所有的武器跟書籍都掃蕩一空，甚至連掛在衣櫃邊的短刀都被拿走；小心翼翼的拿著手電筒探查過整個家，她只有強大的悲傷跟忿怒。

她是自己回來的，其他吸血鬼趕著去用餐，食願魔繼續實現人們的願望，幾天前她會覺得不舒服，會討厭丹妮絲刻意宣佈夜晚可以出來的訊息，刻意讓食願魔得逞，讓大家可以為了實現願望任意殘殺。

但現在，她什麼都不在乎了，她不主動傷害人，可是也不會同情他們。

反正是自己許的願，一開始不就是希望成真嗎？不該有的貪婪造成食願魔的成形，這個鎮上的欲望太多，這是一種自作自受。

只是，食願魔到底是依憑著誰的願望在做這些事？唯有一位，食願魔只會選那個人、選擇他的願望，讓一切走向毀滅。

「一二樓之間……」芙拉蜜絲坐在樓梯轉彎處，那裡是從任何一扇窗戶都絕對不會看見的地方。

爸爸說一二樓之間的東西是什麼意思？都被自治隊翻成這樣了，她再也找不到放東西的地方了啊！還是像真里大哥一樣，地板有個密室，大哥的屋子也是爸打造的，所以——咦？

芙拉蜜絲倏地仰首，一二樓之間，難道是夾層？

她立即起身要往二樓去，只是才旋身，樓梯口竟然站著一抹黑影，雙眼閃爍著紅光！

她一時被嚇到向後踉蹌，左手及時扶住了扶把，而那駭人的影子冷不防的就從二樓跳衝下來，同一時間，她聽見了外頭傳來自治隊的足音，他們正在巡邏，就快走到他們家門口了！

她絕不能往下走，一旦走下樓就會被瞧見的！

生靈伸手意圖抓住她的衣領，她咬著牙逼自己噤聲，閃身往轉彎的平台角落閃去，口中低唸著驅鬼咒，右手握住鞭子，將金刀上提！生靈一拳朝她臉部擊來，她倏而蹲下，讓對方撲了個空，順勢再度起身，刀子乾淨俐落的由下而上將生靈直線剖開。

斷面紅光點點，她可以聽見這個生靈的願望，『希望芙拉蜜絲永遠消失，闇行使不要帶來不幸。』

不會了。芙拉蜜絲看著四散的生靈，一旦你死了，就不必擔心這點了。

伏低身子，她聽著外頭巡邏的足音，看著巨大的手電筒往屋裡探照，維持低調與淺淺的呼吸，她有那個耐性，等待著他們的遠離。

約莫數分鐘後，足音漸遠，她才走上二樓，開始輕輕敲著每一吋地板，一二樓之間，爸爸一定在高度上做了手腳，偷偷放了夾層。

一路敲呀敲，得到的全是一樣的聲響，找不到任何空心的夾層。

她站在自己房裡，雙手抱胸的沉思著，這一整片她都敲過了，整個二樓都給敲了一遍，爸說的地方到底在哪裡？

咿歪……有人！木階倏地發出聲響，芙拉蜜絲疾速關上手電筒，躲到了房門邊。

手電筒的燈光閃爍交錯，是人，還不止一個。

「你怎麼知道她會回來？」氣音傳出。

「彼得神父跟我說的！」另一個聲音傳來。

芙拉蜜絲鬆了一口氣，為了不嚇到他們，先把手電筒往門外閃了兩下，「是我。」

江雨晨一衝進來，看見芙拉蜜絲喜出望外的又抱又跳的，無聲的尖叫代表她的喜悅，芙拉蜜絲感受到溫暖的擁抱，至今為止的冰冷與忿怒頓時減輕很多。

鐘朝暐也露出放鬆的表情，朝著她微笑。

「太亮了，你們都關掉手電筒。」芙拉蜜絲交代著，「來得正好，幫我一下。」

「妳回來做什麼？好危險啊！」鐘朝暐問著。

「幫我把我的床搬開。」芙拉蜜絲指指自己的床，「我們一起搬起來，千萬不能發出聲音。」

大家紛紛點頭，躡手躡腳的走到床邊，聽著芙拉蜜絲的指令，一塊兒將床抬離，再小心翼翼的放下；芙拉蜜絲即刻到床底下輕叩，終於感受到空洞的回音，徒手撥開上頭的塵土，江雨晨熟悉這景象，已經起出尖刀待命。

空心的夾層不大，三十公分見寬，撬開之後，裡面只有一個背包，有點沉，裡面似乎放了不少東西。

「這什麼？」鐘朝暐狐疑極了。

「我爸交代我要回來拿的東西。」芙拉蜜絲很想打開背包，但是現在不是時候，「好了，東西到手了，我還有別的事要做。」

「芙拉？」江雨晨立馬握住她的手，憂心的搖搖頭，「不可以。」

果然是姐妹淘啊，永遠知道她想幹嘛。

芙拉蜜絲泛起微笑，緊緊回握了他們的手，「謝謝，但是我非去不可！」

「非去不可？妳要去哪裡？」鐘朝暐有些跟不上，「現在不是亂跑的時候，要去哪裡必須……」

鐘朝暐的話尾頓了，他突然意識到芙拉蜜絲的意思，瞬大著雙眼，立刻與江雨晨同一陣線！

「不行！」他厲聲低吼，「妳知道自治隊外現在有多少人嗎？全部禁休，都在那裡等妳，連妳爸媽的牢房外都是人。」

「我要去救他們出來。」芙拉蜜絲並不打算聽勸，「我怕他們在裡面會出事的。」

鐘朝暐緊抿著唇，他也這麼認為，從他追問爸爸，爸爸卻隻字不提後，他就覺得不對勁，偷聽幾個代表的談話，他們說話個個義憤填膺，言詞完全偏激，讓他感覺回到了歷史課本上，關於天譴的那一段歷史。

光是「闇行使不該存在」，一切都是「闇行使」造成的，乃至於「食願魔一定是跟著闇行使進來的」。

「妳進不去的。」鐘朝暐沉重的說著，「現在去只是自投羅網，妳連他們關在哪一間都不知道啊！」

「會知道的。」她將背包揹上身，「你們快回去吧！別被人懷疑了，食願魔的手段會越來越殘忍，我擔心到了明天，連疑似闇行使的朋友都會遭到牽連。」

才回身，鐘朝暐立刻繞到她面前擋住。

「不要想跟我打。」芙拉蜜絲不悅的板起臉，「沒有弓你不一定會贏。」

「近身搏擊我也沒輸過。」鐘朝暐瞇起眼，「無論如何我都會阻止妳。」

唉，江雨晨再度擠進兩個人中間，「都什麼時候了，不要吵啦！芙拉，妳打算用上次找我的方式進去嗎？」

芙拉蜜絲點點頭，「後面應該沒人守吧？」

「有。」江雨晨無奈的說著，「上次妳入侵過，他們都記得，所以這次後頭也重兵把守了。」

「江雨晨，妳在支持她喔！」鐘朝暐不爽嚷著。

「她會聽就不叫火之芙拉了！」江雨晨倒是相當瞭解她，「她今晚是一定要去見她爸媽的！」

芙拉蜜絲還有空勾起笑，對江雨晨豎起大拇指。

鐘朝暐極其無奈，為什麼芙拉個性就是這麼拗呢？他重重嘆了口氣，「好吧，那妳就從前門進去！」

芙拉蜜絲瞠目結舌，「你這才是開玩笑吧！」

「才不。」鐘朝暐自信滿滿的，「只要製造事端，自治隊就會傾巢而出對吧？更別說現在還有好幾撥人在街上巡邏！」

江雨晨瞬間瞭然於胸，哦了一聲，像是很同意鐘朝暐的說法，芙拉蜜絲可不這麼認為，她拉住眼前兩個朋友。

「你們想幹嘛？」她小心翼翼的問，「不要找麻煩啊！」

「這妳就不必擔心了！」江雨晨笑開了顏，「不過能爭取到的時間不多，妳要好好把握可別也被抓了！」

「喂，你們——」芙拉蜜絲緊張的死拽著他們，「不要做傻事喔！」

「妳放心好了，我們自有分寸。」鐘朝暐還朝她豎起大拇指，轉身往樓下走，「事不宜遲，快點走吧！」

欸……芙拉蜜絲望著前方的朋友身影，心裡既感動又幸福，這種時刻還有摯友力挺，她還有什麼好怕的。

第九章

離開家之後，他們極其小心的從小巷裡行動，因為自治隊只敢在佛號之徑下行動，若是平常根本沒人敢在黑夜裡獨自行走，只是鐘朝暐跟江雨晨膽子竟也變大了，敢溜出家門找她，就知道他們沒在煩惱惡鬼的事。

雖然，主要原因是因為彼得跟江雨晨說了關於今晚惡鬼的假象，讓芙拉蜜絲懷疑彼得神父是故意間接讓雨晨來幫她的。

是法海的主意？還是彼得神父？

一路潛到教堂邊的小巷，斜對面就是自治隊，門外是沒人看守，但是整棟燈火通明。

「妳爸媽在獨立牢房，好像跟上次關雨晨的地方不太一樣。」鐘朝暐只有聽見，但並不知道在哪裡。

「獨立？」芙拉蜜絲仰首，「那在三樓角落。」

幸好她常在自治隊晃，每一個角落她都熟悉。一般來說三樓都是關特別的拘犯，二樓則是一般的拘留所，多半都只是暫時性的，但三樓每一間都屬獨立，兩重大門，門上一窗，像是關重刑犯之拘留處。

她暗自握拳，居然把爸媽關在那裡，分明把他們當成重刑犯，憑什麼！

「好了，等等我們會引開自治隊的注意，妳就趕快進去。」江雨晨轉身握住她的雙手，「自己小心。」

「你們……」芙拉蜜絲有些嚴肅，「這樣會不會太冒險？萬一被抓到怎麼辦？」

「被抓到也沒關係，妳放心好了！」鐘朝暐劃滿自信笑容，「我們可是要藉妳的名字去鬧事呢？」

「嗄？」她皺眉。

「大家拚了命在找妳呢！我們只要提供線索就行了，抓不到是自治隊無能啊，但是我們的確看見了。」他頓了一頓，「不過會稍微汙名化一點點，大概就是說妳意圖穿越無界森林這樣。」

無界森林根本人人避之唯恐不及，倒是個好地方。

芙拉蜜絲噢了聲，聳聳雙肩，「我無所謂，如果可以……我其實也很想知道無界森林外的世界。」

「別鬧了。」江雨晨推了她一下。「準備好了喔！我要出去尖叫了。」

曾經這麼膽小的雨晨，居然願意為了她做這種事……芙拉蜜絲眼眶感動的蓄盈淚水，緊緊的握住江雨晨的手，也看著鐘朝暐。

「我不知道該說什麼。」她擠出微笑，「謝謝你們。」

江雨晨溫柔的笑著，都是好友說什麼謝？鐘朝暐望著她的眼神有著明顯的情感，毫不避諱。

「妳知道我願意為了妳做任何事。」他反握住她的手，「只等妳接受我。」

芙拉蜜絲一怔，急著想抽回手，「朝暐……」

「妳明知道的。」他定定的望著她，「法海不適合妳，而且他也不喜歡妳、不懂得疼惜妳，妳甚至不知道他什麼時候會走。」

芙拉蜜絲抿了抿唇，悄悄深吸一口氣。

又來了？江雨晨把鐘朝暐的手給拉開，看時候說話啊！「專心點，我們現在是在幫芙拉。」

「知道啦。」漆黑的夜瞧不見他的赧紅。

芙拉蜜絲看得出雨晨非常緊張，她做了好幾個深呼吸，然後就衝了出去──「來人！誰在啊──我找到芙拉了！」

驚天動地的叫聲果然在自治隊起了騷動，沒幾秒一樓大門敞開，衝出了自治隊員，「怎麼回事！」

「快去救她！芙拉她、芙拉她想要闖過無界森林！」江雨晨邊喊邊後退著，「快點啊！」

「無界森林？」自治隊員驚恐莫名，「誰會在黑夜中穿過無界森林！她、她果真是闇行使！」

叫囂聲此起彼落，自治隊們荷槍實彈，夜晚不能開車，佛號之徑並不寬廣到可容得下車輛，所以許多人直接步行奔跑追著江雨晨而去，另外的人則跨上腳踏車，畢竟無界森林尚有一段距離。

芙拉蜜絲站在巷子邊的窄縫裡，靜靜聽著外頭的騷動，聲音越來越小也越來越遠，她知道鐘朝暐到了另一邊去引開巡邏者的注意，他們的目的是要讓自治隊所裡的人員越少越好。

然後，她轉身而出，看著自治隊的大門，該輪到她了。

她揹著背包毫不猶豫的直接進入自治隊，一樓的值班人員錯愕的望著她，說不定腦子裡還在思考大家不是說她往無界森林去了嗎？為什麼會突然出現在自己眼前？

芙拉蜜絲二話不說一躍而起，雙腳便往櫃檯裡的人飛踢而去，倒地後她再補了兩拳，便將昏過去的人員拖到了桌子底下；附近小隔間裡還有人員在，聽得見他們在高談闊論關於闇行使的事，不過只要沒留心到外頭的動靜便好。

轉身往樓梯上走去，她知道二樓關有一堆不知道自己犯案的人們，包括賴盈君在內，她得巧妙的隱藏足音，朝三樓上去才行；牢房處見不著樓梯是好處之一，芙拉蜜絲放輕腳步，聽著二樓拘留所裡嘈雜一片，有哭聲有叫聲也有低語聲，可能都聽見了雨晨剛引起的騷動。

轉身上樓，二樓半之處另設有柵欄，她輕嘖一聲，果然上了鎖！

不慌不忙的拿出自個兒的鞭子，握住尾端的金刀，上一次偷渡進來找江雨晨時，門窗也是鎖上的，結果法海叫她以此金刀擊鎖，鎖便應聲開啟，雖然她不知道這把刀為什麼這麼厲害，反正試試看就對了。

刀尖往鎖上輕叩，無動於衷，再叩一下……芙拉蜜絲急了，怎麼還是沒開呢？如果在這裡強行撬開的話，一定會引起樓下人員注意的！

「我說妳是真呆還是假笨？真的以為這刀子能開鎖？」口鼻忽地被冰冷罩上，聲音在耳畔響起，「沒有我妳敲到爛都開不了鎖！」

法海！芙拉蜜絲瞪圓雙眼，看著落進法海懷裡的自己，他為免她尖叫預先摀住她的嘴，順勢環抱住她，左手輕輕一揮，黃銅鎖即時開啟。

芙拉蜜絲趕緊接住差點掉下來的鎖，雙眸還眨巴眨巴的看著法海，顯得有點高興，他還是來了嘛！

「別看了。」他沒好氣的催促著，拉開門推著她往樓上去。

上面有兩個自治隊員看守，他們什麼都還沒看清楚就已經倒地，法海望著地板上新鮮熱呼呼的食物，實在應該吃掉才對。

「爸！媽！」三樓只有兩間牢房上鎖，根本不必找。

她推開門上的小窗，裡頭的人簡直不敢相信聽見的聲音，「芙拉蜜絲！妳居然敢……」

「我這就救你們出去！」她喜出望外的喊著，回頭想叫法海幫忙——咦？她一陣錯愕，人呢？

他怎麼可以說走就走啊！

「芙拉！妳怎麼可以來這裡！」班奈的臉塞在那小門上，「我不是叫妳快走嗎？」

「要走一起走！等我把你們救出去，我們連夜離開我都無所謂！」芙拉蜜絲低首看著門上的重重大鎖，這要怎麼解開啊！法海！

「妳這樣不行！就算懷疑我們真的是闇行使，頂多只是跟真里一樣驅走我們，妳劫牢罪就更重了！」露娜義正詞嚴的說著，「趁著還沒被發現，快走！」

「你們根本就是！不要裝了！我不想探討為什麼你們連我都要瞞，但是、但是事情不會是驅逐出鎮這麼簡單的！」芙拉蜜絲焦急的低語，「明天就是血月最後一天了，法海說食願魔的手段只會越來越殘忍，他早就選定了毀滅為最終目的，如果要驅逐你們，今天就會趕出去了，不會把你們關在這裡！」

班奈微怔，「是嗎……法海這麼說？」

「他看過血月、也見過對血月許願的下場！」她像是在為法海背書，「我不能賭！朝暐說鎮民開始把你們當成帶來不幸的天譴，而且一定有人許了毀滅的願望，食願魔會完成的——包括想要闇行使死的願望。」

「不……不能這樣！」班奈不安的嚷著，「食願魔到底在哪裡？他選中了誰！」

「我不知道該怎麼找啊，現在別的闇行使根本進不來，我們只能自保了。」她慌亂的回頭，「法海！法海你在哪裡！我需要你幫我開鎖！」

法海？露娜一怔，他也來了？

「芙拉，妳不能太信任法海，他、他不是人類！」露娜緊張的趕緊抓緊機會說，「必須離他遠一點，他隨時可能要妳的命！」

芙拉蜜絲凝視著母親，媽知道了嗎？不過現在不是解釋法海身分的時候，況且他如果真要吃她，多的是機會對吧？

「我下去找鑰匙！」隱約的感受到法海是刻意不出手，芙拉蜜絲早明白他真的不想管其他人的事——除了她之外的其他人。

「芙拉！不許！」班奈低吼，「妳快走，我交代妳的東西拿了嗎？」

芙拉蜜絲側身，讓父親看見背包，「在這裡，但我還沒時間打開來看。」

「天哪，妳揹在身上過來這裡？」班奈雙手握著小門上的欄杆幾要泛紅，「這些東西絕不能落入其他人手中，這是我們家的傳家物！」

芙拉蜜絲一怔，這麼重要？爸幹嘛不早說！「我、我知道！我會誓死保護它。」

「別誓死，先走就對了。」露娜接口，「王柏翔說明早就會決定我們的判決，妳靜觀其變！鎮外會有闇行使接應我們的！」

「我就是怕明天的判決！」爸媽怎麼聽不懂呢！「只要他們證實你們是闇行使……」

「鎮長知道了。」露娜幽幽說著，「我感覺得出來，他已經發現了！」

什麼？芙拉蜜絲覺得腦袋一片空白，已經有人確定了，還是反闇行使的鎮長——這樣他們為何還能如此從容！

「我的葉子別針上具有靈力，是我的護身，那天掉在地上時，鎮長凝視了它很久。」露娜話語中也帶著不安，「他沒有立即拾起，而是觀察著那別針，又看向我。」

「……只是個別針，那不能證明什麼吧？」芙拉蜜絲不懂。

「別人或許不懂，但鎮長不同，他知道闇行使賣給我們的法器與闇行使自己的有何不同。」班奈語帶嘲諷的說著，「具有我們自身靈力的護身，光澤跟熱度都不一般。」

「怎麼……那我就分不出來！」

「妳分得出來的，只是妳不知道差別。」露娜輕哂，「瘋媽的斗篷，妳明知她來源不凡。」

「那、那件我只覺得可能很貴？很難得到……」芙拉蜜絲回憶著鎮上之前一位犧牲自己救小孩的瘋媽，身上常年披著一件斗篷，想不到具有強大的守護力，「一般人不太可能有，斗篷上的確有不一樣的靈光。」

「那是我給她的。」班奈輕嘆了口氣。

咦？芙拉蜜絲一怔，那是爸爸給的……果然不一樣！所以這就是她以為的差別嗎？鎮長看過太多闇行使銷售的法器，也見過他們自己使用的東西，所以就算只是一個別針，他也……

「難道就是因為別針，所以他要抓我們嗎？」芙拉蜜絲突然想通了。

露娜點點頭，神情哀悽，「是我大意了。」

「不，欲加之罪，何患無詞？多少人……加上食願魔瞪大眼睛在等我們犯錯。」班奈無奈搖首，「我倒很想知道，食願魔究竟在玩什麼把戲……」

『這麼想知道嗎？』

空中倏地傳來回應，嚇得芙拉蜜絲迅速回身，背貼著門板，看向自己空無一人的身後，還有——漸漸微弱的燈光！

燈光不僅開始閃爍，而且像被吸走光源般的越來越暗，芙拉蜜絲蹙著眉朝左方走去，來到剛剛上來的樓梯口，樓梯的窗子曾幾何時已經打開，可以看見高掛在夜空的一輪血月。

還有那浮在半空中，她再熟悉不過的影子——巨大的手臂、凸出的肚子、青蛙的雙腿，人類的頸子，鳥類的頭：食願魔！

「芙拉！走！」班奈焦急的喊著。

她回首想看向父親，燈源卻在此時盡數消失——聲響倏而從自己面前躍起，剛剛昏倒在地的兩個自治隊員起來了！

芙拉蜜絲節節後退，希望黑暗掩飾她的蹤跡，但不一會兒就聽見拔刀聲還有……刀子刺入人肉裡的聲音，鮮血飛濺，她熟悉那種聲音啊！

『希望魯蛋不要再擋在我面前……』她看不見倒地的人，但是可以看見漆黑中飄出的紅色光點。

「哇——呀——救命！」

「哇——」

二樓突然傳來此起彼落的慘叫聲，還有人在撞擊牆壁的聲響，她明白食願魔正在完成人們的願望了！

「妳想許什麼願望呢？芙拉蜜絲？」幽幽的，聲音竟從她背後響起！

「哇呀！」芙拉蜜絲驚恐的回身，什麼都看不見，向後沒退兩步就絆倒在地，趕緊拿出腰間手電筒往前一照！

才打開開關，手電筒火星爆出，直接燒掉。

「不要跟它說話！芙拉蜜絲！」班奈低吼著，「心裡絕對不要想任何願望！」

「走！芙拉！快走啊！」

它在。芙拉蜜絲看不見卻感覺得到，食願魔界就站在三樓，她的面前。

「想救爸媽離開嗎？我輕而易舉就可以做到喔！」說話的人聲音一換再換，讓她抓不準。

「我不需要。」她堅定且小心的回著，真怕不小心說錯什麼，頓時成了話柄。

「騙人。」食願魔笑了起來，「妳一定有很多願望的，人類的願望很多的……」

就算有也不需要你幫忙。這句話芙拉蜜絲硬生生吞了下去，惡魔是很奸詐的，說不定會抓這句話成為一個願望。

叮鈴，鑰匙的聲音忽然在眼前的黑暗中響起，芙拉蜜絲顫了一下身子——鑰匙。

「想要這串鑰匙嗎？嘻……」訕笑聲跟著傳來，芙拉蜜絲緊握住鞭子，她想要，她超想要！但是她才不要許願！

即時出手，鞭子尾端的金刀剎的彷彿切開了什麼，一堆光頓時朝她衝了過來！芙拉蜜絲根本措手不及，也無處可逃！

「這什麼啊！」她尖吼出聲，眼前紅光點點，倏地包住她。

「芙拉！」露娜高喊著，「怎麼回事——」

無以計數的人聲在她耳邊吱吱喳喳不停的說著，幾百幾千個願望重疊的訴說，食願魔是由人們許願下召喚出的惡魔，它本身就是願望的組合體！

芙拉蜜絲痛苦的摀起雙耳，這些聲音震得她腦子厭煩，耳膜都快破了，為什麼有這麼多的願望，住嘴住嘴住嘴！

班奈即刻施咒，他不懂為什麼食願魔要針對芙拉蜜絲，他該只針對許願者就好了啊？難道是因為她親眼見到它成形？

剎！聲音陡然停止，芙拉蜜絲頹然的往地上倒去，紅光像被逼退一般從樓梯間的窗子飛出，芙拉蜜絲依然還在耳鳴，她摀著雙耳痛苦的看著一輪血月。

「芙拉，芙拉蜜絲！站起來！」班奈厲聲說著，「現在不許妳有脆弱的時候，站起來！」

「啊！」露娜奔回門邊，「我聽見自治隊的聲音了，他們回來了！」

牢房的另一邊便是廣場，可以聽見吆喝聲與奔跑的足音。

芙拉蜜絲咬著牙撐起身子，不知道為什麼那些聲音會讓她如此難受，她摸黑站起，看向近在咫尺卻解救不了的父母親，又是一陣悲憤。

「我應該要帶你們走的！」她咬牙喊著。

「快走。」班奈嚴肅的下令，「再不走連妳都逃不了！」

可惡！芙拉蜜絲踉踉蹌蹌的往樓下奔去，途中還絆到了死者的屍體，整棟自治隊伸手不見五指，她順著扶把下到二樓時，隱約的透過窗外燈光可以看見牢房已破，地上躺著許多人，生死未卜。

但是她沒空照顧這些人，她加速走到一樓，依然靜寂無聲，剛剛在談話的那方間門已敞開，但是裡面似乎也沒有人……仔細觀察著，外頭回來的自治隊正逼近正門，她不能從正面離開。

那麼……她彎進一樓後方的鐵門，只剩下這裡了。

上次劫走江雨晨時，曾不小心進入過的地下水牢，雖說當時水裡魍魅與靈體橫行，現在也不確定水底是否安全，但她已經無路可退。

巨大厚重的鐵門關著，這次與上次不同，門上頭加裝了新鎖，她伸手摸到三道鎖，正在焦慮之際，鎖在她掌心中打開。

咦？她既錯愕又忿怒，拆下鎖後推門而入，撲鼻而來的是熟悉的腥臭與下水道的腐爛味，趕緊將門關上，轉身就撞上來人。

「你——」芙拉蜜絲立即掙扎，「為什麼不幫我救我爸媽！」

「不想。」法海穩住她的身子，這兒兩邊都是水，舊有的水牢有一半已沉在水裡，唯有一條如田埂般的路凸出水面。「那是妳該做的，卻不是我的義務。」

「法海！」芙拉蜜絲氣急敗壞，但是他卻逕自拉著她往下水道深處走。「你明知我沒辦法救他們，那鎖我根本打不開！」

「既然沒辦法劫什麼獄？妳就是做事不經大腦思考，光憑衝動做事。」法海緊扣著她，他的力道不容她反抗，「別以為我對妳家人有義務，人類可是我們的食物，妳不要忘了。」

「我——」芙拉蜜絲被拖著往前，法海對他們家是沒有義務，可是光憑她一個人，是不可能救出爸媽的！

去之前有想過嗎？有，但是她還是想要去試試看，冒著生命危險，還讓雨晨他們也冒著危險幫她……她只是想著或許可以偷到鑰匙，打昏自治隊員也在所不惜，然後可以順利的帶走爸媽。

是她太天真嗎？她只是心急如焚，她一直有著不好的預感！

「走開！妳要幹嘛！」

下水道上方是鎮上馬路的水溝蓋，前方傳來驚叫聲，法海立時止步，芙拉蜜絲失神撞上他，被他及時攬住才穩下。

「賴盈君的聲音！」芙拉蜜絲聽出來了，她剛剛逃脫了嗎？

他們朝前方走去，由下水道往上看，看見跪地的賴盈君，和另一個人影正在爭執。

「放手啊，小蘋，妳在做什麼！我要回家！」

小蘋？芙拉蜜絲怔了住，哇，現在夜晚敢出門的人可是越來越多了！

「妳的眼睛很漂亮……」小蘋輕柔的說著，「一直很美很美……」

「說什麼，別擋路，我要回家！」砰的一聲，小蘋一拳揮上賴盈君的臉，她立即重摔落地！

芙拉蜜絲差點失聲叫出來，是法海摀住了她的嘴，順道拉著她退後一步，不讓任何人有機會看到在下方的他們。

「我要妳的眼睛……」小蘋幽幽的說著，伴隨著喜不自勝的笑意，「好羨慕妳有這麼漂亮的眼睛喔！」

咦？芙拉蜜絲不可思議的看向法海，等等，現在是什麼狀況！

「哇！呀啊——」賴盈君的慘叫立時傳來！

她不顧他阻擋，站到水溝蓋的正下方，看見的是跪在水溝蓋正上方的賴盈君正在淒厲尖叫，而站著的小蘋卻是……她的雙手正捧著賴盈君的臉，大拇指狠狠的插進她的眼窩裡。

「我的眼睛……」小蘋露出陶醉的笑容，芙拉蜜絲忍不住一陣寒顫！

這是怎麼回事……之前動手的不是生靈，就是不會說話無意識的狀況，從血月現象發生以來，從來沒有人保有意識，會說話自主行動的完成願望！

「啊啊啊啊——」鮮血從眼窩中迸出，芙拉蜜絲簡直不忍卒睹，法海突地一骨碌將她往後拉，卻逕自往前。

「原來……開始了啊！」法海有些愉悅的仰首望著，「食願魔開始蠱惑人們自己動手奪取想要的東西了啊！」

「什……麼？」

砰……上方倒下了賴盈君，鮮紅的血液從水溝蓋開始滴落，芙拉蜜絲戰戰兢兢的趨前，看見的是一個側身的女孩，眼窩裡的眼珠被活活挖走，濃膩的血自眼角淌下……而法海，正愉悅的張嘴，盛接自賴盈君眼窩裡流下的鮮血。

滴答……滴答……

多甜美新鮮啊！他維持一貫的優雅，只是仰首盛接，賴盈君還活著，這活生生慢速流下的血液，多令人陶醉！

儘管法海看起來還是那樣的俊美，可是芙拉蜜絲卻下意識的發出惡寒，一股冷從背脊涼到腳底，他……跟她是不同族群……

「眼睛……嘻嘻……我的眼睛！」小蘋的聲音愉悅的傳來，她雙手握著裹滿血的眼珠子，步行而去。

下一秒，另一個身影倏地出現在上方。

「主人？」許仙稚嫩的童音傳來，「您在這啊！」

「附近狀況如何？我跟芙拉要出去了。」法海移開臉，仰首問著。

上頭幾秒沒了聲響，緊接著有人掀開了水溝蓋，賴盈君的身體不知道被許仙推到哪兒去了。

留一抹鮮紅在法海唇上，他朝芙拉蜜絲伸出手，「走了。」

望著那隻手，芙拉蜜絲竟開始有點膽寒。

他彷彿瞭然於胸，劃上輕蔑的笑意，「別裝作這麼訝異，妳不是早知道我是什麼嗎？」

「我……」她說不出話，喉頭緊窒的嚥了口口水。

知道與親眼看到是兩碼子事啊！

「我的外表可以輕易讓人分心，想著美好，而看不到醜陋。」法海朝她走來，直接箝住了她的雙臂，「知道歸知道，看見我們飲血時……竟抖得這麼厲害？」

芙拉蜜絲緊張的倒抽一口氣，左臂上的勁道與冰冷現在更叫她緊窒，法海將她往前拉，朝上方推去，就算心有忌憚，她依然只能任他抱著往上，小小的許仙在上頭接住她。

那麼小的孩子，卻輕而易舉的握住她的雙腕，一骨碌拉起……他們真的不是人！

再可愛、再迷人，都不是同一個族類，甚至可能是威脅！

早該認清的事實，總要親眼看到才有所覺悟……芙拉蜜絲咬著唇，心情難以調適，一爬上來又看見仍在哀鳴的賴盈君，她啜泣著，全身不停抽搐。

「賴盈君……」芙拉蜜絲趕緊趨前，她還活著！還活著。

聽著聲音，賴盈君轉了過來，發抖著手往空中摸索著，「……芙拉、芙拉蜜絲？」

她趕緊握住賴盈君的手，「是我！是我……我馬上把妳送到醫院去！」

賴盈君發顫著，開始哽咽，「我、我沒有殺我爸媽……真的！不是我！那個不是我！」

「我知道我知道！那是食願魔幹的好事！」芙拉蜜絲趕緊安慰。

「可是大家都說是我，他們看見了啊……」賴盈君嗚咽的語焉不詳，哭得泣不成聲……即使她不再有淚水。

「妳靈魂的一部分殺的，其實還是妳。」法海來到她身邊，「妳許願了不是嗎？希望他們不要再管妳。」

「不──可是我不是希望這樣的！我不是希望他們死的！」賴盈君痛苦的哭喊出聲，向上弓起身子

「去地獄向父母解釋吧！」法海忽地抱起賴盈君，手指以飛快的速度在她的頸口劃了一道，旋即張口含住她的頸子。

這是，第一次……他正式在芙拉蜜絲面前用餐。

她瞪大雙眼，身子動彈不得，不知道是不想動還是動不了，就這麼跪坐在地，移不開眼神的看著法海正在吸食賴盈君的血！

法海大口大口的吸吮著，那雙祖母綠的雙眼卻瞬也不瞬的盯著她，沒有眨過眼。

她不知道他想證明什麼？是想讓她看清楚他真的不是人類？還是想嚇她？也或許根本是要惹她生氣！

「放、放開……」眼淚滑了下來，她想阻止他！

「芙拉姐姐。」許仙小手擱在她肩上，「來不及的，賴盈君本來就會死的。」

「不！她只是眼珠被挖掉，送到醫院的話還來得及——」她想往前，卻因為許仙在肩上的力道動彈不得！「你……」

「誰能送她去醫院？」許仙比向了附近，「這附近沒有人啊！除了外出實踐自己願望的，也沒人會外出啊！」

法海扔下賴盈君，抹去嘴角殘留的鮮血。

「我們不會送，難道妳要去嗎？直接自投羅網？」法海挑起一抹笑，「她本來就會失血過多而死，躺在血月之下，冰冷的夜……」

芙拉蜜絲不停地搖頭，「不該是這樣的，為什麼……」

「安林鎮不會安寧的。」法海目光灼灼的凝視著她，倏地箝住她下巴，「最後的願望即將開始實現，妳一定要有所體認，妳誰也救不了！」

她圓睜雙眸，不、不不不！他怎麼可以這麼說！怎麼可——眼前倏地一片黑，芙拉蜜絲瞬間失去了意識。

法海望著倒在懷中的女孩，眼神卻異常冷漠。

「主人？」許仙有些緊張。

「不想跟她在這裡嚷嚷，直接讓她睡比較妥當。」法海一把横抱起她，「要你做的準備如何了？」

「都準備好了。」許仙認真的點點頭。

「那好，我先帶她回去，你呢？吃飯了嗎？」

「我吃飽了，我想去多收集一些食物。」許仙認真的說著，「今晚跟賴盈君一樣的好多，大家都親自動手，而且都保有原本的意識，只是身不由己。」

「變態。」法海嗤之以鼻。

讓人們保有意識卻無法控制自己的去傷人，等完成後再抽走控制權，動手的人接下來就得面對自己的殘忍、失控、崩潰……惡魔有些惡趣味他一點都不苟同。

「哇啊——哇啊！」不遠處，傳來了尖叫聲，「賴盈君！賴盈君——天哪！」

看來叫小蘋的女孩醒了，法海瞥向許仙，兩人相互頷首，剎那間離開了原地，消失無蹤。

芙拉蜜絲獨自站在鏡子前，披上的斗篷深如黑潭，專屬於闇行使者的顏色。

這是放在背包裡的東西，年代已久，很久很久沒有拿出來過了！芙拉蜜絲並不意外拿到純黑斗篷，早在之前，看見能在梵音下自由活動的父親，她就想過這一點了。

背包裡還有一本厚重的書，是印刷體，旁邊還有許多補充，裡面夾了一張泛黃陳舊的地圖，還有一張手繪的簡圖，一包用夾鏈袋封起來的符紙，她沒看過那種夾鏈袋，雙層密封，裡頭幾乎是真空包裝，是五百年前的科技產品。

現在當然也有，只是鮮少有雙層的，都是簡易型的產物。

還有佛珠跟小佛像，另外有兩個護身符，像是象牙雕刻似的，用盒子安穩的裝妥，非常細緻。

她沒找到闇行使的徽章，所謂闇行使的代表，這是很詭異的狀況，爸爸有黑色斗篷，卻沒有徽章？所以爸爸沒有認證過嗎？因此才沒有在某人許願讓闇行使消失在安林鎮時，還能安穩留下？

抑或只是食願魔的把戲？

她昨天被法海弄暈後送回來，醒來時天已亮，若非蘇珊跟她保證爸媽還沒事，只怕她會立刻衝去自治隊；蘇珊說丹妮絲回來過一趟，昨夜王柏翔很敏銳的察覺到可能有異，所以分了一半人臨時折返，另一半人前往無界森林想抓她。

江雨晨跟鐘朝暐中途就溜回家了，他們今天還信誓旦旦的說沒有說謊，只是因昨晚害怕所以先回家……「害怕」？芙拉蜜絲聽了就好笑，雨晨說得過去，鐘朝暐就太假了啦！

不過自治隊再懷疑也沒有證據，而且他們根本不敢接近無界森林，一定是在外圍用手電筒探照一下，沒看見人影就溜回來了，恰巧鎮上暴動，許多人在完成自己的願望；蘇珊說這些時很開心，他們昨天奔波了一夜，看來吃得很飽，也收集了不少食物。

想到他們飲血，腦海裡就會出現法海承接賴盈君鮮血的模樣，如果流下來的是瀑布，那會是幅絕美的畫面……優雅美麗，但是法海喝的是血，在陰暗的下水道裡，她想到就會微微發顫。

想著，為什麼他會如此幫她？又只幫她一個人？什麼時候……他也會這樣喝乾她呢？

「芙拉姐姐。」許仙的聲音在外面響起，「我幫妳做了烤吐司。」

「噢！」芙拉蜜絲趕忙站起，為他拉開門，「許仙，你可以不必這麼做的！」

男孩仰頭衝著她微笑，手裡端著托盤走進房裡，「妳不要太感動，我不是很想這麼做，這是主人要我做的。」

呃……芙拉蜜絲無言的望著男孩的背影，他可以不必這麼直接。

「放地上吧。」她走了過來，「我正在收拾東西。」

許仙皺眉，「不要把地毯弄得亂七八糟喔！我清得很辛苦。」

「知道！」芙拉蜜絲盤坐於地，直接接過了托盤，許仙為她準備了一杯熱奶茶，兩片烤吐司、太陽蛋跟草莓果醬。「你……手藝很好耶！」

「主人喜歡人類食物。」許仙聳了聳肩，「我也喜歡，這個只是很簡單的早餐啦！」

他站在一旁，望著斗篷，小小的哇了聲，接著又瞄到地上的那本書，迫使他好奇的也跪坐下來。

「這是背包裡的東西，並不多，但是爸說很寶貝。」芙拉蜜絲捧起書，隨意翻動著，「我剛看了一些，除了歷史、日記，還有許多咒文。」

許仙瞄著那本書，眼神很渴望很好奇，但是卻不敢觸碰的模樣；書是紅色硬殼，書末頁還有紅色的章，她對那個章很熟，與她金刀上刻的小篆一模一樣：「萬應宮」。

這是座廟嗎？還是哪個圖書館？她一點都不瞭解。

「還是快點吃快收好吧！」許仙很認真的望著她，「今天是血月最後一天，沒人知道會發生什麼事……隨時。」

「嗯。」芙拉蜜絲點點頭，拿了片吐司咬著，「我等下就想出去，爸說今天判決會出來。」

許仙瞥了她一眼，他真的覺得芙拉蜜絲是個很天真的人！

她都沒有去思考過，血月結束最糟的狀況會是什麼？食願魔打算做什麼？

「咦？」他突然跳開眼皮，「彼得回來了！」

下一秒他旋身就衝了出去，快到芙拉蜜絲連說話都來不及，她嘖了一聲跟著站起，趕緊尾隨而去；一手拿著奶茶，一手咬著吐司，還沒下樓果然聽見開門的聲音，她恰巧走在樓梯上，與兩點鐘方向進門的彼得神父四目相交。

「慢。」彼得開口前，卻被法海制止。「別急著說話。」

彼得微怔，他的確一見到芙拉蜜絲差點就衝口而出了。「的確是沒那麼急。」

「鎮上狀況如何？」他們住太遠，難以理解。

「已經陸續在遷徙了，昨晚發生太多事，被食願魔控制而去自行完成願望的人幾乎處在崩潰邊緣……也有承受不住已經自殺了。」彼得神父簡單舉了幾個例子，「有媽媽親手煮了自己的嬰兒，啊，芙拉學校的馬拉松冠軍被人活活鋸下雙腿，但是這個長跑冠軍還用斷腿在操場上奔跑，足足跑了二十公里，肉都磨掉了，死在操場上。」

芙拉蜜絲緊皺著眉，「大抵是亞軍希望自己能贏過冠軍，或是有那雙腿……而冠軍希望自己可以創下紀錄吧！」

「都完成了，不過聽說冠軍邊跑邊淒厲慘叫，一直大喊著想停下來。」彼得冷冷笑著，「惡魔控制他們的身體，讓他們身不由己，真變態。」

「我沒喜歡過惡魔。」法海聳了聳肩，「你剛說遷徙是？」

「有不少人正在離開安林鎮，多半都是支持闇行使的人，或是……跟鎮長他們對立的份子，因為再不走也會被冠上罪名，與其這樣不如先走。」彼得悄悄瞄向站在一旁的芙拉蜜絲，可以說了嗎？

法海緩緩閉眼，表示應允。

「為什麼？支持闇行使的人又沒錯！這樣就要被安罪名扣帽子？」

「一堆人理直氣壯的做一件錯誤的事，就會變正確的。」法海淡淡一抹笑，「妳不知道這是人類的習慣嗎？」

「可是——」芙拉蜜絲就是不能接受，「他們也要用這個方法置我父母於罪刑之中嗎？」

「基本上已經是了。」彼得神父接口，「昨晚的事已經全歸在班奈夫妻身上了。」

芙拉蜜絲一愣，「什麼？」

「昨晚的亂象，被認為是妳父母的傑作，還有人認為妳父親就是食願魔。」彼得朝著她伸手，拜託她先別激動，「不過、不過有人維持一點點的理智，認為如果他們是惡魔，就不會被乖乖囚禁，所以最多就是闇行使，不過可能與食願魔掛勾。」

「胡說八道！」芙拉蜜絲厲斥著，「然後呢？他們想怎樣！」

「驅逐。」彼得神父說著判決，「今天日落前驅逐離鎮。」

芙拉蜜絲轉著眼珠，日落……刻意在日落前，分明就是要把人推入危險境地，夜晚離開沒有結界的鎮上，隨時都會遇上非人，根本死路一條。

不過，他們就是認定爸媽是闇行使才會這樣做。

「呼……」不知怎麼地，芙拉蜜絲卻覺得鬆口氣，「驅逐好，離開這裡就沒事了。」

法海暗暗瞄了她一眼，搖了搖頭，示意彼得神父繼續說。

「不過只有他們。」彼得低笑著，「芙拉蜜絲，妳被下了格殺令。」

芙拉蜜絲頓時腦袋一片空白，簡直不敢相信自己親耳所聞，「你說什麼！」

「格、殺、令。」彼得神父故意加重語氣說著。「任何人看見妳就能殺，因為妳才是食願魔。」

「搞……搞什麼東西！」芙拉蜜絲忍不住低吼起來，就著法海邊的沙發扶把坐下，「我是食願魔？我他媽的是食願魔還坐在這裡？我早就去救我爸媽了！」

「因為妳是惡魔，所以才罔顧父母的生死。」彼得充當反方，就是鎮民代表的意見。「沒人知道妳去過自治隊。」

「所以呢？一切都是我搞的？我許了什麼願，讓食願魔這麼強力支援我！」

「希望大家不得安寧，每一次事件都跟妳有關，妳一定是跟非人串通的闇行使，為了中飽私囊跟製造動蕩，還有闇行使本來就是不幸與災厄的根源，所以是極度負面的。」彼得神父一字不漏的背著鎮會議裡的用語，「因此，食願魔選擇化身成妳，或完成妳的願望，非常合理。」

芙拉蜜絲深吸了一口氣，再吸一口，然後端起奶茶咕嚕咕嚕的灌下去，法海瞄著她的舉動輕哂，回頭要許仙再準備一杯。

「我們還要繼續待在那邊嗎？」彼得神父看向法海，「我覺得差不多了。」

「白天也不好獵食，你們先回來準備吧。」法海輕聲說著，「丹妮絲脫得了身嗎？」

彼得神父搖搖頭，「我是溜走的，丹妮絲說得太多，現在反而被軟禁起來，他們也認為她可能是闇行使……就是不幸的原因。」

「她應該樂得很吧，不用管她。」法海笑著揮手，「你就別再去教堂了，快脫下這身神父衣服，看了實在礙眼。」

「我倒挺喜歡這身裝扮的，每個人都會親口讓我進入他們家園。」彼得相當得意，蘇珊他們之前也都跟著神父走，才能讓每戶人家說出他的名字，請他們進來。

夜晚，就成了他們自由進出獵食的最佳途徑！

這邊在嘻笑，芙拉蜜絲卻在沉思，許仙趕緊再送上一杯熱騰騰的奶茶，芙拉蜜絲照常一口氣喝光，儘管她覺得離譜荒唐，但是也不能輕忽這件事的重要性。

「我如果是食願魔的話，那雨晨跟鐘朝暐呢？」好不容易，她終於開口。

「鐘朝暐是鎮民代表的孩子，勉強保下，江雨晨本來就很脆弱，他們認為是被妳迷惑，所以留待觀察……不過也被軟禁監控了，妳要見他們一面比登天還難。」

基本上，現在她只要出現在街頭，任何人都有機會殺她……任何人啊！

真難想像有這麼一天，她連走在出生的街道上都不可以，認識的、不認識的，再熟再好的左鄰右舍，都可能會殺掉她。

「這……真的是我遇過最棘手的對手。」芙拉蜜絲幽幽說著，「我居然認為惡鬼妖獸才需要防範，誰想到……人類才是最可怕的！」

「而且咒語法器都毫無作用。」法海補充說明，「殲滅不了的敵人。」

芙拉蜜絲悲哀的望著他，是啊，最可怕的是人，不是地獄惡鬼、不是魍魎魍魅，也不是鬼獸妖物，更不是食願魔。

而是她的同類，人。

「我要去廣場，跟著我爸媽離開鎮上。」芙拉蜜絲下定決心，「先離開，去跟我弟妹他們會合……其他的，以後再說。」

「嗯。」法海像是欣然同意似的，「得想個方式讓妳平安的走到廣場。」

「就當我的跟班吧？」彼得神父說得輕鬆，「弄套神父衣服？打扮成男孩模樣，在我身邊不會被懷疑吧？」

「可是神父大家反而會很留意，芙拉姐姐應該越低調越好吧？」許仙持不同意見，彼得一狠瞪，他即刻噤聲。

「瞪他做什麼？說得很有道理。」法海即刻幫自己人出聲。「越多人看見越容易出紕漏，不過打扮成男孩是好主意！走小巷，戴著帽子穿上厚氅，大家便不會太留意。」

芙拉蜜絲聽著，卻有點憂心，「你們還要繼續待在這裡嗎？」

法海揚起微笑，終於轉向了她，這是昨晚以來他第一次正視著她，「血月結束前，我們不會離開這裡，而且我們也沒有必要離開這裡。」

「可是……」她以為，法海會陪她離開的。

為什麼要？她心裡另一個聲音問著，法海不是她的誰，為什麼需要陪她離開這個鎮？他轉學到這裡來，說過是為了要一個落腳處，何以要陪她奔波？

法海微瞇起眼，「可是什麼？可是我應該陪妳去，順便保護妳爸媽？」

「不是！」她立即否認，「你說過了，那不是你的義務。」

「很好，妳明白就好。」

「但是你不是說過……」芙拉蜜絲加油！「你在乎的只有我嗎？」

咦咦？在場所有吸血鬼都愣住了，他們瞪大雙眼下巴差點沒落下，現在是在說什麼！

法海別開了眼神，優雅的站起，「妳誤解了。」

誤解？那天法海緊緊抱著她，親口說的啊！芙拉蜜絲也跟著站起，她想再追問，但是法海透露出的冷漠叫她難以接近。

「好好準備吧，我要上樓去，不要來吵我。」他正眼不瞧她一眼，逕自掠過了她身邊，朝樓梯走去。

芙拉蜜絲旋過身，許仙立即拉住她。「不可以打擾主人。」

主人，她忘記什麼時候開始，許仙不再喊法海哥哥了……他們是主從關係啊！回首，蘇珊、威爾斯跟彼得都用詭異的眼神看著她，只要認真觀察，就能感受到他們不屬於人類。

她在期待什麼？法海跟她，原本就不是走同一條路的人啊！

明明對他起了膽怯之心，又為什麼期待他？她是這麼脆弱的人嗎？連保護自己父母離開這種小事都想要依賴他？

他是不死族！芙拉蜜絲，妳堅強一點，就算沒有江雨晨、沒有鐘朝暐，沒有法海，妳還是妳！

一鞭一刀，她還是能保全自己在乎的人！

不管食願魔想做什麼，不管它打算完成誰的願望，她也不想管安林鎮會變成怎樣了，離開吧！快點離開！

第十章

穿戴上許仙不知道哪裡弄來的軍綠色大衣，黑色狩獵帽，還有大黑框眼鏡，芙拉蜜絲把自己裹得緊緊的，長髮塞進了帽子裡，帽子戴得很低，希望可以看起來像男生些。

鎮長稍早發了公告，下午四點要全鎮匯集到廣場去，有重要的事要宣佈，這無疑給了芙拉蜜絲機會，屆時路上就不會有人，她更能避人耳目！

揹著背包，向不死族道謝，雖說跟大家還不是很熟，但至少這些天得感謝他們的庇護，法海變得比平常更冷漠，只是要她自己小心，記得大家都教過的控制靈力，不要讓靈力亂竄。

「冷靜是妳最需要做的。」送她出門時，法海最後交代，「火之芙拉不能永遠這麼衝動。」

「知道了。」她微抿著唇，「我們……有機會再見嗎？」

法海瞬間柔和了臉龐，「會的。」

芙拉蜜絲雙眼微亮，他回得這麼直接快速，讓她剛剛的低落再度消失，心裡深處莫名的又湧起力量。

轉身離開，法海立刻回眸看向站在院裡的不死族們，他們個個雙眼發亮，倏地眨眼間各自散去。

開始了！法海仰頭看著天際，血月的最後一天，關鍵會在誰身上呢？

芙拉蜜絲選擇小巷弄行走，走得戰戰兢兢，不過大家似乎真的都到廣場去了，路上根本沒有什麼人煙，只是她也看見了駭人的景象，居然有許多屋子被拆被砸，也有真搬空的。

昨晚到底發生了多少事？遠在萬人林裡居然可以什麼都不知道，可是她連一點點騷動都沒聽見啊！難道是……法海他們刻意不讓她聽見嗎？

路上到處可以看見清洗血跡後的殘痕，許多人家的圍籬上還有飛濺的鮮血來不及洗刷，不管許的願望多麼簡單渺小，食願魔都能讓一切往殘酷的方式結束。

「嗚……」即將右轉，忽地聽見哭聲，讓芙拉蜜絲戛然止步。

她探頭偷瞄，看見一個女人狼狽的坐在自家院前的階梯上，身著睡衣、渾身是乾涸的血跡，披頭散髮的在哭泣。

「不是……不是我，我不會做這種事！」女人低首低喃，「不是我不是我！」

糟糕，這樣她要怎麼走？芙拉蜜絲做著深呼吸，低垂著頭，把頭埋進圍巾裡，這樣應該就看不出她的臉了！走路要粗魯些，像男孩子似的……好啦，這點她不必裝。

鎮靜，芙拉蜜絲告訴自己，轉個彎從容的往前步去。

「嗚啊啊……我不是這個意思啊！為什麼！」女人哭了起來，芙拉蜜絲筆直朝前，眼看著就掠過了女人的屋前。

女人的腿上，躺著一個死白的孩子，看上去約莫不到一歲的嬰兒，那肌膚不是蒼白，像極了……煮熟的肉！

『有媽媽煮了自己的孩子。』彼得的話在腦海裡響起！

芙拉蜜絲眼尾瞄著那嬰孩，天哪，這難道就是那個被煮熟的孩子嗎？這叫母親情何以堪啊！

「啊！」女人瞧見了她，突然捧著死嬰朝她衝過來，「妳看我的孩子！我的孩子——」

糟！芙拉蜜絲下意識後退，不讓女人觸碰，也不希望她瞧見！

煮熟的嬰兒就在眼前，這麼近看，真的可以瞧見肉已然熟透，像極了平時餐桌上的白斬肉。

「他真的不會哭了，拜託你讓他哭好不好？我不想這麼做，那真的不是我！」女人哭得歇斯底里，「我的身體自己動的，我一直喊不要可是沒有人聽見啊啊——我的寶貝！」

崩潰的女人頹然的跪在雪地裡，聲嘶力竭的哭吼著，芙拉蜜絲不敢停留，只能旋身往前走去，現在還留在屋裡的人，是不是都是精神失常的人呢？在昨夜用盡手段實現自己心願後，面臨現實後的崩潰？

沒多久，她又聽見刀子的聲音來自於某戶人家的院裡，切著、剁著，鮮紅的血自裡頭汩汩流出，漫進了家門前的小水溝裡。

「太胖了，真的！這是為了你好。」喃喃的說話聲低語著，「減肥對身體也好，也才有更多女人喜歡你啊！」

芙拉蜜絲聽著刀削聲只感到毛骨悚然，忍不住繞到側邊，攀上圍籬往裡探去。

一個壯碩的女人，正拿著刀一刀一刀削著地上男人的肉，芙拉蜜絲的角度只看見一雙已被削到沒肉的雙腿骨架，旁邊散落著一條又一條的肉條！

男人的上半身癱在花圃裡，雙眼圓睜臉部扭曲，早已斷氣，死前或許慘叫過，但是沒有人聽見。

「差不多了！」女人看起來是母親，轉過來拉起早癱軟的手，「看看你這手也太胖了，來，我們減肥！」

二話不說，菜刀高舉起，切進手腕，唰的一刀順勢向下，乾脆俐落的削掉了一大塊肉！芙拉蜜絲嚇得鬆手蹲下，食願魔仍然不間斷的在進行實現願望嗎？這個母親或許只是希望她的孩子瘦一點……但現在看來，只怕得削到形銷骨立才會住手吧！

然後呢？食願魔再讓母親驚醒，讓她瞧見自己活活把孩子的肉全數削去？太噁心了！

到底要怎麼樣可以消滅惡魔？爸給她的書上完全沒有記載，背包裡那本書也沒有寫到，她也尚未詳讀，她只是把象牙刻的佛像掛在身上，幾張符紙塞在口袋裡而已！

就算跟食願魔面對面，也不知道該用什麼辦法，唸哪種咒語……昨夜已證實金刀對食願魔根本沒用，惡魔是高等魔類，但絕對有辦法應付吧？

遠遠的，終於看見人潮，她低調的自大家身後繞過去潛入，鎮長正在解釋這幾天的事情，還有食願魔的可怕。

「我知道很多人要離鎮，沒有關係！你們要走儘管走，大家本來就是自由的！」鎮長高聲說著，「只是離開的人都必須接受搜查，以防你們偷渡犯人離開！」

「有沒有搞錯啊！憑什麼！」有人高喊著，他們身後一馬車的家當，彼得說得沒錯，真的有人要離開，「誰是犯人！那都你們在說的！」

「支持闇行使的人就是犯人，你們都是可悲又可惡的一份子，明知道他們會帶來不幸還不出聲，只想要平安度日的卑劣份子！」台下的群眾叫嚷著，「最好都滾！鎮上的安寧我們自己努力！別想要跟我們分一杯羹！」

「對！支持闇行使的人都離開！少在那邊不要臉的待下來，我們是在維持生活的安穩，你們這些人根本不懂！」

「不是不懂，他們是想坐享其成！我們努力的成果，他們也能共享！要打造安寧，就不能放過所有可疑份子！」

「你不支持闇行使？那你身上的法器是什麼！拿下來丟掉啊！屋子也不要設結界了！就連佛號之徑也不該存在！」

「對！自治隊的法器這麼多，都扔掉嘛！徹底一點！」

兩方人馬又開始大吵起來，自治隊梗在中間防止暴力衝突產生，鎮長高喊著住手，好不容易才讓現場安靜下來！

「你們都忘記現在的生活是誰造成的！就是天譴！是具靈力的人導致法則扭斷，我們才必須終生生活在恐懼之中！」王柏翔突地拉高嗓門，「鎮上最近接二連三的事件，總共死了百餘人，就是因為闇行使藏在我們其中！」

「好了！不要為這件事吵！不高興的人就離開！我相信有別的鎮會接納你們！」鎮長制止吵鬧，「但是，芙拉蜜絲不能離開，我們只是為了防止有人偷渡她離開而已。」

芙拉蜜絲冷冷的瞪著台上的鎮長，真不知道她跟他們是有什麼深仇大恨，非得這樣追殺她不可！

「今晚血月現象就會結束了，大家一定要相互克制！」鎮長沉痛的說著，「或是到教堂去、到自治隊也行，萬一你有所變化，隊長會想盡辦法阻止你！」

沒用的。芙拉蜜絲心中暗忖，連自治隊都會深陷其中。

「再來，班奈．艾爾頓與露娜．艾爾頓，二者與闇行使過從甚密，又隱瞞自己女兒是闇行使的身分，為鎮上帶來血腥與殺戮——」鎮長忽地提到了班奈的名字，芙拉蜜絲雙眼一亮，「在此我與鎮民代表無條件通過，即刻將班奈夫妻驅逐出鎮！」

「噢———」現場歡呼，歡聲雷動！

芙拉蜜絲看著高舉著手在雀躍的人們，她不明白，趕一個人出去這麼值得高興？真的失去了闇行使，他們得靠什麼抵抗？過去爸爸是鎮上相當受到尊重的人，現在卻因為她是闇行使，一轉眼成了人人厭惡的過街老鼠。

爸爸在為鎮民蓋房子時，偷偷加入了他們不知道的強力防護咒語，她看過許多棟都是如此，這些人如此不知感激，她深深為爸爸感到不值！媽媽對人們的寬容與保護，換來的卻是這樣的下場！

還有許多以前對她甚好的同學、朋友、叔叔阿姨們，現在也在高喊著闇行使滾出去，或許當她真的現身時，他們真的會毫不猶豫的殺掉她。

格殺令，人人得而誅之。

她以前所堅持的正義與熱心，在此刻回憶，都顯得格外愚蠢。

太傻了！

騷動漸息，人們開始移動腳步，彷彿讓開一條路似的，芙拉蜜絲正感到狐疑之際，瞧見了熟悉的身影——王柏翔押著爸媽出來了！

反對闇行使的退得老遠，他們總認為闇行使身上帶有不祥之氣，連共享空氣都會遭殃，而那些支持闇行使的人、支持爸媽的人含著淚上前，拍拍他的肩、試圖握著他的手，他們只能給予這樣的鼓勵，其他什麼也做不到。

「帶點麵包吧！」有阿姨把一麻袋麵包掛在露娜的手上，先吃點！

「這兩條毯子帶著，入夜後很冷的！」有人在他們身上披上毛毯。

「要小心啊！等等就天黑了！」

芙拉蜜絲亦步亦趨的平行跟著爸媽走，雖然隔了重重人牆，但她覺得大家是一路的，看著許多人不顧自治隊的阻止遞上東西，再度溫暖她剛剛的冰冷心房，爸媽是不是就為了這些人而願意犧牲呢？

這些願意回饋，也感受到他們用心的人們？數量再少也讓他們覺得溫暖？

「班奈。」高台上的鎮長發話了，所有人靜下來，班奈回過了頭。「請你諒解，我有我的立場。」

怎麼諒解？芙拉蜜絲斜眼瞪著高高在上的鎮長，在說什麼廢話！

班奈沒有回應，只冷冷的別過頭。

「我是鎮長，所祈求的只是讓安林鎮永不受威脅。」鎮長搖了搖頭，「不管是誰，非人或闇行使都一樣。」

「叔叔阿姨！」江雨晨的聲音突然傳來，芙拉蜜絲趕緊竊看，她跑到爸媽面前，硬在他們手裡又塞了兩麻袋東西，「你們……」

「別說了，雨晨。」露娜出聲制止，同時江雨晨的母親將她往後拖了回去，帶著責備眼神瞪著她。

送行的隊伍並不短，芙拉蜜絲卻遲疑不前，現在離開鎮上必須接受檢查，這樣她沒有辦法出去……唯一的方法，只有等爸媽先離開，然後她躲到入夜後再想辦法出去會合了！

鐘朝暐站在門口附近，身邊站著他鎮民代表的父親跟家人，他們一家原本反對色彩沒這麼濃厚，但為了生存，或是因為也許了什麼願，最終還是成為把班奈趕走、對芙拉蜜絲下格殺令的一員。

「快走啦！快走！」反闇行使的人無情的嚷著，「滾離我們鎮上！還給我們安寧！」

鎮長跟其他代表也走了下來，一起來到了門口，彷彿是想要送他們一程，芙拉蜜絲不懂這意義何在？趕人走的是他們，現在又來惺惺作態？

班奈轉過身，面對著大家，那嚴肅的神情使得叫囂聲漸歇，銳利眸子一一掃視著人們，也讓他們噤聲。

「我的女兒，芙拉蜜絲呢？」他高聲問著。

芙拉蜜絲……現場開始竊竊私語，芙拉蜜絲低垂著頭，她多想衝出去，告訴爸媽她就在這裡。

「還沒找到！」王柏翔睨著他們，「我們已經下了格殺令，遲早會找到她的，除非她有本事離開這個鎮上——或是穿過無界森林！」

「你們——」露娜有些緊張，「她只是個孩子，她沒有傷害過任何人！」

「別睜著眼睛說瞎話了！她害死多少人了！」一票聲音在人群中響起，如此堅定的份子，多數是上次芙拉殺掉魑魅附身之輩的家屬。

班奈拍拍妻子，現在爭執這些毫無用處。「芙拉蜜絲不會這麼輕易被抓的。」

他的目光灼灼，口吻信心滿滿，悄悄瞄向江雨晨他們。

「全鎮一心，不可能找不到。」鎮長沉穩的說，「一旦找到，殺掉後，我們會火化她，屆時你可以來領走她。」

班奈默然不語，但是他緊握著雙拳青筋暴露，可以看得出他在壓抑的怒氣；深吸一口氣後，他夥同露娜轉身，轉身前瞥了鐘朝暐跟江雨晨一眼，彷彿在說：拜託你們了。

「別再看我兒子！」鐘朝暐的父親緊張的自清大喝，「如果芙拉蜜絲來找他，我會毫不猶豫的擔起殺掉她的責任！」

「爸！」鐘朝暐跟著怒吼

「你閉嘴！不要因為你的婦人之仁，害死我們全家！害死全鎮！」鐘朝暐的父親振振有詞，下頭一片歡聲雷動！

對個頭！芙拉蜜絲只覺得身子發燙，擱在口袋裡的雙拳變得很熱很熱，她知道自己也在壓抑怒火，現在如果把手抽出來，只怕指尖都已經泛橘了。

班奈眼神回到王柏翔身上，高舉雙手，要他解開枷鎖。

「何必呢？闇行使該什麼都會吧？」王柏翔輕蔑的笑著，「出去找你的闇行使同伴開鎖吧！」

什麼？芙拉蜜絲擰著眉，爸媽身上是腳鐐手銬，這樣要是遇到惡鬼連反擊都成問題啊！怎麼能這樣！

「太過分了吧！」江雨晨忍無可忍的高喊，「你們這樣擺明是要他們送死的！手腳都被束縛住，等等天一黑就算闇行使也沒辦法應付！」

「雨晨！」江家夫妻緊張的勸阻，她別再說話了啊！

不過江雨晨算是拋磚引玉，許多人開始你一言我一語的攻擊，讓王柏翔很勉強的拿出鑰匙，但是……他只解開了班奈與露娜的腳鐐。

「就這樣，我算仁至義盡了。」王柏翔邪佞的笑著，「遇到惡鬼時，記得跑得快一點啊！」

可惡！芙拉蜜絲整隻手掌都在發熱，她多想衝出去狠狠扁王柏翔一頓！不，不只他，還有那些冷眼旁觀的鎮民代表，和那故意不作聲的鎮長！

班奈也不要求太多，待露娜腳鐐解開後，他們帶著大家剛剛給他們的糧食跟水，再三道謝後，轉身走向鎮的門口。

望著爸媽手上還有手銬，芙拉蜜絲整個怒從中來……這樣子，她必須盡快出去跟爸媽會合，否則他們會出事的！

可惡的王柏翔、可惡的鎮長，你們這些——突然間，鎮長竟轉過頭來了！

咦？芙拉蜜絲瞪圓雙眼，她幾乎是與鎮長四目相交，因為他不是隨意回首，而是根本就知道她在這裡！

為什麼！

鎮長望著她，突然間咧嘴而笑——咦？

鎮長冷不防奪下王柏翔手上的槍，在大家驚呼之際高舉上膛，砰的就擊發了第一槍——

子彈由後穿過露娜的胸膛，鮮血濺出。

「鎮長！」王柏翔錯愕不已，但槍管只是向左偏了幾度，對準班奈。

班奈驚駭的鬆開了手上的東西，但是他的手被緊銬住，連抱住心愛的妻子都沒辦法！

「露娜——」

砰！再一發，因著班奈的轉身，子彈正向穿過了他的胸膛。

「哇啊——」在場鎮民驚呼聲四起，所有人措手不及，根本來不及搞清楚發生了什麼事！包括芙拉蜜絲。

「鎮長！」王柏翔情急的壓下他的槍管，驚愕莫名。

「我只是希望鎮上將永不受到恐懼威脅。」鎮長仍舊擎著槍，卻回頭再度轉向了芙拉蜜絲。

所有人跟著鎮長的視線回首，站在芙拉蜜絲前面的人瞥了一眼還沒反應過來，錯愕的再看一次，終於發現那偽裝的人正是被下格殺令的芙拉蜜絲！

「哇！芙拉蜜絲！」一陣驚呼聲後，人群以她為圓心，向四周散開！

芙拉！鐘朝暐緊張的想趨前，卻被父親一把扣住肩頭，連母親都在另一邊拉住他，求求他不要為家族帶來危難啊！他難道沒看見班奈的下場嗎？鎮長根本已經瘋了！

芙拉蜜絲不躲不藏，她瞪圓雙眸的往遠處看去，班奈單膝跪地，痛苦的探視趴在地上的露娜，她側臉貼著黃土地，淚水自眼眶泉湧，淚目向著他。

「露、露娜……」班奈吃力的看著妻子，她奄奄一息，嘴中喃喃，卻說不出個字來。

不……不……不——芙拉蜜絲往前衝去，為什麼會這樣！

「爸——媽！」她尖聲嘶吼著撲上前，王柏翔及時衝出來，一把橫攔住她！「放開我！放開我！」

芙拉……班奈聽見女兒的叫聲，他睜大眼朝她望去，染血的手顫抖伸前，芙拉蜜絲身子被王柏翔的手臂梗著，被其他自治隊員拉著，她拚命把手伸直也無法搆到父親！

芙、拉……露娜聽見了女兒的聲音，泛出淺淺的笑容，然後眼裡失去了靈魂，再也沒有吐息。

「芙拉……」班奈痛苦的皺起眉，看著依然安好的女兒，幸好她現在沒事……但是她不該出來！「走……快走……」

喀喀，身邊傳來槍上膛的聲音，彈殼退出槍枝，落上地板，芙拉蜜絲不可思議的睜大雙眼，往自己的右手邊看去。

鎮長面無表情的再度把槍托抵在肩頭，眼尾瞄向她，露出喜不自勝的笑意。

她望著鎮長那帶著笑意的雙眼，瞳仁中間，閃耀著淡淡紅色光暈——這就是食願魔要實現的願望？

『我只是希望，鎮上能永不受威脅罷了。』——那為什麼要殺死她的爸媽！跟她爸媽有什麼關係啊！

「住手！」她朝鎮長抓去，使勁推擠著，逼得鎮長往旁踉蹌，但同時間扳機已扣，巨大的槍響再度發出！

喝！芙拉蜜絲驚恐的正首，看見子彈穿過班奈胸膛，炸裂出一窪鮮紅欲滴的血。

他向後倒下。

眼裡泛著迷濛，手仍然微舉著像是指向著芙拉蜜絲，走……快走，妳不能待在這裡，真的不能！

班奈壯碩的身子仰躺倒地，身邊伴隨著結髮多年的妻子，紅血正自他們身上爭相湧出，瀰漫著黃土地，速度快到土壤甚至來不及吸收。

冰，破了。

曾以為就算如履薄冰，也有強大的支持讓她無畏的往前走，但她沒想過有朝一日，冰層破裂，她只能沉進冰冷的湖底。

全部的人一片靜寂，鴉雀無聲，大家都對鎮長突如其來的槍殺感到吃驚，明明已經說好是驅逐出境，怎能這樣從背後暗殺呢？就算他是鎮長，依然違法，因為鎮上的決議僅僅只是驅逐罷了！

這讓王柏翔不知如何是好，他正攔著呆晌的芙拉蜜絲，最糟的狀況，是讓她親眼看見自己父母橫死啊！

「爸……媽！」淚水奪眶而出，這是騙人的！這一定是騙人的！她掙扎的想要衝出去，可是拉著她的人好多，王柏翔又擋著她，「滾開！全部都給我滾開啊！為什麼要殺人！為什麼！」

「快帶她走！」王柏翔忍不住蹙起眉，要自治隊員拉走芙拉蜜絲，「先帶走再說！」

「別拉我！滾啊！鎮長！凶手，殺人凶手！」芙拉蜜絲歇斯底里的反抗著，「都說驅逐了，為什麼殺掉他們！」

鎮長冷冷的轉過來，手裡還握著槍，「我說過，我要的是整個安林鎮再也免於恐懼的威脅。」

「我們沒有對任何一個人做過什麼壞事！過去的事是鬼獸、惡鬼、那些魍魎魑魅幹的，我甚至救了你們好幾次——我爸在你們的屋子上刻上了防護更完全的咒語，那都是為了保護你們！」淚水模糊了她的視線，芙拉蜜絲已然歇斯底里，「他們這樣顧著你們，你們卻殺了他們，你們——太過分了！」

她被架離地，對著圍在旁邊所有的群眾、鎮民代表們嘶吼著，不管江雨晨或鐘朝暐多想去幫忙，卻都被自己的家人圈住！

「鎮長。」王柏翔轉過來，「我還是得依現行犯逮捕你。」

「沒問題，但是……」鎮長看著手腳並踢，在掙扎的芙拉蜜絲，「等我先燒了他們的屍體再說！」

——什麼——芙拉蜜絲頓時停止掙扎，連扛著她的自治隊員都驚愕的停下腳步。

「鎮長？為什麼要燒了他們！」連王柏翔都不可思議，「我會好好的安葬他們，但是……」

「闇行使就是該這樣，燒成灰，一如當年的天譴。」鎮長倏地擎起槍，對著芙拉蜜絲，「還有一個餘孽，應該立刻殺掉她，不該留著。」

「鎮長！」王柏翔壓下鎮長的槍，「我們還有法律的！」

「你們不是都下格殺令了嗎？」鎮長大聲吼著，「快點！把芙拉蜜絲殺了！」

所有人面面相覷，對芙拉蜜絲再有意見的人，現在也下不了手，那孩子才目睹自己父母的死亡啊！

「快殺！」鎮長低吼著，忽地旋身，「我先去燒了班奈他們的屍體。」

「住手！不許你碰我爸媽！」芙拉蜜絲趁著自治隊員失神，一腳踹開了架著她的人，踉蹌落地，又立刻躍起衝向鎮長！

霎時間，在場所有自治隊員均舉起槍，槍口對著芙拉蜜絲，連一旁的人們也下意識的拿起自己的武器，彷彿芙拉蜜絲真的是可怕的怪物，大家隨時可以誅殺。

她望著包圍著她的槍口、刀槍劍戟，所有的惡意與敵意卻毫無所懼，她筆直往前，大家就跟著後退，她只是想要……想要去爸爸媽媽身邊而已！

王柏翔彷彿明白，沒讓隊員開槍，任芙拉蜜絲走到屍體身邊。

班奈仰躺著，未瞑目的雙眼望著天空，眼裡已經沒有靈魂，徒剩一只空殼，趴在一旁的露娜眼眸低垂但也未曾闔眼，浸在自己的血泊當中……芙拉蜜絲顫抖著手，緩緩為父母蓋上雙眼。

身後傳來倒抽一口氣的驚呼聲，因為她的一雙手，已呈半透明的琥珀色。

「妳看她的手！她果真是闇行使！」鎮長冷不防的拿出短刃，「不幸的來源就是她！」

鎮長奮力扔出刀子，芙拉蜜絲側身俐落的閃過，就這種身手……怎麼可能贏過早有實戰經驗的她？

她緩緩站起身，群眾們驚恐的後退著，但紛紛也亮出了武器，王柏翔在高喊，自治隊衝到最前面擺成人牆，一整排槍口再度對著她，要她束手就擒，否則就開槍。

「殺掉吧！你們已經下格殺令了啊！」有人高喊著，帶著恐懼，「再不動手誰知道她會怎麼樣！」

「隊長，這是鎮民代表的共同決議，直接殺掉啊！」

「不可以！芙拉蜜絲又沒傷害過誰！」微弱的聲音喊著，但旋即被蓋掉。

這些人……芙拉蜜絲望著眼前密密麻麻的人們，多少一起長大的朋友、同一條街的鄰人，到家裡喝茶的叔叔伯伯，一起做蛋糕的阿姨姐姐，不管是誰，都殺死了她的父母！

她為什麼當初想要保護鎮上的人！為什麼要去挑戰惡鬼、為什麼要把魑魅殺了救大家於水火之中？這些人早該去死的，一個都不該活！

不應該——

「啊啊……啊啊啊——」芙拉蜜絲痛苦的大吼著，她的身子倏地迸出火燄，「啊啊啊——啊——」

一瞬間，芙拉蜜絲成了一團火球，被包裹在火燄當中，歇斯底里的尖叫聲聽來只是令人鼻酸！

但是，更多的是莫名的恐懼！她真的是靈能者啊！

「聽我的口令！預備——」王柏翔緊張的要下令開槍了，「咦？」

他高舉的手勢突然感到燙人，抬首一瞧，他的衣袖居然著火了！王柏翔趕緊縮手意圖將火燄拍掉，但是……身上更多的地方也開始著火，頭髮、衣服……甚至他的身體，火從他的身體裡燒出來了！

「不不……哇！」王柏翔感到炙熱的大叫著，緊接著所有自治隊員的身上也都竄出火舌，「怎麼……好燙！水！快拿水！」

今天是星期天，媽媽說好要一起做香草奶油蛋糕的，艾莎之前一直吵著要吃，媽媽說爸爸帶回了上好的香草莢，所以下午他們可以一起烘焙蛋糕，泡杯蜂蜜茶，一起圍在餐桌前聊天。

爸爸上次買回來的陶笛，艾莎學了兩支新曲，也說要在那時吹給大家聽，其他弟妹們還不懂事，他們只想要吃巧克力派，所以她說她要負責做巧克力派。

星期天應該是這樣度過的，全家一起圍在餐桌上，說說笑笑的吃著自己做的甜點、綿密的鮮奶油蛋糕，溫暖的聚在一起……明明應該是這樣的！

為什麼、為什麼現在卻是如此？弟妹們不知所蹤，艾莎被接走，而爸媽……爸媽橫死在付出一生的安林鎮門口，手上還戴著手銬，從背後被行刑處決而亡！

再也沒有蛋糕、再也沒有笑聲、再也沒有蜂蜜茶了，她連家都沒有了——這些人憑什麼有、憑什麼——

轟——爆炸波瞬間自芙拉蜜絲身上炸開，一瞬間震波向外，襲捲了整個安林鎮，爆炸波所到之處立即燃起熊熊大火，無一倖免，不過眨眼之間，整個安林鎮已然陷入火海之中，所有東西開始燃燒。

包括人。

「啊啊——哇呀！」人們開始自體燃燒，火是從內臟開始燒出來的，燒乾了皮膚、燒乾了頭髮，空氣中瀰漫著蛋白質的燃燒臭味。

跑去提水的人們才撈起水桶，水立刻被蒸發乾涸，木桶著火，一路延燒到他們身上，教堂的彩繪玻璃紛紛震碎，連最上頭的十字架也都纏上橘色烈燄，二樓的彼得神父往下望著，他身後的神父們痛苦的在地上掙扎，滾到哪張長椅，哪張長椅便開始燃燒。

「不該浪費。」彼得神父回首，堆滿微笑，「在燒乾之前得做點什麼吧？」

鎮民廣場上一片火海，無以計數的人們在活活焚燒，綠色長裙的女人在其中穿梭，總是得在燒乾前能喝多少是多少；其餘迅速移動的影子也都在做一樣的事，唯有小小的許仙，忙著在收集血液。

太滾也不好，他踩過一個因高溫而眼球爆烈的男人，往旁邊才燒起來的女孩過去。

「哈哈哈……哈哈哈！」鎮長在火燄裡狂笑著，「就是這樣！就是……」

他的喉嚨冒出了火舌，皮膚萎縮焦乾，指著芙拉蜜絲的手也開始烤乾，爆掉的眼球綻裂，小小的紅光從裡頭飄了出來。

『我希望，安林鎮可以永遠免於恐懼的威脅。』

她終於明白，鎮長不是發現媽媽是闇行使所以有所動作……他不敢碰那個別針，是因為他知道那是闇行使的東西！

而食願魔的最終目標是她……唯有她，才能完成鎮長的願望嗎？

慘叫聲此起彼落，不絕於耳，點點紅光從橘燄中飛起，漸漸在半空中會合，此時天色已漸暗，日落西山，高掛在天空的血月益發明顯。

「芙拉蜜絲！芙拉蜜絲！」全身無半點火燄的鐘朝暐衝向了她，「住手！妳住手啊！拜託妳！」

芙拉蜜絲像是在看他，又像是沒有似的，仰起的頭專注看著正在匯集的紅色月亮。

「我爸媽……救救我家人！」鐘朝暐無法太靠近她，她太熱了，「住手！不要燒他們！不要！」

芙拉蜜絲終於看向了他，但是那眼神絲毫不帶情感，越過他往後望去，鐘朝暐的父母與手足都在慘叫、掙扎、扭動，哭泣……她的爸媽，可是連這點機會都沒有！

她別過眼神，充耳不聞，專注看著在血月之下的傢伙。

「芙拉！」鐘朝暐歇斯底里的哭喊，「我爸媽快死了，求求妳！我們是朋友啊，我為了妳什麼都可以做，拜託妳救他們！不要讓我恨妳！不要——」

「把我……」芙拉蜜絲幽幽說著，「把我爸媽還給我……」

什麼？鐘朝暐淚流不止的望著她，這怎麼還？都已經身故的人他還不起啊！

「芙拉……」

「還不出來就閉嘴！你們殺了我爸媽，毀了我的家！」芙拉蜜絲尖吼著，火勢益發猛烈，下令抓她父母的人、關住他們的人、對她下格殺令的人，反對闇行使的人、支持他們卻不敢吭聲的人，這些人合力起來，毀了她的一切！

「他是鎮民代表啊，鐘朝暐！」

「她聽不見的。」淡淡的，江雨晨站在一旁望著芙拉蜜絲。「她現在什麼都聽不見了。」

鐘朝暐倏地轉頭，看見的是也被一圈光暈包圍著的江雨晨……還有她毫髮無傷卻已無意識的全家人！

「為什麼？雨晨他們全家為什麼免於火焚？」鐘朝暐忿忿的轉向芙拉蜜絲，「芙拉！為什麼就這麼保護江雨晨！至少、至少不要傷害我媽媽、我弟妹！」

「別搞錯了，不是芙拉蜜絲保護我們，是江雨晨許了願。」江雨晨用奇怪的口吻說著，彷彿她並不是江雨晨，「她希望：全家永遠平安。」

咦？鐘朝暐愣愣的看向她，江雨晨手持著大刀——是另一個人格出來了！活活燒人的場景太恐懼，雨晨一定又害怕到嚇暈，所以、所以理智斷線後的那個人出現了！

「永遠平安……」

「這是最好的許願法，基本上食願魔找不到什麼破綻可以惡搞。」江雨晨微微一笑，「當然，我也不允許食願魔亂來啦！」

「妳是……」鐘朝暐趕緊衝向她，「那妳可以救我家人吧！快點，請妳——」

「救誰？」江雨晨歪了頭，淡淡望著他。

誰？鐘朝暐這才發現，他的家人已經沒有聲音了，望向地上一具又一具的焦屍，他的弟妹們已經燒乾，身上再無火燄，只有骷髏狀的焦屍，母親扭曲的定格，火舌悶燒著。

父親早已燒乾，但是大火依舊，所有的鎮民代表、自治隊、鎮長們都像是要燒到骨頭成灰為止，儘管已是焦屍，大火仍不滅。

「她還知道顧著你已經不錯了。」江雨晨幽幽的說，「還是你許了什麼願？否則她現在只有忿怒跟恨，什麼都不會在乎的。」

鐘朝暐頹然的走到家人的屍體面前，雙腳咚的跪地，淚如雨下，他許了什麼願？呵呵……哈哈哈……

「爸——媽——對不起對不起！」他失控的崩潰大哭，「是我對不起你們！我居然沒有希望你們永遠平安！都是我！」

紅點還是從鐘朝暐背後飄出，他確實在血月那晚許了願。

江雨晨伸手觸碰光點，聽見那令人動容的誠摯嗓音：『我希望可以永遠保護芙拉蜜絲。』

第十一章

原來，江雨晨有些感嘆，「你選擇了芙拉蜜絲啊！」

「我沒有！我沒有——」鐘朝暐怒吼著，「我從沒有要做選擇的！為什麼要這樣，為什麼要燒死我家人！芙拉蜜絲！」

江雨晨嘆了口氣，這本來就是他的選擇，事到如今，那個願望保住了他，自然就不會保住他家人；她提著大刀旋身，看著江家安穩的在光暈中昏睡著。

接下來，她看著藍幕披上夜空，紅色血月漸而明顯，而那光點匯集之處，終於瞧見了血月下的產物；食願魔。

益加巨大的手臂、凸出的肚子、青蛙的雙腿，人類的頸子，鳥嘴呀呀，無論看幾次都覺得噁心！

『嘻……一切如我所料啊，芙拉蜜絲！』食願魔咯咯笑著。『把安林鎮毀了，自然大家就免於恐懼啦，哈哈哈哈！死了就什麼都不必怕了對吧！』

「就為了這個？」江雨晨直覺得噁心，「為了這樣把芙拉蜜絲逼到絕境？」

食願魔低首瞥著江雨晨，有些狐疑，『我以為是什麼，只不過是個附身的靈魂，居然也敢在這裡說話！』

芙拉蜜絲緩緩取下了長鞭，是啊，就為了這樣……為了讓她毀掉安林鎮，把她逼到絕境，殺了她爸媽還不夠，還要燒毀他們的屍體，只是為了這樣……為了——「啊啊啊啊！」

伴隨著大喝，燃著火的長鞭倏地朝上揮向食願魔，直接纏住了那青蛙般的身體！食願魔低首望著，並不閃躲，只是嘻嘻的笑著，帶著輕蔑與嗤之以鼻，彷彿在笑她的無知。

『只是一個剛覺醒的闇行使，區區人類能奈我何？』食願魔的鳥嘴笑得很囂張，『我可是惡魔啊，血月下誕生的惡魔——一百多年就等待一次，愚蠢人們許願的瞬間！』

「芙拉，妳刀子能不能刺穿它啊！吵死了！」江雨晨不耐煩的叨唸。

芙拉蜜絲似乎有聽進去，倏地收回鞭子，食願魔囂張般的咯咯笑著，彷彿她的這些舉動對它而言不痛不癢似的！她再度甩出鞭子，這一次準確的讓金刀穿過蛙身，食願魔依然滿不在乎。

『想許願吧？芙拉蜜絲？』食願魔無動於衷，『希望妳爸媽復活？還是希望讓一切恢復原狀？』

「她現在想的應該只有一個吧！」

在烈燄與燒焦味中，輕柔的聲音終於傳來，法海穿過了火燄，踏碎了無數焦屍，終究來到了芙拉蜜絲面前。

『不要插手。』食願魔睨著他，『這不是你們該插手的事，這是當初的協議……不要忘了，不死族。』

「沒忘。」法海一點都不畏火燄，走到芙拉蜜絲身邊。

即使法海已至，芙拉蜜絲卻沒有收手的欲望，她正竭盡一切的放出自己根本無從控制的靈力，可是食願魔卻毫髮未損！

為什麼……燒啊！為什麼這混帳死不了！人們的願望害死了她爸媽、毀掉她的家，但沒有食願魔，這一切就不會發生！該死的月亮啊！

「芙拉，血月就要結束了。」法海輕聲在她耳畔說著。「惡魔是妳動不了的。」

芙拉蜜絲緊緊握著鞭子，她不要……不能就這麼結束，血月一旦結束，這該死的食願魔就會消失，然後呢？下一次的血月，再度出來肆虐嗎？一百五十年一次，她活不到那個時候！

這一個，她現在就希望毀掉它！

夜幕已降，紅色的月亮從邊角開始，正在慢慢的淡化……一百五十年一次的血月即將進入尾聲。

『嘿……這次真是太有趣了！』食願魔笑得喜不自勝，『收集到好多靈魂啊……芙拉蜜絲，最後的機會了，要不要許個願啊！』

「芙拉，放手了。」法海握住她的手，「別被它影響！」

「許啊，為什麼不能許！」江雨晨語出驚人，法海瞪大了雙眼，「我就不信你能這麼囂張，看了就噁心！」

「妳在說什麼？」法海擰眉，「妳這個遊魂不要亂出主意。」

「我才沒有！」江雨晨試圖走近芙拉蜜絲，「你能壓制她的靈力嗎？很燙我過不去！」

「暫時沒辦法。」他搖了搖頭，「她這情況得等到體力耗盡為止。」

江雨晨嘆了口氣，拿著刀子刻意繞著芙拉蜜絲身邊的地上劃圓，像是在畫一個陣法，避著火燄勉強為之，食願魔跟觀戲一般笑望著，法海懶得辨認她在畫什麼。

他只是環著芙拉蜜絲的腰，想要將她帶離現場。

「應該是這樣吧，我只看過一次，太久了！」江雨晨揮汗如雨，「芙拉，向這個陣法許願，向地底深處許願！」

法海望向她，「遊魂，妳在說什麼？」

「向地獄借業火吧！」江雨晨目光灼灼的說著，「不是什麼事都得靠血月跟食願魔的！妳既然是火，那就借借看吧！」

剎那間，食願魔臉色丕變，動手扯了鞭子，『借業火？妳以為業火這麼好借？』

「我可是親眼看見食願魔被燒乾過啊，帥哥！」江雨晨雙手扠腰，驕傲的看著食願魔，「靈能者要借業火，可不是你想的那麼難——芙拉蜜絲！」

『什麼？』食願魔驚愕不已，『被業火燒死的——難道妳是說五百年前……』

說時遲那時快，江雨晨畫的陣法上，突然順著她刻下的痕跡著火，法海即刻退出陣外，業火這種東西不管哪個族類，最好都是少碰為妙！

地獄的業火，芙拉蜜絲不知道那是什麼……但是如果可以燒毀掉這個惡魔，那不管是多深的地獄，就算是無間地獄她都願意借！

不管是誰，請聆聽我芙拉蜜絲的請求，將業火借予我，燒死萬惡的惡魔——

陣法裡的火燄轉成青色，再轉紅色，紅與青的火燄僅在陣法裡燃燒，火燄如跳舞般在芙拉蜜絲身上漫舞，然後順著她緊握著的鞭子，開始往上延燒。

『不可能！』食願魔適才悠閒的神情遽然消失，它急著要脫離鞭子。

但是，剛剛那柄金刀刺穿了它的身子，現下無法如此輕易的脫離了！

刀子比火還快的變色，上頭原本亮麗的橘色文字現在都成了青色，食願魔開始掙扎，它的身體……啊啊……火燄竟從它身體裡開始燃燒了！

『怎麼會有這種事！業火、業火怎可以隨便借給人類！』食願魔慌亂的仰首看著血月，月亮幾乎都已經要進入皎潔的白，血月明明就要結束了啊！『住手，妳這人類——』

藉月光之力，食願魔的紅光頓成利劍朝著芙拉蜜絲胸口而去，江雨晨二話不說拋出自己的刀子擋下，鏗鏘聲響，雖沒能擋下食願魔的刀勢，但是卻讓紅刀偏移了！

刀尖在沒入芙拉蜜絲不動如山的身體前，突然頓了下來。

『什麼！』食願魔瞪大雙眼，看著站在芙拉蜜絲身後的男子。

法海輕鬆的高抬右手，一如往常的止住刀子。

『不死族！你破壞了法則，你不能插手我們的事！』食願魔咆哮著，火燄已然包圍了它。

「我沒有。」法海笑著，「刀子穿過這個人類的身體後就會傷到我，我可是為了自己……不是為了她喔！」

「去死吧……去死吧！都去死吧！」芙拉蜜絲發出椎心刺骨的哭嚎，緊緊收著鞭子，青色火燄焚燒著那怪異的食願魔，迫使它發出可怕的哀鳴聲。

闇啞嘈雜，低沉沙啞，彷彿真的是從地獄裡傳來的聲音，令人聞之色變，毛骨悚然，傳音百里，餘音繞樑。

轟然一聲青燄上衝，食願魔頓時成灰，芙拉蜜絲使勁一抽鞭子，食願魔攔腰折斷，一塊塊碎灰自半空中掉落，風一掃過，便隨風而消散在空中。

而高掛在空的皎潔明月，正散發出銀色潔白的月光，血月已然結束。

芙拉蜜絲頹然的鬆手，鞭子倏而落地，青色的火燄不在，連她身上的橘色火燄也逐漸消失，法海小心翼翼的往前，盯著地上的陣法，伸腳一抹將法陣破壞，以防萬一。

如琥珀般透明的肌膚正在消退，她臉上掛著橘色淚滴，法海在旁望著，只覺得燦爛美麗。

輕柔的伸手承接她的淚水，停在他指尖的，是顆渾圓剔透的琥珀珠子，只是沒幾秒，便成了普通的透明淚珠。

芙拉蜜絲回身，看著依然躺在地上，完好的父母屍首，這一切依然不是夢，就算食願魔消失了，血月結束，她的父母依然回不來了！

「嗚……嗚嗚……為什麼！」她哭嚎著，「我不要啊！」

她一口氣上不來，仰首向天，眼前一黑倏地倒下！法海從容的出手攙住，將之圈在臂彎之間；她緊蹙眉心，悲傷的神情停留在臉上，老實說，這一點都不像是他認識的芙拉蜜絲。

江雨晨正蹲在地上用長刀撥弄著食願魔的殘塊，像是確定挫骨揚灰才罷休。

「只剩這幾人嗎？」綠色長裙在焚燒的屍堆中游移，「真是有夠臭的，簡直是大型BBQ。」

「應該只剩這邊的人而已。」法海打橫抱起芙拉蜜絲，「血月結束了，惡鬼們蠢蠢欲動，麻煩你們去聲明一下這夜歸我們不死族，安林鎮已經沒多少活人了。」

江雨晨望向閒步走來的丹妮絲，忍不住露出嫌惡的神情。「妳……你們同掛的？」

丹妮絲瞥了她一眼，當沒看見，「我們要去找活口，說不定也有人許對了願望。」

「去吧！」法海彷彿下了許可令，「我剛說過了，活口該只有江雨晨一家跟鐘朝暐。」

丹妮絲劃滿了微笑，明白法海的意思，除了他說的人之外，大家都可以飽餐一頓了！她愉悅的旋身，長裙掃動了焦屍，讓不知道哪位的頭身分離，碎灰飄散，斷口處還有著橘色殘燄，屍體裡還是燙人的吶。

「妳好好想想怎麼安置妳家人吧，我先帶芙拉蜜絲回去。」法海毫不在乎的一路踩碎依然悶燒的屍體們，停在江雨晨面前。「該隱瞞的妳會處理吧！」

「其實也沒什麼好隱瞞的了！」江雨晨起了身，「我家人也不記得多少，江雨晨本身還是讓她記得比較好。」

無所謂，法海不在乎他不關心的事。

「妳這個附身附得可真久。」法海凝視著她，「操控這個身體是為了什麼？」

「這可是意外，難得江雨晨跟我波長合啊！」她勾起微笑，「我只是部分的靈體而已，只是沒想到我們這麼有緣分！」

「我們？」法海蹙眉。

江雨晨堆滿了笑，長刀扛肩，回過了身子，「我要來處理我的家人了！」

話怎麼說一半？這個靈魂未免也太神秘了，附身在江雨晨身上卻未曾傷害她，甚至保下她的家人，一直以來更是保護著芙拉蜜絲，並肩作戰……暴力的作戰，他摸不清它想做什麼。

一般靈魂附體多半都是要完成未竟願望、搶奪身體，被附的人類都會精力竭盡而亡，但是江雨晨看起來沒有什麼惡化……費解，法海輕嘆口氣，至少對他們沒有威脅。

再往前走了幾步，看見趴跪在地上的悲傷身影，鐘朝暐失神的看著眼前交疊的焦屍們，雙眼幾乎眨也不眨，淚水泉湧而出，未曾止息。

法海算了一下，他一家九口，還是繞道而行好了，否則一不小心就會踩到他的家人，只怕他也難以忍受

「站住！」刻意從鐘朝暐身後繞行，他卻厲聲。

哦，原來還有意識？法海朝下睨了眼，言不由衷，「你節哀吧！」

「為什麼不阻止她！」鐘朝暐動也不動，只是咆哮著，「你明明可以阻止芙拉的，你知道會這樣對不對！」

「我不知道，我知道她靈力不穩，但我沒想到食願魔的最終目的是用她來完成鎮長的願望。」法海輕描淡寫的說著，「不過就算我知道，我也沒有阻止的必要。」

「法海！」鐘朝暐雙拳緊握，滿手掌裡是土是泥是最愛家人的骨灰。

「我不喜歡插手你們的事，是你們逼芙拉蜜絲往絕路走的，這叫……咎由自取？」法海尾音竟還帶著輕笑，「不可否認，你父親也是造成惡果的其中一員！」

「但是我媽媽、我弟妹們都是無——」

「事到如今探討這個有用嗎？崩潰的芙拉蜜絲不可能思考這些。」法海往前走去，「鐘朝暐，她聽不見你的聲音，已經證明了她的恨凌駕於一切了。」

聽不見他的聲音？不！不是！鐘朝暐痛苦的閉上雙眼，芙拉聽見了！她只是聽不進去，不願意聽……不願意放過任何一個人！

他張開手掌，看著滿手的灰燼，望著眼前橫屍慘死的家人們，為什麼要這樣！芙拉蜜絲，妳為什麼非得要這麼做，這是他的家人啊，他不是她的夥伴嗎？不是她的好友嗎？出生入死這麼多回，卻連他的家人都不願意放過！

就算是食願魔的陷阱，但是她也不能這麼狠心啊！

終究是他的錯，他居然選擇了芙拉蜜絲……是他捨棄了家人！

「對不起……對不起！」鐘朝暐痛徹心腑，趴在地上，試圖以雙手擁住所有的焦屍，「是我害了你們，是我害死你們的！」

早知如此，一開始、一開始他就不應該幫芙拉蜜絲的！

一開始就該舉發她，讓她跟她父母一起被驅逐出鎮，這些事都不會發生了——芙拉蜜絲，為什麼要逼我恨妳！為什麼！

啊啊啊啊——哀鳴與痛苦的吼叫響著，法海微微停凝，他回首聽著鐘朝暐的叫聲，嘴角忍不住挑起一抹笑。

正首望著懷裡連昏厥都在哭泣的芙拉蜜絲，看來，騎士殞落了。

從今以後，他就是她唯一的騎士了。

這天的早晨濃霧遍佈，讓整個安林鎮處在虛無縹緲之間，空氣中仍舊瀰漫著濃厚的燒焦味，處處都是燒毀頹圮的房屋；路上僅有零星幾具焦屍，絕大部分都集中在鎮民廣場上，屍橫遍野，盡是焦炭，難以分辨誰是誰。

或有些許未燒毀的屍體，大部分體內已無血液，他們是不死族前夜的晚餐。

自治隊、鎮公所，甚至是信仰的教堂都已付之一炬，安林鎮儼然是片死城，烏鴉開始盤旋，準備大快朵頤。

若說唯一完整之處，該是東北方的萬人林，與西邊的無界森林，無界森林本是陰邪之處，內有各式妖魔鬼怪，生人勿近，怎可能被區區大火焚燒？至於萬人林……是因為法海早先就做了預防措施。

芙拉蜜絲已經轉醒，她是在尖叫驚恐中驚醒的，她夢見自己的父母被人槍殺而死，夢見自己失控的火燒安林鎮，醒來後才知道，這一切根本不是夢。

她隻身蜷縮在床上，任淚水自落，心痛如絞，讓悲傷侵蝕著自己，但是就算哭瞎了雙眼，時光都不會倒流。

爸媽死了，她殺死了全鎮的人，但是……芙拉蜜絲抱著雙膝，偎在自己膝蓋上頭，掛滿淚珠的雙眼卻炯炯有神。

她不後悔。

的確是所有人合力殺死她的爸媽，毀掉她的家，她為什麼要後悔？反對闇行使的、支持卻沉默者，甚至促使悲劇造成的人們，每一個人都是劊子手！

人類與闇行使，果真是不可能和平共處，她現在徹底明白了，他們的自私、對無知的恐懼、五百年前造成了現在的世界，五百年後依然沒有改變！

她也明白了為什麼闇行使不願意幫助人類，想想自己的父母，他們或許是特例，或許想成為普通人般的生活，處處為人們著想，在這裡定居生子，以為自己可以過著快樂的生活，卻因為她、因為她這個衝動、莽撞、自以為正義的女兒，導致了毀滅。

如果，她也跟其他闇行使一樣，不輕易出手，不保護鎮民，那該有多好？

食願魔只是間接的催化劑，重點依然還是在人們身上。

一百五十年才出現一次的血月，不是每個地方都會有食願魔，為什麼安林鎮的食願魔會成形？因為有足夠的願望支撐著它、因為、因為大家心裡有太多的欲望，也因為大家有太多的恐懼。

它成形了，一一回應著大家的願望，用殘忍的方式，扭曲的進行著……最終目的一直是她，讓她終結整個安林鎮。

靜下心來就能思考清楚，除了食願魔外……不死族也在其中扮演了重要的角色！

回想就該想到，為什麼丹妮絲他們會突然來到安林鎮？她為什麼會向鎮長毛遂自薦自己深知血月的特性？彼得跟蘇珊他們甚至自稱神職人員以滲入鎮上……為了讓每個人都認識他們，或是歡迎他們進入家中。

結界擋不住不死族，他們像是法則外的族類，但是若非一家之主開口，親自呼喚其名字並邀請入內，他們誰也不能踏入屋內。

彼得他們藉由傳道認識鎮民，順利的進入了許多人家，丹妮絲刻意提供恐懼給鎮長、自治隊及鎮民代表，然後又讓大家知道血月期間，其他惡鬼不會入侵鎮上……如此一來，大家夜晚便會外出，離開擁有結界的家裡，任食願魔操控，恣意血腥完成願望。

宵禁一開，無疑是為食願魔敞開大門，然後丹妮絲他們……就能四處獵食。

一開始，不死族打的就是這個如意算盤，那晚在賴盈君家只怕她也沒看錯，掠過門口的真的是許仙，他忙著收集血液、或是飽餐一頓，才是他們所關心的。

血月、食願魔、不死族，加上人們無止盡的慾望，最後藉由她的手劃上完美的休止符。

「芙拉。」房門被敲了兩下，芙拉蜜絲驚恐的抬首，雨晨？

「走開！」她大喊著，「快點離開，我不知道什麼時候會傷到妳！」

「芙拉！妳不要這樣！」江雨晨急促的敲著門，「法海說妳已經兩天沒吃東西了！」

「滾！滾開啊！」芙拉蜜絲鑽進了被子裡，「我沒辦法控制我自己的！我不想傷害妳！」

「妳不會的！」江雨晨哽咽的回應，「我好好的啊，那晚妳都沒傷害我，現在怎麼會呢？」

這誰說得準！雖說她不後悔，但不代表不難受！她沒有忘記鐘朝暐淒厲哭喊跪求她的樣子，那句句聲嘶力竭，為的是他的家人，但是……她沒有住手。

那時的她，完全沒有想住手的心。

「走開！」她悶著大喊。

門外靜默了，江雨晨難過的蹲下身子，貼著門板低泣，那晚的事她大致記得清晰……至少在大火延燒安林鎮時，在她與家人四周出現淺藍光暈保護時，她都還記得。

朝暐哭喊著求芙拉放過他家人時，她也記得……不過那之後她再度中斷了記憶，醒來後她與家人躺在芙拉家的庭院裡，沒有人記得發生什麼事；她的家人倖存，基本上她已經發現到只有她的家人活下來，思考過或許與她許的願望有關。

家人們只記得芙拉身上冒出火舌而已。

江雨晨可以感受到她體內另一個人的存在，那個所謂暴力又強大的人用另一種形式保護著她與家人，她很感激……可是究竟是雙重人格？還是什麼東西，依舊讓她不安。

她回過家一趟，付之一炬已經沒有任何東西可以收拾，她跟家人商議決定到鄰鎮去，阿姨住在那兒，或許可以收留他們；但是對於安林鎮發生的事，他們決議絕口不提。

一句什麼都不知道就帶過吧，說他們事發當時就暈過去了，醒來時鎮已燒毀，焦屍遍野，完全不知道發生什麼事。

她對芙拉有恐懼也有不諒解，但是卻深刻的瞭解那晚為什麼會發生這樣的事情……芙拉是被逼的，被食願魔、被鎮長逼迫，如此在她眼前槍殺她的父母，又激怒她要焚屍，誰能忍受？

更何況，芙拉是闇行使，擁有大家又懼又敬的靈力。

未來她不知道該何去何從，她去找過鐘朝暐……他守著家人的屍首，彷彿變了一個人，對芙拉只有怨與恨。

她不知道怎麼勸慰，也沒有資格，只說了自己對未來的打算後，便到法海這裡來找芙拉；幾次都沒見到面，法海說她一個人關在樓上，足不出門，許仙送上去的餐食也未曾動過。

可是今天，她是來向芙拉道別的，他們全家要離開了！

「開門吧！芙拉！妳不能在這裡躲一輩子的！」她幽幽說著。

芙拉蜜絲埋在被子裡，不想聽也不想說話。

門外忽地沒了聲音，她有些狐疑的掀被坐起，雨晨向來不是這麼快會放棄的人啊……

電光石火間，砰磅一聲，門倏地被撞開，嚇得芙拉蜜絲失聲尖叫。

「沒時間跟妳耗了！」江雨晨走進來，卻是滿臉不耐煩，「在這裡哭到死也沒人會活過來，向前看吧！」

「妳幹嘛破壞我家？」一眨眼，法海已經站在房門口，望著無辜的門叨唸。

「她又不開門，我有什麼辦法？」江雨晨說得可委屈了，她環顧四周，拉過一張椅子就坐了上去，「該走了，此地不宜久留，妳以為安林鎮一夕燒毀不會有人注意嗎？」

芙拉蜜絲紅著雙眼蹙起眉，「雨晨剛理智又斷線了？還是妳佔有她的意識。」

「我受不了婆婆媽媽，妳要懺悔要後悔要哭泣，未來每一個夜晚都有妳哭的時候，不愁沒有時間！」江雨晨涼涼的說著，「附近的人都知道安林鎮出事，事情早已傳開，闇行使完全不敢接近這裡，因為有威脅靠近了。」

法海倚在門邊，正在思索，「來找事發原因？」

「嗯，反闇行使的人很多，至今還有人以殲滅闇行使為己任，比起來，鎮上那些反對者的力量根本微不足道。」江雨晨嘆了口氣，「還是快離開吧！」

「我不後悔。」芙拉蜜絲雙眼直視著遠方，「沒什麼好後悔的……這些人殺了我爸媽，死有餘辜。」

「如果真是如此，那還不走？」江雨晨看向法海，「你會跟著她吧？這邊沒食物了，應該也會移動了吧！」

法海挑著笑，「妳是誰？什麼時候的靈魂？感覺很古老啊……或是說有別的力量，居然認得出我們？」

「哼。」江雨晨輕笑著，卻逕向芙拉蜜絲走去，「我要先跟家人到鄰鎮去，不知道還會不會再見面，來跟妳道別的。」

芙拉蜜絲倒抽一口氣，轉過頭來握住她的手，「你們……這樣安全嗎？」

「沒事的，有親戚在那邊。」江雨晨回握著她，「妳要堅強一點，往東北亞去，去找適合闇行使待著的地方。」

「……什麼？」芙拉蜜絲吃驚的看著她，「適合闇行使的地方？」

「闇行使的國度就在那邊，根本沒有煩惱。」江雨晨微微一笑，「是妳的話，應該找得到吧！」

闇行使的國度？她怎麼從來沒有聽過！

不過，說得有理啊，不然闇行使都是在哪兒訓練的？不是每個人都跟真里大哥一樣，是突然發現自己有靈力的自我修行者吧？以靈力高低分發斗篷，表示有一定的審核制……她從來沒想過，有闇行使的國度！

那爸爸……爸爸為什麼沒說過！

「我……我要去找我弟妹們！」她腦子裡一片紊亂，突然要她面對現實，她難以釐清，「然後再去——」

「不必了，妳爸爸早已安排妥當，妳的弟妹們不會有事的！」江雨晨語重心長，「芙拉，你們一家再難團圓了。」

「什麼！」她倏地抬首，甩開江雨晨的手，「為什麼不能團圓！我會去找的，他們沒人照顧怎麼行，他們——」

「他們會獨立的，這個時代誰能不獨立？況且有闇行使在帶領他們，妳以為班奈什麼都沒思考過嗎？」法海接了話，「他早算好了，唯一失算的是沒料到要帶妳走時會被攔截。」

是啊……想到那日她心裡又是一陣抽痛，如若不是王柏翔出手，他們一家早就離開鎮上，也說不定早就團圓了！

這個世代，每個人必須對自己的安危負責，及早獨立……她明白。艾莎已經確定是闇行使了，只怕其他弟妹都具有靈力，沒有比闇行使在身邊照顧更讓人放心的事了！

爸爸永遠都以他們為優先，為他們著想，她的確不需要擔心。

只是不捨，捨不得那小小可愛的弟妹們，再也聽不見他們呼喚著芙拉姐姐的聲音……下次再見面，不知道是什麼時候？

「往東北亞的方向……」她深吸了一口氣，回到現實，「代表我得穿過無界森林，這是找死嗎？」

「妳是闇行使耶拜託，而且有法海在。」江雨晨回眸看了法海一眼，「我確定他會陪妳。」

芙拉蜜絲看向了法海，眼神中多有不諒解，只要想到不死族趁亂獵殺，她也會覺得他們也是罪人之一。

可是，她心底卻極想依靠著他。

「我不想操控江雨晨，所以分別時妳要再跟江雨晨說一次妳的去向，看她是否決定跟妳走。」這個江雨晨回應著，「背包裡的書要看仔細，咒文全部背下來，其他東西不要離身，那是屬於你們家的東西。」

「我們家？」芙拉蜜絲蹙眉，「妳知道書跟我的刀子，上面有一樣的字嗎？叫萬應宮的。」

「就你們家。」江雨晨輕描淡寫的說著，「看完就知道了。」

芙拉蜜絲點點頭，終於下了床，緊緊握住江雨晨的雙手，「就要這樣分別了嗎？」

「世事難料，我說了要讓江雨晨自己決定。」她微微一笑，「如果她跟妳走，我也會跟妳走。」

「為什麼？」出聲的是法海，「妳究竟是誰？為什麼要如此幫芙拉蜜絲？又是怎麼附身在江雨晨身上的？」

江雨晨歪了頭，挑起一抹自信滿滿的笑容，凝視著法海，「你還沒想起我啊？」

嗯？法海擰眉，他應該認識她？這靈魂附在江雨晨身上，他哪看得到！

「我也不是故意的，我沒要讓你找這麼久的，我也沒想到它會變成這、種形式！」她說到「這種」兩個字時，眼神忽然看向芙拉蜜絲，「我自己也有想回去的地方，希望可以一起抵達。」

什麼？芙拉蜜絲根本丈二金剛摸不著頭腦，但是雙手執握著的江雨晨忽然一翻白眼就倒了下去，她差點來不及抱住她！

不過站在她身後的法海倒是什麼都懂了，他簡直不敢相信，五百年前的靈魂，居然現在還徘徊在世！而且——居然敢又出現在他面前！

是那個女人！血月那個晚上，把他的尖牙奪走的女人！

「雨晨！雨晨！」芙拉蜜絲搖晃著江雨晨，她幽幽轉醒，一臉迷濛。

一見到芙拉蜜絲，眼淚即刻奪眶而出，雙臂開展，緊緊環抱住她，「芙拉！」

江雨晨回來了。

法海緩步退出房間，許仙端著托盤站在門口，上頭擱著食物，法海示意他端進去，這兩個女人還有話要說。

而他們……他步出房門，一眨眼來到一樓，丹妮絲他們紛紛披著斗篷或大衣，身上揹著行囊，完全是要離開的模樣。

「要走了？」他看著戴著雪帽的女人。

「嗯，得快點移動了。」丹妮絲有禮的欠身，「這次要多謝伯爵了，讓我們得以收集食物。」

「我原本是打算獨享的。」法海冷冷一笑，「別往出口去，有麻煩正往安林鎮來。」

「謝謝伯爵。」蘇珊跟威爾斯一塊兒行了禮。

唯那戴著鴨舌帽的男人雙手抱胸倚門，凝視著他，「不一起走嗎？」

「我習慣獨來獨往，也沒興趣跟這麼多人分享。」法海一甩手，「不送。」

「是為了她吧？真詭異。」彼得仰頭朝上，暗指芙拉蜜絲，「無所謂，反正不關我的事……祝您早日找到寶物吧，伯爵。」

法海勾著笑，「已經找到了。」

在場眾人莫不吃驚的瞠目結舌，找到了？這是什麼時候的事，大家面面相覷，卻不敢多問一句。

大家只是禮貌的答謝，行著古禮，然後一一的步出屋子，轉眼消失了蹤影；法海站到門前，望著十一點鐘方向，丹妮絲他們這些日子住的宅邸，輕輕彈指，火舌立即竄出，開始燃燒。

仰頭看向二樓，該走了。

遠處的無界森林巨大如牆，不管白天黑暗，裡頭的樹都只有一種顏色：黑色；那是充滿邪氣的樹木，以屍體為養分，以邪法一夕之間生長起來的，森林裡是妖物的地盤，妖氣沖天，什麼駭人的東西都有。

所以，一路上都有著警告標誌，一直到無界森林前五公尺，還有道圍籬，提醒著切勿跨越；走過去五步後便是一吊橋，吊橋下有深淵，正中央便是結界的界線。

一旦越過，就等於是送死。

而到深淵前是條兩旁都是高聳松樹的林道，長約幾十公尺，在這個轉角就已經有了立牌警告。

芙拉蜜絲揹著行囊，帶著武器，望著那立牌，還記得第一次到這兒是為了同學化身的鬼獸，她跟雨晨、朝暐在這條路上飽受磨難，兩旁的松樹裡還曾有駭人的惡鬼。

好像才沒多久的事，但現在，人事已非。

她離開法海屋子後沒有往鎮上看過一眼，她知道什麼都不存在了，何必回顧？

雨晨已經跟家人前往鄰鎮，她知道她要往東北亞去，哭得泣不成聲，原本希望能接她一起過去的願望也落了空。

雨晨真傻，接她到附近的鎮上，只是會引來下一波腥風血雨罷了。

至於鐘朝暐，已經沒有見面的必要，她拿什麼面目去面對他？道歉做不到、勸慰沒有資格，即使時光倒流，她只怕還是會燒掉他的家人，現在見面，說什麼做什麼都不對。

那就算了吧！

悄悄看著身邊的男子，白金頭髮，綠色雙眸，完美的側臉，蒼白的肌膚，身披著黑色大衣，舉手投足盡是優雅，他……竟選擇與她同行。

「你真的要跟我走嗎？」她小小聲的問著。

「嗯。」法海衝著她勾起迷人笑容。「妳問好幾次了。」

「我、我覺得很奇怪……你何必陪我？」她蹙起眉，「你跟我不同族類，而且之前明明是那麼漠不關心——」

「我說過，我只在乎妳。」法海打斷了她的話，「時光倒流我一樣不會出手救妳父母。」

「殘忍的話不必再說第二次。」芙拉蜜絲別過了頭，提起爸媽她就傷痛，「但是你為我安葬了他們，我很感激。」

班奈夫妻的墓被放在萬人林深處，結界廣設，將永不受外人侵擾。

「妳一個人無法通過無界森林，妳根本不知道裡面有些什麼。」法海的聲音倒是萬分期待，「我剛好也要走這裡，妳就當我順路吧。」

芙拉蜜絲眨了眨眼，有法海在……她只剩法海了。

父母、家人、堺真里大哥、雨晨、鐘朝暐……誰都不在了！現在的她孑然一身，只剩下心儀的男孩陪在身邊。

至少還有他。

小小的手忽然牽起了她的手，芙拉蜜絲吃驚的向右下望去，迎上洋娃娃般的外國面容。

「芙拉姐姐，沒事的。」許仙瞇起眼，「有主人在，不會有事的。」

芙拉姐姐……芙拉蜜絲泛出笑意，她原本以為，再也聽不見這樣的呼喚了！即使這是個小吸血鬼，她也無所謂了。

「走吧！」法海往前邁開步伐，眼前是黃土的大路，走到盡頭便是柵欄，接著便能正式進入無界森林。

芙拉蜜絲深吸了一口氣，她已經沒有別條路可以走了，就走吧！

「要去哪裡也不通知一聲？」

一旁的松樹後，走出了令芙拉蜜絲吃驚……但法海不太高興的人。

堺真里含著笑步出，他清瘦許多，也憔悴不少，但是那溫和的笑意未曾變過！

「真里大哥？」淚水頓時湧出，芙拉蜜絲立即衝了上去！

唉，法海瞇起眼，才殞落一個騎士，又來一個？

她撲上堺真里，他緊緊抱住她，一如往常。

「你沒事……你……」她哭得亂七八糟。

「別哭了，我沒事的！我那時一出去就有人接應了……只是很抱歉，我沒能及時回來！」堺真里將她放下，「闇行使不讓我離開，因為班奈大哥要求要保我到血月結束。」

「爸……爸媽他們……」她嗚咽著。

「我什麼都知道了。」堺真里拍拍她的頭，「大哥跟我提過，最糟的狀況就是往東北亞去，我昨天好不容易回來，完全找不到妳，不過所幸剛剛遇到了雨晨！」

多嘴的女人，法海打賭她是故意的。

「我……我是要往東北亞去。」她抹了抹淚，回首望向法海，「法海要陪我去尋找，屬於闇行使……不，屬於我們的世界！」

堺真里抬首，越過芙拉蜜絲看向法海，他帶著不變的輕笑，與這黑暗的森林格格不入。他知道法海不是人，但是他對芙拉的保護讓他沒有對他下手的理由。

「謝謝。」他誠懇的對著法海鞠躬，「所有的一切。」

「我是為了自己。」法海不想接受這個道謝。

芙拉蜜絲好不容易揚起笑容，她現在有了法海，又有堺真里大哥，整顆心踏實許多。

「所以妳知道要怎麼走嗎？」堺真里身上可是全副武裝。

「知道，爸給我的書裡有一張地圖！」芙拉蜜絲邊說，邊從大衣裡拿出一張簡圖。

她在紅殼書裡找到了一張地圖，爸爸在上面做了記號，往東北亞的地方，的確用不同顏色標記，上面還畫了一個闇行使的法陣圖。

「這裡，在舊東北亞區……看不出來是哪裡咧！」她指向地圖上的記號。

「漫漫長路啊！」堺真里盤算著，「有機會我們得租車。」

「再說吧！」芙拉蜜絲點了點頭，

許仙忽然搖搖她的手，回首望著，芙拉蜜絲狐疑的回頭望去，卻什麼都沒看見；一旁的法海不耐煩的嘖了一聲，逕自往前走去，真是令人厭煩，照理說，芙拉的身邊應該只有他才是。

應該只有他。

呼……呼……氣喘吁吁的聲音傳來，越來越清晰，芙拉蜜絲詫異的看著轉角，終於轉來上氣不接下氣的女孩。

「雨晨！」

她把地圖塞給堺真里，興奮的朝著江雨晨飛奔而去。

堺真里輕笑著，再仔細端詳著地圖，班奈做的記號是座山，有個很奇妙的名字，耶姬山。

尾聲

裹滿泥土的手紮實的拍打成眼前的丘墳，男孩十指指尖都已然滲血，他一邊哭泣，一邊將土覆蓋，這是他能為家人做的最後一件事。

淚水無論如何都沒有抹盡的一天，鐘朝暐將八具焦屍小心的載到鎮上的公墓掩埋，再如何小心翼翼，屍體還是焦脆成無數塊，他哭得心痛，最終分不清誰是誰，只能把他們全部都放在一個坑裡。

「對不起……我救不了你們！」鐘朝暐拍打著墳丘，將土壤壓死壓平，「我什麼都沒辦法做……」

淚水一滴滴落入土中，他拿起一旁的木板，上頭已經粗略的刻上了字，使勁的插入土裡。

連墳都這麼寒酸，一個小坑，放了八具碎成焦灰的屍骨。

最親愛的家人死於他最要好的朋友、最喜歡的女孩之手。

「爸……我應該聽你的話的，不該袒護芙拉，這樣子大家就不會死了！」鐘朝暐跪在墳前痛哭懺悔，「不只是你們，安林鎮的每條生命都不會出事了！」

甚至包括芙拉蜜絲的父母，或許也不會橫屍街頭，他們就只是被驅趕而已……離開又如何？還有見面的機會，至少大家都能活著！

他就是捨不得！擔心芙拉蜜絲會離開他！所以他竭盡全力的隱瞞，早知她是闇行使卻不舉發，甚至偷聽父親的情報轉告給她知道，最終、最終落得把自己家人的命都賠上去！

還有鎮上幾百條性命！

最後，她卻連瞧都沒瞧他一眼，江雨晨至少還試著來找過他，但是芙拉蜜絲卻對他不聞不問，只待在法海那邊……永遠只有法海那邊！

那個根本不是人的法海，懷有一堆秘密的法海，為什麼她眼裡就只有他！

她聽不見他的哭喊求救，但是卻聽得見法海的聲音！寧可眼睜睜燒死他的家人，卻連一句話也沒有！

為什麼！芙拉蜜絲，他對她的好不足夠讓她放過家人嗎！她沒聽見大家淒厲的慘叫聲嗎？那種由內臟開始焚燒到外，卻久久無法斷氣的痛苦！

她是故意的，讓每個人受盡苦楚，活活燒死已經夠慘了，甚至延長了時間……是！他的父親是鎮民代表，但是那種情況下，她希望他的父親獨排眾議出面保她嗎？

父親有他這個盲目保護她的兒子已經夠了！

他犯了多大的錯誤啊！犧牲自己的家人，選擇不會多看他一眼的女孩！

他，必須贖罪！鐘朝暐望著家人的墳，雙手緊緊握著墳土，絕對不能讓自己的家人白白慘死！

沙沙……足音由遠而近，鐘朝暐警戒的立直上半身，往遠方看去。

只見十數個穿著深紫長袍或斗篷的人們沿路走來，一邊驚嘆於燒毀的安林鎮，一邊低語，而他們早已注意到他。

「孩子。」說話的是個長者，他蹙眉趨前，「你是……這個鎮上的人嗎？」

鐘朝暐緊抿著唇，點點頭，藏著的左手已握著刀。

「別緊張，我們沒有惡意，只是……覺得這裡有闇行使的氣息。」帽兜取下，裡頭是個銀髮蒼蒼的老人，「這個鎮不是被一般大火燒毀的吧？只怕是被闇行使的靈力摧毀的……」

鐘朝暐有些訝異，單看這樣的情景也能猜到？平常人怎麼看，都會以為只是蔓延的大火啊！

「啊那個是……」其他的人繞到他身邊，「這是你家人嗎？」

他低首不語，這麼明顯的事不需多言，使勁抹著淚，卻只是越抹越髒，滿手的汙泥與血都沾上他的臉龐。

「啊啊，真是造孽啊！」老者忽然蹲了下來，不顧長袍染土，從袖中拿出白色的手帕往鐘朝暐臉上抹去，「別哭了，孩子，終有一日能報仇的！」

他倏地反手握住老者的手腕，向後縮退了身子，「報仇？」

「是啊，闇行使本身就是不幸啊，看看你的四周，這還不明顯嗎？」老者皺眉說道，竟跟著老淚縱橫，「不論是有心無意，他們就是奪去了這麼多人命，也殺死了你的家人不是嗎？」

鐘朝暐咬著唇，身子微微顫抖著。

「每個闇行使都是天譴，我住的地方也是被闇行使毀掉的。」另一個人蹲下，斗篷下的臉是與他相仿的年紀，「因為他們始終存在，所以法則才無法恢復。」

「咦？」鐘朝暐錯愕極了，他第一次聽見這樣的說法。「不是因為當年把天譴送回去，所以……」

「天譴沒有回去。」老者搖了搖頭，繼續細心的為他擦拭髒汙的臉，「甚至跟著許多闇行使，繼續為害世界，直到現在都沒有停止過……」

「這是……你在說什麼？」

「我們五百年前，就以消滅天譴為己任，可惜失敗了……現在的世界如此險惡，都是我們的責任。」老者語帶悲傷的嘆氣，「但是任務尚未結束，我們代代傳承，必須要將闇行使全數殲滅，法則才能恢復，世界便能恢復正常！」

「殲滅闇行使法則就能恢復？」鐘朝暐倒抽一口氣，「你們究竟是誰？」

老者溫和的笑著，從頸間拉出一串珠鍊，珠鍊下是帶著珍珠光澤的十字架，他好整以暇的放進鐘朝暐手裡，露出和藹的笑容。

「孩子，你願意加入末日教會，一起獵殺闇行使嗎？」

The End

後記

很快地，又是新的旅程了。

環境有了變化，角色也會跟著改變，這一集中改變的事情不少，對於每個角色來說都是個重大的轉折。

每次在寫妖異魔學園時，都會想像那困難的生活環境，一出生就得面對死亡的威脅，平時故事裡可怕的妖魔鬼怪魍魎魑魅隨時都可能出現，而且傷害自己及親人，接著便深深感受到現在幸福過活的自己。

這次的故事利用了「血月」，紅色的月亮很妙的不論古今中外，自古以來都代表著不祥的意義，事實上只是因為物理現象而已；簡單的說，便是月全蝕時，大氣層將紫、藍、綠、黃色的光都吸收掉了，只剩下紅色可以穿透，折射到月球表面，才會形成暗紅色的月亮。

在文明不開化的地方無法接受不知道的事物，又常寄託於鬼神，於是有這麼一說，就算現在二十一世紀，還有國家認為日蝕是世界末日咧。

2014的血月發生在四月十五，大家看了嗎？錯過沒關係，十月八號可別忘了！這種大氣現象是很有意思的，四月份時許多報導穿鑿附會，也點名了歷年來血月之年發生的不幸重大事故，當時靈感一來就把這天文景象寫入故事中了。

如果能許願，並且會成真，你會想許什麼願望？

當然每個人都希望真能許願就成真，但是事情怎麼可能這麼簡單？真要如此只怕天下就會大亂了！

所以許多故事都只能向惡魔許願，它們當然樂意成全你囉，但是用不一樣的方式，絕對跟你想的不一樣；人們的願望都來自於慾望，為了滿足慾望，你願意付出多少代價？

故事中的許願活動算是相當順利（咦？至少都被完成了！）

這次也難得出現大量的「群眾」，以及鎮上較中心的人物，會有紛爭多半出自於：當大部分的「群眾」的意見都偏向A方，而你卻是偏向B方時，是否敢大聲說出來？

而絕大多數的人都支持某一方，是否就代表那是絕對正確？

如果沒有絕對的是與非，又為什麼會對提出不同意見感到畏懼？真的提出不同意見的人卻被圍剿辱罵？

這其實是很奧妙的事，也是我這一年來在思考的事，我喜歡寫貼近生活的故事，小說裡雖然背景是新世界，但其實都反映很多現實，太多狀況身邊總是在發生。

例如，不必食願魔，許多人會為了想要的事物不擇手段，有的人會為了感情情緒失控；生命的威脅也不需要可怕的惡鬼或是妖怪，隨時隨地都有可能遇上意外，甚或是如同怪物般單為殺而殺的人。

想到這裡，就想到二〇一四一切都是那麼不平安，從年初開始世界各地總是災難頻傳，他國內戰不斷，ISIS進行滅族屠殺、加薩走廊烽火連天，連我們生活的土地也發生許多令人鼻酸的事件……讓人感覺既無力又難受。

真的真的希望台灣能從現在起就平安順遂，不要再有任何不幸的事情發生，困難險阻我們交給芙拉蜜絲他們去衝鋒陷陣就好了！

聊回故事，這一本是個極大的轉折點，有很多身分曝光、有更多事情待解，未來的一切就會不同，基本上芙拉蜜絲想要過正常的生活是越來越難了。

看完的你，或許思考一下故事中角色的立場：如果你是鎮上的其他人，或是芙拉蜜絲的鄰居，當你確定了鎮上有令人恐懼的闇行使在時，你會希望繼續與他們生活？還是為了保護家人希望驅逐他們？

如果你具有強大能力可以保護許多人，但你是否會保護排斥、不喜歡你的人？

這問題我自己想好久哈哈，結果依然沒有肯定的答案，唉。

接下來要進入更白熱化的階段了，作者當然不會給芙拉蜜絲他們好日子過，反正大家會想：法海會給她好日子過就好了嘛（對吧對吧XDD）

我也希望事情能這麼單純啦！

最後，誠摯感謝購買這本書的你，購書真的才是支持作者的最實際行動，在這裡獻上我的祝福與無盡感謝！

Love You

笭菁

妖異魔學園

DEVIL ACADEMY : SCARLET MOON

猩紅色月亮

等菁作品09

國家圖書館出版品預行編目資料

妖異魔學園：猩紅色月亮/ 等菁作.
-- 初版. -- 臺北市 : 春天出版國際, 2014.12
面； 公分
ISBN 978-986-5706-39-5 (平裝)

857.7 103017626

ISBN 978-986-5706-39-5
Printed in Taiwan

作者	等菁
封面繪圖	MOON
封面設計	克里斯
內頁編排	三石設計
總編輯	莊宜勳
主編	鍾靈
出版者	春天出版國際文化有限公司
地址	台北市信義區信義路四段458號3樓
電話	02-7718-0898
傳真	02-7718-2388
E-mail	frank.spring@msa.hinet.net
網址	http://www.bookspring.com.tw
部落格	http://blog.pixnet.net/bookspring
郵政帳號	19705538
戶名	春天出版國際文化有限公司
法律顧問	蕭顯忠律師事務所
出版日期	二〇一四年十二月初版 二〇一九年四月初版五刷
定價	240元
總經銷	楨德圖書事業有限公司
地址	新北市新店區寶興路45巷6弄6號5樓
電話	02-8919-3186
傳真	02-8914-5524

苓菁作品

苓菁作品

苓菁作品

苓菁作品